JILL
SHALVIS

dulces mentiras

Editado por Harlequin Ibérica.
Una división de HarperCollins Ibérica, S.A.
Núñez de Balboa, 56
28001 Madrid

© 2016 Jill Shalvis
© 2017, Harlequin Ibérica, una división de HarperCollins Ibérica, S.A.
Dulces mentiras, n.º 225
Título original: Sweet Little Lies
Publicado originalmente por HarperCollins Publishers LLC, New York, U.S.A.
Traductor: Amparo Sánchez Hoyos

Todos los derechos están reservados, incluidos los de reproducción total o parcial en cualquier formato o soporte.
Esta edición ha sido publicada con autorización de HarperCollins Publishers LLC, New York, U.S.A.
Esta es una obra de ficción. Nombres, caracteres, lugares, y situaciones son producto de la imaginación del autor o son utilizados ficticiamente, y cualquier parecido con persona, vivas o muertas, establecimientos de negocios (comerciales), hechos o situaciones son pura coincidencia.

® Harlequin, TOP NOVEL y logotipo Harlequin son marcas registradas por Harlequin Enterprises Limited.
® y ™ son marcas registradas por Harlequin Enterprises Limited y sus filiales, utilizadas con licencia. Las marcas que lleven ® están registradas en la Oficina Española de Patentes y Marcas y en otros países.

Imágenes de cubierta: Dreamstime.com y Shutterstock

I.S.B.N.: 978-84-687-8487-8
Depósito legal: M-5011-2017

Dedicado a HelenKay Dimon, por ser una verdadera amiga (¡la mejor!).
También por presentarme a May Chen, el nuevo amor de mi vida. Gracias por compartirla.

Y gracias a May Chen, por devolverme el amor por la escritura.

CAPÍTULO 1

#ManténLaCalmaYCabalgaSobreElUnicornio

La mamá de Pru Harris le había enseñado a pedir un deseo cada vez que viera un coche rosa, una hoja caer, o una lámpara de latón. Porque pedir un deseo ante algo tan ordinario como una estrella, o un pozo de los deseos, era indicativo de falta de imaginación.

Sin duda alguna, la mujer que estaba bajo la llovizna, a escasos noventa centímetros de distancia, y que buscaba en el bolso una moneda para arrojar a la fuente del patio, no había sido criada por una madre hippy como la de Pru.

Tampoco es que tuviera importancia, dado que su madre se había equivocado. Los deseos, junto con cosas como ganar a la lotería o encontrar un unicornio, no sucedían en la vida real.

—Sé que es una tontería —la mujer se protegía los ojos de la llovizna con una mano, la moneda sujeta en la otra, y sonreía a Pru con timidez—. Pero es algo que llevo muy arraigado en mi interior.

Pru la entendía perfectamente. Soltó a Thor, que se retorcía en sus brazos, y agitó las manos en un intento de restaurar la circulación sanguínea. Once kilos de chucho callejero empapado, rechoncho y temeroso hasta de su propia sombra le parecían treinta y cuatro tras la caminata de treinta minutos del trabajo a su casa.

Thor protestó con un fuerte ladrido por ser depositado en el suelo mojado. A Thor no le gustaba la lluvia.

Ni caminar.

Pero amaba a Pru más que a su propia vida, de modo que se quedó pegado a ella, meneando la cola lentamente mientras le escrutaba el rostro para decidir de qué humor estaban.

—¡Oh! —la mujer parpadeó sorprendida y se quedó mirando al perro—. Yo creía que era un gato gordísimo.

Thor dejó de menear el rabo y volvió a ladrar, como si pretendiera demostrar que no solo era un perro, sino un perro grande y malote.

Porque Thor, un cruce de varias razas, estaba convencido de ser un bullmastiff.

La mujer reculó un paso y Pru suspiró antes de volver a tomar al perro en sus brazos. Su hombretón fruncía el ceño de un modo muy posesivo, las patas delanteras colgando, el rabo de nuevo en movimiento tras encontrarse de repente muy alto.

—Lo siento —se disculpó Pru—. No ve bien y por eso es tan gruñón, pero no es un gato —le dio al animal un pellizco de advertencia para que se comportara—, aunque se comporta como si lo fuera.

Thor le dirigió a su dueña una mirada que decía claramente que más le valía vigilar sus zapatos esa noche.

La mujer devolvió su atención a la fuente.

—Dicen que nunca es demasiado tarde para desear el amor, ¿verdad?

—Así es —Pru asintió.

Porque eso decían. Y solo porque su experiencia personal le hubiera demostrado que el amor escaseaba más que los unicornios, no iba a pisotear los sueños y esperanzas de los demás.

Un inesperado relámpago iluminó el cielo de San Francisco como si fuera el cuatro de julio. Salvo que estaban en junio y hacía más frío que en el ártico. Thor soltó un gemido y hundió la cabeza en el cuello de Pru que empezó a contar. No pasó de uno antes de que el trueno estallara con tal fuerza que todos pegaron un salto.

—¡Caray! —la mujer devolvió la moneda al bolso—. Ni siquiera el amor merece el riesgo de ser electrocutada—. Sin pronunciar una palabra más, se marchó corriendo.

Pru y Thor la imitaron, cruzando a la carrera el patio empedrado. Normalmente se tomaba su tiempo para disfrutar de la preciosa arquitectura del edificio con sus ménsulas, su entramado de hierro y grandes ventanales. Pero había empezado a llover en serio, golpeando con tanta fuerza los adoquines que el agua rebotaba del suelo y le salpicaba las rodillas. En menos de diez segundos estuvo empapada y con las ropas pegadas al cuerpo. Los botines se le habían encharcado y hacían un ruido de chapoteo con cada paso.

—¡No tan deprisa, encanto! —llamó alguien.

Era el viejo sintecho que solía merodear en el callejón. Con la piel bronceada y aspecto de cuero viejo, los largos cabellos grises que le llegaban por debajo del cuello de la camisa hawaiana con brillantes estampados de piñas y loros, se parecía al viejo chiflado de *Regreso al futuro*, pero con unos cuantos años más. Unas cuantas décadas, en realidad.

—Ya no puedes mojarte más de lo que estás.

En realidad Pru no intentaba esquivar la lluvia, le encantaba. Lo que intentaba era esquivar a sus demonios, algo que, sospechaba, iba a serle imposible.

—Tengo que irme a casa —contestó casi sin aliento tras la carrera.

Al cumplir los veintiséis, su instructor de *spinning* había bromeado con ella anunciándole que a partir de ese momento se iniciaba la cuesta abajo. Pero ella no lo había creído. Y de repente ya no le parecía ninguna broma.

—¿A qué viene tanta prisa?

Resignada a charlar un poco, Pru se detuvo. El viejo era dulce y amable, aunque seguía negándose a confesarle su nombre, asegurando haberlo olvidado en los años setenta. Cierto o no, Pru le había estado alimentando desde que se había mudado al edificio tres semanas atrás.

—Los del cable por fin vendrán hoy —le explicó—. Dijeron que a las cinco.

—Eso te dijeron ayer. Y la semana pasada —contestó él mientras intentaba acariciar a Thor, que no estaba por la labor.

Una cosa más en la lista de objetos odiados por Thor: los hombres.

—Pero esta vez va en serio —insistió ella mientras dejaba al perro en el suelo. Al menos era lo que le había prometido por teléfono el supervisor de la empresa. Necesitaba la televisión por cable. Muchísimo. Al día siguiente se celebraría la gala final del programa *Mira quién baila*.

—Disculpe —dijo alguien mientras salía de la cabina del ascensor y pasaba junto a ella.

Llevaba un sombrero calado sobre los ojos para evitar mojarse el rostro con la lluvia, y el logotipo de la compañía del cable en el pecho. Sujetaba una caja de herramientas en una mano y su aspecto, en general, era el de andar por la vida siempre fastidiado.

Un profundo gruñido surgió de la garganta de Thor, que se escondió entre las piernas de Pru. Aunque el sonido era feroz, su aspecto resultaba más bien ridículo, sobre todo estando tan empapado. Tenía el pelaje de un yorkshire terrier, uno muy gordo, a pesar de ser todo un mestizo. Y, demonios, quizás sí tuviera una parte de gato. Salvo que en su caso tenía una de las orejas caída, mientras que la otra se mantenía erguida y le proporcionaba una expresión de perpetua confusión.

Ningún gato que se preciara habría permitido algo así.

El tipo del cable le echó una ojeada y, tras soltar un bufido, siguió su camino.

—¡Espere! —gritó Pru—. ¿Busca el 3C?

—En realidad, soy más bien un tipo de doble D —contestó él tras dedicarle una mirada de arriba abajo y haciendo referencia a una talla de copa de sujetador.

Pru bajó la mirada. La camisa empapada se había pegado a sus pechos. Entornó los ojos y se cruzó de brazos sobre un pecho que, desde luego, no era de la talla DD.

—Seré un poco más clara —ella agarró la correa de Thor con más fuerza. El animal seguía gruñendo, aunque sin mucho entusiasmo. Solo fingía ser un tipo duro—. ¿Busca a la persona que vive en el apartamento 3C?

—Buscaba. Pero no había nadie en casa —el hombre fijó la mirada en Thor—. ¿Eso es un perro?

—¡Sí! Y yo soy la del 3C —contestó Pru—. ¡Y estoy en casa!

—No abrió la puerta —él sacudió la cabeza.

—Ahora sí lo haré, se lo prometo —ella sacó las llaves del bolso—, subiremos ahora mismo y...

—No podrá ser. Son las cinco en punto —el hombre le mostró el reloj—. He acabado mi turno.

—Pero...

Pero nada. El hombre se había marchado bajo la lluvia, esfumándose en la niebla como si se tratara del decorado de una película de terror.

Thor dejó de gruñir.

—Genial —murmuró Pru—. Sencillamente genial.

—Yo podría engancharte el cable —anunció el viejo sintecho—. He visto cómo lo hacían en una o dos ocasiones.

El anciano, como todo el edificio de Pacific Heights, había conocido días mejores, pero ambos conservaban cierto encanto, lo cual no significaba que se fiara de ese tipo como para permitirle la entrada a su casa.

—Gracias, pero esperaré —ella declinó la oferta—. En realidad no necesito la televisión por cable tan urgentemente.
—Pero mañana es la final de *Mira quién baila*.
—Lo sé —ella suspiró.

Otro rayo cruzó el cielo, seguido de inmediato por el crujido del trueno que retumbó en todo el patio. El suelo se estremeció bajo sus pies.

—Esa es mi señal para irme —el viejo desapareció por el callejón.

Pru subió a Thor a su casa, lo secó con una toalla y lo metió en su cestito. En cierto modo, a ella le apetecía lo mismo, salvo que se moría de hambre y no tenía nada decente en el frigorífico. Por tanto, se puso ropa seca y volvió a bajar.

Seguía lloviendo.

Algún día iba a tener que comprarse un paraguas. Pero de momento se contentaría con correr a toda velocidad hacia la esquina noroeste del edificio, pasar por delante del Coffee Bar, el Waffle Shop y el South Bark Mutt Shop, todos cerrados. Siguió por delante del estudio de tatuajes Canvas, que sí estaba abierto, y se dirigió hacia el pub irlandés.

Sin el acicate del cable para hacerle compañía, necesitaba unas alitas de pollo.

Y en ningún sitio se preparaban las alitas de pollo como en O'Riley's.

«Lo que buscas no son alitas de pollo», anunció una vocecita en su cabeza. Y era un hecho. No, lo que más la empujaba a entrar en O'Riley's, como la abeja atraída hacia la miel, era el tipo de metro ochenta, de anchos hombros, ojos oscuros y sonrisa misteriosa. El mismísimo Finn O'Riley.

Después de tres semanas viviendo en ese edificio, era muy consciente de lo unida que estaba la gente que vivía o trabajaba allí. Y sabía que, en gran parte, se debía a Finn.

Y sabía más cosas. Más de las que debería saber.

—¡Eh! —el viejo asomó la cabeza por el callejón—. Si vas a pedir unas alitas, no olvides el extra de salsa.

Pru agitó una mano en el aire y, de nuevo empapada, entró en O'Riley's. Durante unos segundos se quedó parada, intentando orientarse.

De acuerdo, eso era mentira. Lo que hizo fue fingir intentar orientarse mientras paseaba la mirada por la barra del bar y los que estaban detrás.

Había dos personas trabajando. Sean, de veintidós años, hacía malabares con botellas para deleite de un grupo de mujeres que gritaban encantadas, pegadas a la barra atraídas por la deslumbrante sonrisa y ojos burlones. Pero no fue sobre él sobre quien se posó la mirada de Pru como si se tratara de una pila de galletas Oreo con doble relleno.

No. Ese honor le correspondió al tipo que dirigía el local, el hermano mayor de Sean. Todo músculo y seguridad, Finn O'Riley no se dedicaba a seducir a la clientela. Nunca lo hacía. Se movía rápida y eficazmente, sin exagerar, apresurándose a servir los pedidos sin dejar de mantener un ojo en la cocina, firme como una roca, haciendo todo el trabajo.

Pru podría quedarse allí mirándolo todo el día. Era por sus manos, en constante movimiento, movimientos de precisión. Por supuesto estaba demasiado ocupado para ella, uno de los muchos motivos por los que no se había permitido fantasear con él haciéndole cosas deliciosamente traviesas en la cama.

¡Uy! Otra mentira. Y de las gordas.

Porque había fantaseado con que ese hombre le hacía todas esas cosas traviesas en la cama. Y también fuera de la cama.

Era su unicornio.

Cuando él se agachó tras la barra del bar en busca de algo, toda una fila de mujeres se inclinó hacia delante para obtener una mejor visión. Parecían suricatos puestos en fila.

Segundos más tarde, Finn volvió a aparecer cargando con

una enorme caja de algo, quizás vasos limpios, pero sin aspecto de estar haciendo un gran esfuerzo, sin duda gracias a todos esos músculos que se marcaban bajo la camiseta negra y los vaqueros desteñidos. Los bíceps ondularon al volverse, permitiéndole a Pru una buena visión de los Levi's perfectamente ajustados. Por delante y por detrás.

Caso de advertir la avidez del público, Finn no dio ninguna muestra de ello. Se limitó a dejar la caja sobre el mostrador e, ignorando a las mujeres que lo devoraban con la mirada, saludó a Pru con una inclinación de cabeza.

Ella se quedó paralizada antes de estirar el cuello y mirar hacia atrás.

Pero no había nadie. Solo ella misma, goteando por todo el suelo.

Se volvió de nuevo y se encontró con la mirada divertida de Finn. Sus miradas se fundieron y se mantuvieron durante unos interminables segundos, como si él le estuviera tomando el pulso desde el otro extremo del local, registrando el hecho de que estaba empapada y sin aliento. Las comisuras de los labios se curvaron hacia arriba. Había vuelto a resultarle divertida.

Los clientes se interpusieron entre ellos. El bar estaba, como de costumbre, abarrotado, pero al despejarse el camino de nuevo, Pru descubrió que Finn seguía con la mirada fija en ella, firme y sin pestañear. Los ojos de color verde oscuro emitían un destello de algo que no era diversión, algo que empezó a caldearla de dentro hacia fuera.

«Tres semanas y se repite lo mismo cada vez...».

Pru se consideraba razonablemente valiente y quizás algo más que razonablemente aventurera, aunque no necesariamente atrevida. No le resultaba fácil conectar con la gente.

Y esa fue la única excusa que tuvo para desviar la mirada, fingiendo echar un vistazo a la sala.

El pub era pequeño y acogedor. La mitad destinada a bar

y la otra mitad a pub para cenar. La decoración con madera en tono oscuro recordaba a las viejas tabernas. Las mesas eran antiguos barriles de whisky y la barra estaba hecha de viejas puertas recicladas. Las lámparas eran de latón y las fijaciones de cristal tintado. Junto con el zócalo, hecho a partir de listones de vallas de madera, el conjunto tenía un encantador aspecto antiguo, y muy cálido.

La música surgía de unos altavoces ocultos y animaban el ambiente sin impedir las conversaciones. Una de las paredes era de cristal y ambos lados del pub tenían acceso al exterior a través de unas puertas acristaladas. Una daba al patio y la otra a la calle, permitiendo una preciosa vista del Fort Mason Park y Marina Green, con el puente Golden Gate al fondo.

Todo ello resultaba fascinante, aunque no tanto como el propio Finn. Y por eso los traidores ojos volvieron a posarse en él.

Y él la señaló con un dedo.

—¿Yo? —preguntó Pru, aunque era imposible que la oyera desde el otro extremo del local.

Con una sutil sonrisa, él colocó el dedo en forma de gancho.

Pues sí. Ella.

CAPÍTULO 2

#LlévameAnteTuLíder

El cerebro de Pru se preguntó qué habría opinado su madre sobre acercarse a un hombre que te llamaba con el dedo doblado en forma de gancho. Pero a los pies de Pru no les importó mientras se dirigían directos hacia él.

Finn le entregó una toalla limpia para que se secara. Sus dedos se rozaron fugazmente, provocándole a ella un estremecimiento. A Pru le gustó. De hecho era lo más excitante que le había sucedido en mucho tiempo. Él le proporcionó un asiento.

—¿Qué te apetece? —la voz era grave y rasposa.

Y a Pru se le llenó la mente de toda clase de respuestas inapropiadas.

—¿Lo de siempre? —insistió él—. ¿O el especial de la casa?

—¿Y eso qué es? —preguntó ella.

—Esta noche es un mojito de sandía. Puedo prepararte uno sin alcohol.

Ese hombre veía pasar por su local a saber cuántas personas en un solo día y, además, ellos no habían cruzado más que unas pocas palabras, pero recordaba qué le apetecía tomar tras un largo día de trabajo en el mar.

Y también lo que no. Pues ya se había dado cuenta de que no bebía alcohol. Costaba creer que fuera capaz de recordarlo todo cuando tenía un menú para el pub, un menú de bebidas alcohólicas, y un menú especial dedicado únicamente a cervezas.

—¿Llevas un registro de mis preferencias? —preguntó Pru sintiendo que el calor la invadía. El calor y algo de miedo, pues no debería hacer eso, no debería flirtear con él.

—Es mi trabajo —contestó Finn.

—¡Oh! —ella soltó una carcajada—. Claro. Por supuesto.

—Y también porque sueles tomar un chocolate caliente, que hace juego con el color de tus ojos —continuó él sin dejar de mirarla fijamente.

—El especial sin alcohol estará bien, gracias —Pru sintió el calor instalarse en su estómago. Y en otras partes de su cuerpo.

El tipo sentado en la banqueta junto a ella se volvió. Iba vestido de traje, la corbata aflojada.

—Hola —saludó con la jovialidad de alguien que ya había tomado un par de copas—. Soy Ted. ¿Qué te parece si te invito a un orgasmo? O quizás... ¿a unos cuantos? —entre pregunta y pregunta le guiñó un ojo.

La postura relajada de Finn no varió, pero la expresión de su mirada sí lo hizo mientras la clavaba en Ted, que se había puesto serio y parecía bastante asustado.

—Compórtate —le advirtió—, o te echo de aquí.

—Eso no suena nada divertido —el hombre le dedicó unas sonrisa—. Solo intento invitar a la guapa dama a un trago.

Finn se limitó a mirarlo.

Ted alzó las manos en señal de rendición y Finn regresó a sus quehaceres. En cuanto lo hizo, Ted se acercó de nuevo a Pru.

—Muy bien, y ahora que ya se ha marchado papá, ¿qué tal un sexo en la playa?

—¡Fuera! —Finn alargó una mano y le quitó a Ted su copa.

—De acuerdo. De todos modos tenía que irme a casa —Ted suspiró ruidosamente y se bajó de la banqueta antes de dedicarle a Pru una sonrisa cargada de remordimiento—. Quizás la próxima vez podamos empezar por una copa seducción.

—Quizás la próxima vez —ella eligió una de las dulces y evasivas sonrisas de su amplio repertorio, el que utilizaba en su trabajo como capitana de crucero para recorridos de un día por la bahía. Hacía falta un montón de sonrisas diferentes para manejar a todas las personas con las que trataba diariamente.

—¿Quizás la próxima vez? —repitió Finn cuando Ted se hubo marchado, taladrándola con la mirada.

—O, ya sabes, nunca.

—Lo rechazaste con mucha delicadeza —él sonrió.

—Tuve que hacerlo —contestó ella—. Tú te reservaste el papel de poli malo.

—Forma parte del servicio que ofrezco —a Finn no pareció molestarle el comentario—. ¿Has tenido que cancelar el último recorrido de hoy?

—No —al parecer, también estaba al corriente de su oficio—. Acabo de llegar.

—¿Has navegado con este tiempo? —preguntó él incrédulo—. ¿Con este viento y las alertas por fuertes corrientes?

Las manos seguían en constante movimiento, preparando bebidas, cortando ingredientes, manteniéndolo todo en funcionamiento. Pru lo miraba, encandilada con el espectáculo. Cómo utilizaba esas fuertes manos, la sombra de barba en la barbilla...

—Pru.

—¿Eh? —ella apartó los ojos de la barbilla y de nuevo sus miradas se fundieron.

—¿Algún problema con el fuerte viento y las corrientes?

—No realmente. Es decir, un crío se mareó y vomitó sobre su abuela, pero más bien fue por el algodón de azúcar y los dos perritos calientes que había engullido en un segundo. En mi opinión fue por culpa de eso.

Finn se volvió hacia la puerta abierta al patio. El sol se había puesto y el alumbrado dibujaba bonitos lazos alrededor de la desgastada valla de hierro. La fuente resaltaba la lluvia que seguía cayendo del cielo.

—Ya estaba en tierra cuando empezó a llover —Pru se encogió de hombros—. Y, de todos modos, el mal tiempo forma parte de este trabajo.

—Yo diría que permanecer vivo debería ser el primer objetivo.

—Bueno, sí —ella soltó una carcajada—. Permanecer vivo es, desde luego, la meta —lo cierto era que casi nunca había tenido problemas en el agua. No, sus problemas solían surgir en tierra firme—. Esto es San Francisco. Si no saliésemos con mal tiempo, no saldríamos casi nunca.

Finn reflexionó sobre la respuesta mientras limpiaba el mostrador y servía una jarra de margaritas a un grupo sentado a varias banquetas de distancia, todo mientras conseguía hacerle sentir que estaba concentrado únicamente en ella.

«Es su trabajo», le recordó el cerebro al cuerpo. Aun así, parecía algo más.

Desde el otro extremo del pub llegó el estruendo de vajilla aterrizando en el suelo. Finn desvió hacia allí la mirada.

A una de las camareras se le había caído un plato y los comensales de la mesa la vitoreaban, avergonzándola aún más.

Finn saltó con facilidad la barra del bar y se encaminó hacia la mesa. Pru no podía oír la conversación, pero los tipos que habían estado vitoreando se quedaron muy quietos, abandonando su actitud pandillera.

Finn se volvió, se agachó junto a la camarera, la ayudó a

limpiarlo todo y estuvo de regreso tras la barra del bar en menos de sesenta segundos.

—Tienes un trabajo muy interesante —observó, retomando la conversación como si nada hubiese ocurrido.

—Sí —asintió ella mientras observaba a la camarera regresar a la cocina, no sin antes dedicarle una mirada de agradecimiento a su jefe—. Interesante, y divertido —algo fundamental para ella porque... bueno, no hacía mucho que su vida no había sido ni remotamente divertida.

—Divertido —Finn repitió la palabra como si no encajara—. De eso no he tenido mucho últimamente.

Eso ya lo sabía Pru que, de inmediato, sintió una oleada de compasión.

Sean se acercó a Finn. Los dos hermanos eran muy parecidos. Mismo cabello oscuro, mismos ojos verde oscuro, mismas sonrisas. Finn era más alto, lo cual no impedía que Sean le rodeara el cuello con un brazo mientras le guiñaba un ojo a Pru.

—Tendrás que perdonar al abuelo. No le gusta lo divertido. Será mejor que trates conmigo.

Sean O'Riley, maestro seductor.

Pero Pru también era maestra, por necesidad. En su trabajo había tenido que aprender a lidiar con ligones. Tanto daba que fueran turistas, veraneantes, o chicos de instituto... a todos les excitaba que el capitán del barco fuera mujer y, dado que no estaba mal físicamente y era muy lista, se cebaban con ella. Siempre los rechazaba, incluso las proposiciones de matrimonio. Sobre todo las proposiciones de matrimonio.

—Me siento halagada —contestó con una sonrisa—. Pero no me siento capaz de romper los corazones de todas esas mujeres que esperan a que sus cócteles de fantasía se hagan realidad.

—Maldición —Sean fingió haber sido apuñalado en el corazón, pero soltó una carcajada—. Entonces, hazme un favor, ¿quieres? Si vas a darte una vuelta con este —le propinó un codazo a Finn—, enséñale a vivir un poco y, mientras estés en ello, quizás puedas llevártelo de paseo por el lado salvaje.

Pru desvió la mirada hacia Finn y captó un leve destello de irritación en su mirada mientras Sean se alejaba.

—¿Necesitas ayuda para vivir un poco? —preguntó ella en tono jovial.

No le resultaba fácil mantener ese tono distendido mientras el corazón martilleaba con fuerza y el pulso galopaba alocadamente porque, ¿qué demonios estaba haciendo? ¿En serio estaba flirteando con ese hombre? Era una idea muy mala, la peor de todas sus malas ideas juntas, y había tenido unas cuantas en los últimos años.

«No seas estúpida. Apártate de ese guapo bombón. No podrá ser tuyo, y sabes muy bien por qué».

Pero el inquietante tren de sus pensamientos se detuvo en seco cuando Finn soltó una carcajada gutural y sexy, quizás la que guardaba para las ocasiones especiales.

—En realidad —contestó él—. He vivido bastante. Y en cuanto a dar un paseo por el lado salvaje, yo podría darte lecciones —se inclinó sobre la barra del bar, acercándose mucho a ella, mirándola fijamente a los ojos, retirándole un mechón de húmedos cabellos del rostro.

Pru permaneció inmóvil, como un cachorrito a la espera de que le rascaran la barriga. Lo miró fijamente con el corazón aún acelerado, pero por un motivo totalmente diferente.

—¿Qué pasó? —preguntó, en realidad susurró, ella, porque estaba bastante segura de conocer el catalizador y sabía que le iba a matar oírselo decir.

—La vida —él se encogió de hombros.

Cómo odiaba lo que le había sucedido. Lo odiaba y se sentía culpable. Y, no por primera vez, cuando se sentía desbordada y fuera de juego, abría la boca y metía la pata.

—He de advertirte que en algunos círculos soy conocida como el hada de la felicidad.

—¿En serio? —Finn enarcó una ceja.

—Sí —ella asintió, al parecer habiendo perdido todo el control sobre su boca—. La felicidad empieza aquí mismo, conmigo. Estoy especializada en personas que no dirigen sus vidas, las que dejan que sea la vida la que les dirija. Se trata de dejar pasar las cosas —en serio, ¿por qué no podía tener la boca cerrada»?

—¿Vas a enseñarme a ser feliz, Pru? —preguntó Finn con su voz grave. Luego sonrió y, con ello, le achicharró la mitad de las neuronas.

Por Dios santo, el sonido de su nombre en boca de ese hombre le hacía flaquear las rodillas. De cerca pudo comprobar que los ojos no eran totalmente verdes, sino que tenían un toque de marrón y algo de azul. Estaba jugando con fuego y todas sus alarmas internas se habían disparado.

«Para».

«No te metas en esto».

«Vete a casa».

Pero ¿acaso hizo algo de eso? No, no lo hizo. En su lugar, sonrió y continuó hablando.

—Creo que sí podría enseñarte a ser feliz y a divertirte.

—No me cabe la menor duda —murmuró él.

Y las pocas neuronas que aún conservaba desaparecieron.

CAPÍTULO 3

#HazloALoGrandeONoLoHagas

Hasta que Finn no se apartó para servir a un cliente Pru no soltó un tembloroso suspiro. «¿Soy conocida como el hada de la felicidad?». Se dio una bofetada en la frente, pero no consiguió meterse ni un ápice de sentido común en la cabeza. Mientras ordenaba a sus hormonas que pararan motores, se dio la vuelta y echó una ojeada al resto del pub.

De inmediato su atención se dirigió al extremo más lejano del bar, una zona que le había pasado desapercibida al entrar porque había saltado sobre Finn como un pichón en celo.

Reservado informalmente a los habitantes y trabajadores del edificio, ese rincón del bar invitaba a la camaradería, dado que siempre encontrabas a algún conocido con quien comer o tomar una copa.

Aquella noche ese alguien era Willa, la propietaria de la tienda South Bark Mutt, una tienda de animales en la esquina suroeste del edificio.

Willa contempló a la todavía empapada Pru y, sin pronunciar palabra, le acercó una fuente de alitas de pollo.

—Me has leído la mente —Pru se sentó a su lado.

—Cuando vives en una ciudad en la que no hay más

que colinas, lluvia y banderas arcoíris aprendes muy pronto a reconocer lo que tiene valor —Willa soltó una carcajada ante el ruido de chapoteo que produjo Pru al sentarse—. Un paraguas con todas sus varillas… y un hombre que crea en la felicidad eterna.

—¡Uf! —Pru rio—. No me digas que crees en cuentos de hadas.

La otra mujer sonrió y sus ojos verdes se iluminaron. Si uno se fijaba en sus cabellos rojos cortados en capas que enmarcaban el bonito rostro, y lo juntaba con el pequeño y moldeado cuerpo, ella misma parecía salida de un cuento de hadas, agitando la varita mágica.

—¿Tú no crees que ahí fuera esté el tipo perfecto para ti?

Pru probó una deliciosa alita de pollo y gruñó de placer mientras se chupaba la salsa del pulgar.

—Lo que creo es que tendría más suerte encontrando un unicornio.

—Podrías pedir un deseo a la fuente —insistió Willa.

La fuente del patio gozaba de cierta fama, como bien sabía la mujer que se había encontrado antes. El edificio de cuatro plantas databa de 1928 y había sido construido alrededor de esa fuente, que ya por aquel entonces llevaba cincuenta años en el distrito Cow Hollow de San Francisco, cuando toda aquella zona era el salvaje Oeste, llena de vaquerías y ganado suelto.

Era una época en la que solo sobrevivían los más fuertes. Y los desesperados. Surgida de esa desesperación, el mito de la fuente aseguraba que, si se deseaba algo con verdadero ahínco, con el corazón puro, se recibiría el regalo del amor verdadero, que le llegaría por caminos inesperados.

En los últimos cien años había sucedido en más de una ocasión y el mito se había convertido en leyenda.

Una robusta mano dejó un mojito de sandía de delicioso aspecto frente a ella. Los músculos del atlético brazo se marcaron con el movimiento y Pru se quedó mirándolo fijamente unos instantes antes de conseguir levantar la mirada hasta el rostro de Finn.

—Gracias.

—Pruébalo.

—¡Madre mía! —exclamó ella mientras una expresión de placer inundó su rostro—. ¿Qué lleva?

Finn le dedicó una sonrisa cargada de misterio y en el interior de Pru se encendió algo increíble y cálido.

—Es una receta secreta —contestó él antes de volverse a Willa—. Y tu café irlandés.

Willa soltó un gritito encantada con la montaña de nata que cubría el vaso y le dio un apretón a Finn.

Pru sabía que eran muy amigos y que mostraban abiertamente su familiaridad. No parecía nada sexual, por lo que no había motivo para sentir celos, pero Finn, desde luego, bajaba la guardia cuando estaba con Willa. Y eso fue lo que le provocó una punzada de envidia.

—Tu chica, Cara, intentó engañar a Sean anoche para que le sirviera alcohol —Finn esperó a que Willa se hubiera sentado para hablar de nuevo.

La mujer, que acababa de meterse en la boca una enorme cucharada de nata, hizo una mueca. Siempre tenía a tres o cuatro empleados rotando en la tienda, en cierto modo rescatados, muchos de ellos menores de edad.

—¿Le mostró un carnet de identidad falso?

—Afirmativo —contestó él—. Le pedí a mi hermano que lo destruyera.

—Apuesto a que fue horrible —Willa suspiró.

—Conseguimos manejar la situación —Finn se encogió de hombros.

—Gracias —la mujer le dio un apretón de manos.

—¿Vas a pedir tu propia ración de alitas de pollo? —Finn asintió y devolvió su atención a Pru, que ya se había tomado un tercio de la copa.

—Sí, por favor —aunque lo que necesitaba realmente no tenía nada que ver con calorías sino con una lobotomía.

—¿Todavía no has entrado en calor?

Sí lo había hecho, pero más gracias a esa cálida mirada verde que a la temperatura en el local.

—Estoy en ello —consiguió contestar.

Una tímida sonrisa curvó los labios de Finn.

Charla informal. No era más que eso, se recordó. Eran dos conocidos casuales que se encontraban en el mismo lugar y en el mismo momento.

Salvo que su presencia allí era de todo menos casual. Pero Finn no lo sabía.

Aún.

Al final iba a tener que decírselo, porque aquello no era un cuento de hadas. Y desde luego que iba a contárselo. Pero, como norma solía ser fiel a la teoría de «cuanto más tarde mejor».

Comprendió que la estaba mirando fijamente y se removió en el asiento, de repente muy ocupada en mirar a cualquier lado salvo directamente a sus ojos. Porque esos ojos le hacían pensar en cosas. Cosas que hacían que sus pezones se pusieran tiesos.

Cosas que no podían suceder.

Como si Finn fuera consciente del efecto que producía en ella con una sola mirada, nada complicado dado que la camisa mojada no ocultaba gran cosa, las comisuras de los labios volvieron a curvarse.

Y entonces se dio cuenta de que Willa había dejado de comer y que miraba fijamente a la pareja que se miraba fijamente. Cuando abrió la boca para decir algo, Pru estuvo bastante segura de que no le iba a gustar oírlo delante de Finn y se apresuró a adelantarse a su amiga.

—Pensándolo mejor, ¿puedo pedirte una doble ración de alitas de pollo?

—Claro —contestó la boca de Finn.

«¡Deja de mirar su boca!». Pru se obligó a mirarlo a los ojos, esos ojos oscuros, profundos, de color verde musgo. El resultado, tal y como se había temido, fue como saltar de la sartén al fuego.

—Eh... creo que es mi teléfono —hundió la mano en el bolso. Agarrándolo con fuerza, lo sacó y contempló la pantalla.

Nada. Estaba apagada.

Mierda.

Finn sonrió y se marchó en dirección a la cocina.

—Zalamero —murmuró Willa mientras tomaba otro sorbo de su café irlandés.

Pru se tapó el rostro con las manos, aunque miró entre los dedos separados para seguir la marcha de Finn. Se dijo a sí misma que estaba completamente desconcertada por la loca reacción que había experimentado ante ese hombre, pero lo cierto era que le apetecía admirar el bonito trasero.

—¡Ajá! —exclamó Willa.

—No —Pru sacudió la cabeza—, no hay ningún ajá.

—Cielo, hay un enorme ajá —insistió la otra mujer—. Me paso el día entero entre gatos y perros. Domino perfectamente el lenguaje de las miradas, y aquí se estaba desarrollando toda una conversación a base de miradas. Quiero decir que si os apetece fo...

Pru la señaló con un dedo y tomó la última alita de pollo, metiéndosela en la boca.

—Hacía mucho tiempo que no veía a Finn mirar a una mujer como te estaba mirando a ti —Willa hizo una mueca—. Mucho, mucho tiempo.

«No preguntes, no preguntes».

—¿Y eso por qué? —Pru se tapó la boca con una mano, la destapó y la volvió a tapar.

—No te digo que no me divierta presenciar la discusión que estás manteniendo contigo misma, pero ¿has terminado ya? —la mirada de Willa se iluminó.

—Sí —ella suspiró.

—Finn tiene muchas preocupaciones. Mantener el pub a flote no es fácil según está la economía. Además está restaurando poco a poco la casa de sus abuelos para poder venderla y marcharse de la ciudad…

—¿Quiere irse de San Francisco? —el corazón de Pru se detuvo de golpe.

—Para vivir sí. Para trabajar no. Adora el pub, pero quiere vivir en un lugar más tranquilo donde pueda tener un perro grandote. Además está su principal ocupación: mantener a Sean por el buen camino. Si lo juntas todo, no le queda mucho tiempo para…

—¿El amor?

—Bueno, iba a decir para tener suerte —contestó Willa—, pero sí, incluso menos tiempo para el amor.

Pru se volvió para observar a Finn en acción, ocupándose de los empleados, clientes, hermano…

Y se preguntó quién se ocuparía de él mientras se mataba a trabajar dirigiendo ese negocio y haciendo que pareciera sencillo.

Sabía que su problema no era el tiempo, sino lo sucedido ocho años atrás, cuando Finn contaba apenas veintiún años. El estómago se le encogió al recordarlo, lo cual no le iba a impedir engullir toda la ración de alitas de pollo cuando se la sirviera.

Una hora más tarde abandonaba el bar calentita, seca y llena. Se había hecho de noche y la lluvia había cesado. El cielo estaba prácticamente despejado y la luz de la luna guio sus pasos. El patio estaba casi vacío y el aire le refrescaba la piel. De las paredes de ladrillo, y de los desgastados revestimientos de hierro, colgaban maceteros con flores. Durante el día el aire estaba cargado de la fragancia de las flores, pero en esos momentos solo olía a la brisa marina.

Unas cuantas personas iban de un lado a otro, ya fuera saliendo del pub o atajando por el patio hacia la calle y el ambiente nocturno que ofrecían Cow Hollow y la Marina.

Pero allí dentro el sonido del tráfico quedaba amortiguado, en parte gracias a la cascada de agua de la fuente al caer sobre el ancho vaso circular de cobre que, con el tiempo, se había vuelto verde y negro. Un banco de piedra proporcionaba un rápido descanso para quien estuviera dispuesto a detenerse y disfrutar de la vista mientras oía el sonido musical del agua.

Pru se detuvo y contempló las monedas que brillaban en el fondo de la fuente. ¿Qué había dicho esa mujer? «Nunca es demasiado tarde para desear el amor…».

Siguiendo un repentino impulso, buscó en el bolso las monedas para la lavandería. Sacó una y contempló fijamente el agua. «Si pides un deseo con verdadero ahínco, y el corazón puro, el amor verdadero te llegará de manera inesperada».

Bueno, ahínco no le faltaba. ¿El corazón puro? Lo cubrió con una mano porque dolía, aunque podría ser por culpa de las alitas de pollo picantes.

Poco importaba, porque el deseo no era para ella. Iba a pedir el amor verdadero para otra persona, un tipo que no la conocía, no realmente, y aun así le debía mucho más de lo que se imaginaría jamás.

Finn.

Cerró los ojos y pidió el deseo a…, bueno a quien tomara nota de los deseos. ¿El hada de la fuente?

¿El hada del karma?

¿El hada de los dientes?

«Por favor», deseó. «Por favor, tráele a Finn el amor verdadero porque se merece ser mucho más feliz de lo que ha sido hasta ahora». A continuación arrojó la moneda.

—Espero que lo encuentres.

Pru dio un respingo y se volvió. Era el viejo sintecho.

—¿Cómo se llama? —preguntó el anciano.

—¡Oh! —ella soltó una carcajada—. No he pedido el deseo para mí.

—Una lástima —observó él—. Aunque supongo que sabes

que no funciona, ¿verdad? No es más que un cebo que los comerciantes de la zona del puerto utilizan para atraer transeúntes.

—Lo sé —Pru asintió y cruzó los dedos. «Por favor, que esté equivocado».

—Yo lo intenté una vez —continuó el hombre—. Pedí que mi primer amor regresara. Pero Red sigue bien muerta.

—¡Oh! —exclamó ella—. Cuánto lo siento.

—Me dio doce estupendos años —el anciano se encogió de hombros—, durante los cuales compartió mi comida, mi cama, y mi corazón. Durmió conmigo todas las noches y me cuidó como nadie —sonrió—. Cuando teníamos hambre, me traía las piezas que cazaba. Me seguía a todas partes. Demonios, ni siquiera le importaba que trajera a otras mujeres a casa.

—Qué... ¿encantador? —Pru parpadeó.

—Sí. Fue la mejor perra del mundo.

Ella alargó una mano para propinarle un cachete y él sonrió.

—No te avergüences de pedir amor, cielo —continuó más serio—. Todo el mundo se lo merece. Quienquiera que sea él, espero que merezca la pena.

—No, de verdad que no...

—O ella —el anciano la interrumpió—. Sin prejuicios. Todos encajamos, no sé si me entiendes. Mira a Tim, el barman de la cafetería. Cuando hace unos años decidió transformarse en Tina, nadie pestañeó siquiera. Bueno, de acuerdo, al principio yo sí —admitió—. Pero solo porque ahora está buenísima. ¿Quién iba a decirlo?

Pru asintió. Hacía tres semanas que Tina le preparaba el café casi todas las mañanas y, aparte de preparar los mejores muffins de todo San Francisco, en efecto estaba buenísima.

—Sin embargo no he pedido un deseo para mí. Lo he pedido para otra persona. Alguien que lo merece más que yo.

—Está bien —el anciano hundió la mano en un bolsillo y sacó una moneda que arrojó a la fuente—. No puede hacer daño doblar la apuesta.

CAPÍTULO 4

#CuidadoConLoQueDeseas

Dos días más tarde, Finn estaba sentado ante el escritorio, aporreando las teclas de su portátil, intentando descubrir el origen del desastre que Sean había provocado en los libros de contabilidad. Y todo mientras, al mismo tiempo, fantaseaba con una sexy y adorable «hada de la felicidad», y con lo mucho que le gustaría que le hiciera feliz a él. Desde luego era el perfecto hombre multitarea.

Le gustaba esa sonrisa descarada que tenía. Le gustaba ese trato relajado. Y, desde luego, le gustaban esas kilométricas piernas…

Y mientras se imaginaba esas piernas rodeándole la cintura, encontró el problema.

Sean había hecho algo con las nóminas que había provocado que todos ganaran un cincuenta por ciento más. Finn se frotó los cansados ojos y se apartó del escritorio.

—Hecho —anunció—. Encontré la pifia. De algún modo les apuntaste jornada y media a todos.

Sean no contestó y su hermano suspiró.

Era consciente de que, en ocasiones, se metía tanto en su papel de jefe que olvidaba ser hermano mayor.

—Escucha —rectificó—, podría haberle sucedido a cualquiera, no te lo tomes tan...

Al oír un suave ronquido, Finn alargó el cuello y soltó un juramento.

Sean estaba tumbado de espaldas sobre el sofá, una pierna apoyada en el suelo, los brazos en jarras, la boca abierta, profundamente dormido.

Finn se acercó al sofá y en un prodigio de autocontrol, le sacudió una patada al pie de su hermano en lugar de a su cabeza.

—Eso es, nena, así, así... —Sean se irguió. Al darse cuenta de la presencia de su hermano se encogió mientras se pasaba una mano por el rostro—. ¡Qué demonios, tío! Acabas de interrumpirme mientras me tiraba a Anna Kendrick.

Anna Kendrick estaba buena, pero nada que ver con Pru Harris.

—No tienes derecho a seguir durmiendo cuando te pateo el culo.

Sean ni siquiera intentó rebatir el hecho de que Finn podía, y por eso lo había hecho, patear su culo en numerosas ocasiones.

—Anna Kendrick —repitió con desesperación.

—Fuera de tu alcance. ¿Y por qué demonios no duermes en tu propio despacho? O, mejor aún, en casa.

Casa era el adosado victoriano que compartían en el barrio de Pacific Heights, a menos de un kilómetro de una de las famosas colinas de San Francisco.

—Tengo cosas mejores que hacer en la cama que dormir —murmuró Sean antes de bostezar—. ¿Qué querías? He recogido la habitación y me he lavado detrás de las orejas, mamá.

—Yo no soy tu maldita mamá.

La respuesta le hizo merecedor de un grosero bufido de parte de su hermano pequeño. Si era porque Finn sí había sido la «maldita mamá» para Sean desde que la verdadera les había abandonado cuando tenían tres y diez años, o simplemente porque era el único de los dos con un ápice de sentido común, poco importaba.

—Céntrate —le ordenó Finn a su hermano de veintidós años, que parecía a punto de cumplir los dieciséis—. He encontrado el error que cometiste en las nóminas. Les pusiste a todos una jornada y media.

—¡Mierda! —Sean se dejó caer de nuevo en el sofá y cerró los ojos—. Un error de novato.

—¿Y ya está? —preguntó él—. ¿Solo «mierda, un error de novato»? —sentía que iba a empezar a sufrir un tic en el ojo—. Este es un maldito negocio de dos socios, Sean, y necesito que empieces a estar a la altura. Yo no puedo hacerlo solo.

—Oye, ya te avisé que mi lugar no está detrás de un escritorio. Mi fuerte son los clientes, y ambos lo sabemos.

—El negocio consiste en algo más que en hacer sonreír a los clientes —Finn lo miró fijamente.

—¡No jodas! —Sean abrió un ojo—. Sin mí ahí fuera, reventándome el culo para que todos se lo pasen bien cada noche, no habría ninguna nómina que joder.

—¿Para ti el pub no es más que para pasárselo bien? —preguntó Finn.

—Bueno, pues sí —Sean estiró el espigado y desgarbado cuerpo, y cruzó las manos por detrás de la nuca—. ¿Qué más puede haber?

Finn se apretó los ojos con los dedos para intentar evitar que el cerebro se le escapara, pero ¿qué esperaba? A los veintiún años, él mismo había sido un alocado. Y, de repente, se había visto a cargo de Sean, a la sazón de catorce años, cuando su padre había muerto en un accidente de coche. Había sido un infierno, pero al final había conseguido recomponerse por su propio bien y el de Sean. No le había quedado más remedio.

Tras cumplir Sean veintiún años, habían abierto el pub para poder construir un futuro para ambos. Y, si su otra meta había sido conseguir que su hermano pequeño se interesara por algo, lo que fuera, Finn no podía quejarse de que a Sean la vida le pareciera todo diversión y juego.

—¿Qué te parece ganarse la vida? —preguntó—. Ya sabes, esos pequeños detalles como pagar el alquiler, la comida y otras cosillas como tu matrícula para la universidad. ¿Qué eres ahora, estudiante de segundo año por tercera vez?

—Cuarta, creo —Sean sonrió aunque la sonrisa se debilitó al ver que su hermano no le correspondía—. Es que aún estoy buscando mi vocación. Este año, seguramente. Como mucho el que viene. Y entonces sí que empezará la buena vida.

—¿A diferencia de la que llevas ahora?

—¡Oye! Nos matamos a trabajar.

—Tú trabajas en el pub a media jornada, Sean. Eso significa que te diviertes a diario.

—En serio, tío —Sean soltó un bufido—, tenemos que redefinir tu idea de la diversión. Pasas aquí los siete días de la semana, las veinticuatro horas del día, y lo sabes. Deberías haber permitido que Problemas te enseñara lo que te estás perdiendo. Es mona y, mejor aún, estaba dispuesta.

—¿Problemas?

—Sí. La nueva tía. No me digas que no te diste cuenta. Le preparaste una versión sin alcohol de nuestro especial de la casa. Nunca has hecho algo así por nadie.

Cierto. Como también era cierto que se había sentido hechizado por los cálidos y chispeantes ojos marrones de Pru. Hacían juego con sus brillantes y cálidos cabellos castaños. Y luego estaba esa risa que no hacía más que demostrar la teoría de Pavlov. Salvo que, al oírla, la reacción de Finn no era babear.

—¿Sabías que es capitana de barco? —continuó su hermano—. Hay que ser bastante rudo.

Eso era verdad. Pru capitaneaba uno de los barcos de la flota de SF Bay Tours. Un trabajo duro, como poco. Lo que más le gustaba a Finn era el uniforme. Ajustado y blanco con una camisa de capitán llena de botones, pantalones azul marino que abrazaban el bonito trasero, y unas estupendas botas de trabajo. La imagen había alimentado no pocas fantasías desde hacía tres semanas.

Jamás olvidaría la primera vez que la vio. Estaba en plena mudanza, arrastrando una pesada caja por el patio. Las largas piernas engullendo la distancia y ese sinuoso y salvaje cuerpo con sus dulces curvas, que le hacían la boca agua. Llevaba los cabellos recogidos encima de la cabeza, pero no por ello se había calmado la fiera, porque algunos mechones estaban sueltos sobre el rostro.

Desde luego, había llamado su atención desde el primer día, y aunque a menudo se sentaba en el extremo de la barra reservada a sus amigos más cercanos, apenas habían hablado hasta hacía dos noches.

—Se ofreció a enseñarte a divertirte y tú la rechazaste —insistió Sean mientras sacudía la cabeza fingiendo un profundo pesar—. Y tú te consideras el hermano mayor. Pero supongo que hiciste bien en rechazarla. Habría sido una pérdida de tiempo por su parte, viendo que no tienes interés en nada que se parezca remotamente a la diversión.

—Yo no la rechacé.

—De plano, imbécil.

—Estaba trabajando —Finn deseó de todo corazón que Pru no hubiera interpretado su reacción del mismo modo que su hermano.

—Siempre lo estás —contestó Sean—. Bueno —se levantó del sofá y volvió a estirarse—, ha sido divertido, pero tengo que irme. La pandilla vamos a ir hasta Twin Peaks. El primero en llegar será el primer seleccionado en nuestra liga de Fantasy-fútbol. Deberías venir.

—Ya gané la liga el año pasado —le recordó él.

—Sí. Y eso significa que intentaríamos echarte del sendero y sabotear tu ascenso. Desde luego deberías venir.

—Vaya, suena muy divertido —observó Finn—. Pero, es que... —señaló el montón de papeles sobre el escritorio.

—¿Sabes qué te pasará por trabajar demasiado y no divertirte? —su hermano puso los ojos en blanco.

—¿Que no seré pobre?

—Ja, ja. Iba a decir que nada de follar.

Desgraciadamente era cierto, pero Finn se volvió hacia el escritorio.

—Lárgate de aquí.

—Claro.

CAPÍTULO 5

#¿HeSidoYo?

Unas horas después, Finn seguía sentado al escritorio cuando Sean regresó acalorado, sudoroso y sonriente. Se sirvió una soda helada y vació el vaso de tres tragos.

—Hemos pateado unos cuantos culos —anunció.

—No me creo que hayas batido a Archer —observó Finn. Nadie batía a Archer en algo físico. Ese hombre era una máquina.

—No, pero fui segundo.

Annie, una de las tres camareras asomó la cabeza, a punto de iniciar su turno de noche.

—En mi puesto —saludó a ambos.

—Te sigo de cerca, cariño —contestó Sean mientras dejaba el vaso vacío sobre la mesa de Finn—. Como siempre.

Annie sonrió soñadora. Sean le guiñó un ojo y salió del despacho antes de que su hermano pudiera recordarle la política de no acostarse con los empleados. Jurando para sus adentros, tomó el iPad y los siguió. Tenía intención de hacer inventario, pero de inmediato fue requerido en un extremo de la barra.

Allí estaban algunos de sus mejores amigos, la mayoría conocidos desde hacía años.

Archer alzó la jarra de cerveza en un silencioso brindis.

El expolicía trabajaba en la segunda planta del edificio donde dirigía una empresa de seguridad e investigación privada. Finn y él se conocían desde secundaria y habían ido juntos a la universidad. Archer estaba con él en el diminuto apartamento del colegio mayor la noche en que los policías llamaron a su puerta, no porque Finn hubiera cometido ninguna estupidez, sino porque su padre acababa de morir.

Junto a Archer se sentaba Willa. Endemoniadamente mandona, endemoniadamente entrometida y endemoniadamente leal, Willa le regalaría la camisa que llevaba puesta al primer extraño si Finn y Archer no la vigilaran como halcones.

Spencer también estaba allí. El ingeniero mecánico no era muy hablador, pero, cuando abría la boca, a menudo lo que salía de ella era tan profundo que el resto solo podía quedárselo mirando sorprendidos. Callado, aunque no especialmente tímido o introvertido, acababa de vender su negocio por una cantidad que no había revelado, y aún no había decidido su siguiente paso. Lo único que sabía Finn era que su amigo era claramente infeliz.

Dado que empujar a Spence era como intentar empujar un muro de hormigón de seis metros de ancho, todos habían decidido por unanimidad dejarlo estar de momento. Finn sabía que su amigo hablaría de ello cuando estuviera preparado, y no se le podía meter prisa. Parecía, si no miserable, al menos un poco mejor y en ese momento se dedicaba a robar a escondidas unas patatas fritas del cestito de Elle.

Elle era la nueva del grupo, pero había encajado muy bien, salvo con Archer. Finn no entendía qué pasaba, pero esos dos se evitaban deliberadamente siempre que podían. Todos, salvo Elle, vestían pantalones cortos y camiseta, y su aspecto era descuidado, sudoroso y muy sucio. Todos, salvo Elle que, evidentemente, no había participado en la excursión. A la joven no le gustaba ensuciarse, ni ir de excursión. Siempre vestida de forma seductora, llevaba un vestido tubo de color azul marino. Con total frialdad, le sacudió un manotazo a Spence.

Él sonrió a modo de disculpa, pero en cuanto Elle le volvió la espalda, le robó otra patata frita. Solo Spence podía hacer algo así sin morir en el intento.

También estaba Haley, facultativo en prácticas en la tienda de optometría de la planta baja del edificio. Sin embargo, la mirada de Finn se fue directamente a la última persona del grupo, tan polvorienta como los demás, salvo Elle.

Pru.

—¿Te han liado para subir a Twin Peaks? —preguntó.

La sonrisa que ella le devolvió era la de alguien muy orgulloso de sí mismo.

—¿Cuarta? —Finn le devolvió la sonrisa.

—Tercera —la sonrisa de Pru se hizo más amplia.

¡Vaya! Él se volvió hacia Spence, que se encogió de hombros.

—Mientras subíamos, calculé quién y qué iban a elegir todos —se excusó su amigo—. Solo necesitaba llegar cuarto por lo que no vi ningún motivo para matarme.

—Y todo eso lo calculaste mientras subíais —repitió Finn aún perplejo.

—En realidad ya le había dado vueltas en la cabeza antes de empezar.

—¿Recuerdas que me dijiste que te avisara cuando te comportaras como ese niñato al que nadie quiere como amigo? —Elle se volvió hacia Spence.

Spence sonrió y le robó otra patata.

—Tiene un aspecto de lo más delicado —intervino Willa mientras señalaba a Pru con el pulgar—. Estaba convencida de poder con ella —sacudió la cabeza—. Pero me dio una paliza.

—¿Haces mucho senderismo? —preguntó Finn a Pru.

—Últimamente no —ella se encogió de hombros y sorbió con una pajita lo que parecía un vaso de soda—. No he tenido tiempo —añadió casi con timidez—. Estoy baja de forma.

—No te creas ni una palabra —Archer soltó una carcajada—. Cuando está inspirada, esta chica sabe moverse, y, al parecer, se toma el Fantasy-fútbol muy en serio. Deberías haber visto esas largas piernas en acción.

Lo que Archer no sabía era que Finn ya había visto esas piernas en acción. En sus fantasías sexuales.

—¿Por qué no viniste? —preguntó Pru—. ¿No querías presumir de largas piernas?

—Esta chica me gusta —Archer casi se atragantó con la cerveza.

Finn no apartaba la mirada de Pru. Sus ojos brillaban divertidos. Tenía una mancha de polvo que le cruzaba la cara. Y otra más en el torso, concretamente sobre el pecho izquierdo.

—Tengo unas piernas estupendas —se defendió.

—Sí, claro.

—En serio. Decídselo —Finn se dirigió a todo el grupo.

—Las de Archer son mejores —Spence se encogió de hombros.

—Y que lo digas —Archer sonrió.

—A mí también me gusta esta chica —extrañamente, Elle le dedicó una sonrisa a Archer.

—Aquí no se trata de mis piernas —¡mierda!, estaba sonando a la defensiva.

—Quizás deberías demostrarlo —insistió Pru en tono inocente, provocando que Archer casi se ahogara de nuevo.

—¡Esto es como Navidad! —Willa saltó en el asiento dando palmaditas.

—Nos la quedamos, ¿verdad? —intervino Spence.

—Si una dama quisiera ver mis piernas —Sean les acercó otra jarra de cerveza—, yo se las enseñaría. Pero es solo una opinión.

«Gilipollas», pensó Finn.

La mirada expectante de Pru le arrancó una carcajada.

—¿Qué dices? ¿Aquí? —preguntó incrédulo.

—¿Por qué no? —asintió ella.

—Porque... —por Dios, ¿cómo había perdido el control de la conversación?—. No voy a bajarme los pantalones aquí

—contestó con rigidez. Genial, acababa de quedar como un envarado.

—A lo mejor es que no se ha depilado —observó Willa—. Eso, desde luego, evitaría que yo me bajara los pantalones. Solo voy depilada de rodilla para abajo. Tengo los muslos tan peludos como el pecho de un leñador. Por eso llevo pantalones piratas y no cortos. Podéis darme las gracias por ello.

Elle asintió como si todo lo anterior tuviera un perfecto sentido.

—Vas a tener que demostrárselo a la dama —Archer añadió un poco más de leña al fuego—. Déjalos caer.

Otro gilipollas.

Willa sonrió y empezó a golpear rítmicamente la barra del bar con las manos mientras cantaba.

—Que se los baje, que se los baje…

Los demás se unieron al cántico. Todos sus amigos se habían vuelto gilipollas.

Pru se inclinó sobre la barra del bar y le hizo un gesto para que se acercara. Finn lo hizo, quedándose inmóvil cuando ella pegó la boca a su oreja.

—Soy la única que alcanza a ver lo que hay detrás de la barra —susurró.

A Finn le llevó unos segundos asimilar las palabras, pues lo único en lo que podía concentrarse era en la sensación de sus labios sobre la oreja. Cuando respiraba, el cálido aliento le acariciaba la piel y tuvo que recordarse que se encontraba en un bar abarrotado, rodeado por los idiotas de sus amigos.

Ella sonrió seductora.

—Eso no va a suceder —él soltó una carcajada.

Al menos allí, con público, no. Finn se preguntó si Pru seguiría jugando con él si estuvieran solos en su cama o, por si la cama estuviera demasiado lejos, en su despacho…

Los cabellos de Pru cayeron sobre el rostro de Finn, quedándose enganchado un mechón en la incipiente barba, pero no le importó. Aunque estuviera cubierta de polvo, esa mujer olía maravillosamente.

—Soy el hada de la felicidad, ¿recuerdas? —susurró ella de nuevo.

—Y podría ser que yo no llevara ropa interior —contestó él, también en un susurro, siendo gratificado por un respingo. La mirada de Pru se oscureció—. En cualquier caso —añadió—. No dejo caer los pantalones en la primera cita.

Ella se mordió el labio y deslizó la mirada por el cuerpo del barman, seguramente intentando imaginarse si había dicho en serio lo de la ropa interior.

De repente su móvil sonó y Pru sonrió mientras se apartaba para contestar.

—Esa es la mujer que tú necesitas —Sean se acercó a su hermano y le dio un codazo mientras ambos permanecían pendientes de ella.

—No —Finn sacudió la cabeza—. No lo es. Ya sabes que no salgo con mujeres de este edificio.

—Lo cual sería una norma estupenda si abandonaras el edificio alguna vez.

—Sí que lo abandono —para ir de su casa al trabajo y viceversa, pero daba igual. No le gustó la insinuación implícita de que su vida no era lo bastante buena.

—Gánate el sueldo —Elle puso su vaso bajo la nariz de Sean—, mozo.

—¿Qué desea tomar Su Alteza? —Sean puso los ojos en blanco, pero tomó el vaso—. Algo rosa y con una sombrillita, supongo.

—¿Tengo pinta de estudiante? —preguntó ella—. Tomaré un Martini.

Sean sonrió y se dispuso a complacerla.

Willa se acercó a Finn. Era una mujer pequeña, que apenas le llegaba a los hombros, pero cuando se irritaba era peor que una gata en celo. Y Finn sabía que no debía enfrentarse a ella, sobre todo cuando le dedicaba La Mirada. Sin embargo, en ese momento no estaba de humor.

—No —insistió, tajante.

—Ni siquiera sabes lo que voy a decirte.

—Vas a decirme que me comporto como un imbécil —contestó Finn—. Pero tengo una noticia para ti: soy un tío, y a veces los tíos nos comportamos como imbéciles. Tendrás que acostumbrarte a eso.

—No iba a decirte eso —la mujer hizo una pausa ante la mirada que recibió y suspiró—. De acuerdo, tienes razón. Pero es que te estás comportando como un imbécil.

—Qué sorpresa.

Willa apoyó una mano en el brazo de su amigo hasta que él suspiró y la miró de nuevo.

—Me preocupas —insistió con dulzura—. Te has encerrado en ti mismo. Ya sé que este negocio ha despegado y que estás muy ocupado, pero da la sensación de que Sean se divierte mientras tú… te limitas a permitírselo. ¿Y tú qué, Finn? ¿Cuándo será tu turno?

Él se volvió y miró a Sean ejerciendo su mágico carisma con un grupo de veinteañeras al otro extremo de la barra. Su hermano nunca había podido ser niño sin más. Lo menos que podía hacer era permitirle ser un chico de veintidós.

—Se lo merece.

—¿Y tú no? Trabajas como un loco y te limitas a cumplir con tus obligaciones.

—¿Te apetece comer algo? —cierto o no, a Finn no le apetecía oírlo.

—No, gracias —Willa suspiró. Había captado la indirecta, por eso Finn la adoraba—. Tengo que irme. Mañana tengo que madrugar para asistir a una boda. Tengo que preparar la tarta y arreglar las flores.

—¿Otra boda de perros? —él sonrió.

—Periquitos —la mujer soltó una carcajada. Todos sabían

que ganaba más dinero organizando elaboradas bodas entre mascotas que con el servicio de peluquería y venta de artículos para animales.

Finn también soltó una carcajada y abrazó a su amiga. En cuanto se alejó, la mirada se dirigió automáticamente hacia Pru. La pandilla se había trasladado al fondo del local y ella los acompañaba. O bien jugarían al billar o a los dardos. Era noche de torneo. Anotó unos cuantos pedidos y se los pasó a Sean.

—Esto para Adicto al trabajo, Playboy y Forajido, a las cuatro, cinco y seis desde donde estás —al volverse se encontró con Pru mirándolo fijamente. Había regresado a la barra en busca de la bolsa de alitas de pollo sobrantes que había olvidado.

—¿Adicto al trabajo, Playboy y Forajido? —preguntó.

—Clientes —le explicó Sean.

—¿Todos tenemos motes?

—No —respondió Finn.

—Sí —le corrigió su hermano. El servicial bastardo señaló a unos cuantos—. Patoso, Felpudo, Manguera.

—¿Felpudo?

—Es un viejo amigo —Sean sonrió—, y acaba de casarse. ¿Ves por dónde voy?

—Me temo que sí —ella rio—. ¿Y Manguera?

—¿De verdad quieres que te lo explique?

Finn cubrió el rostro de su hermano con la mano y le propinó un empujón.

—¡Oye! Ha preguntado ella —protestó Sean.

—¿Y cuál es mi mote? —preguntó Pru.

Mierda. Aquello no presagiaba nada bueno.

—No todo el mundo tiene un mote aquí.

—Suéltalo, Abuelo —ella entornó los ojos.

Sean soltó un bufido.

—Bueno, debería ser Entrometida —hasta Finn rio.

—Sí, claro. Dime algo que no sepa. Vamos, ¿cómo me llamáis vosotros dos?

—Tu primer día en el edificio fuiste Margarita —le explicó Sean—. Porque llevabas un ramo de flores.

—Un regalo de mi jefe para la casa nueva —les aclaró Pru—. ¿Y qué pasó?

—Te vimos dar de comer a nuestro sintecho, y te lo cambiamos por Pringada.

—¡Eh! —protestó ella con los brazos en jarra—. Es un tipo agradable y tenía hambre.

—Tiene hambre porque fuma hierba —le explicó Finn—, y le provoca antojos. Y solo para que lo sepas, todos le damos comida. Tiene comida, Pru. Lo que pasa es que le gustan las chicas bonitas y que, además, sean unas pringadas.

Pru se sonrojó y soltó una carcajada.

—De modo que yo soy Pringada. ¿En serio?

—No —Sean sacudió la cabeza—. Ahora eres Problemas.

—¿No tienes clientes a los que atender? —Finn le dirigió una mirada asesina.

Su hermano soltó una carcajada y lo dejó con Pru.

—Tampoco causo tantos problemas —protestó ella.

—¿Estás segura? —la mirada de Finn se detuvo en los carnosos labios.

—Absolutamente —sin embargo, la sonrisa que le dedicó presagiaba todo lo contrario.

Y entonces Finn lo supo. Era él el que tenía problemas. Muchos problemas.

—¿Qué necesitas? —preguntó con voz ronca.

—Me enviaron a buscar un juego de dardos.

—¿Sabes jugar? —le preguntó mientras sacaba algo de un cajón.

—No, pero aprendo deprisa. Podré hacerlo.

—Esa es la actitud —Finn sintió formarse otra carcajada—. Dile a Spence que se lo tome con calma, lo suyo son los dardos. Y no apuestes contra Archer. Se crio en un bar, no podrás vencerle.

—Me dijo que nunca había jugado a los dardos —ella se mordió el labio.

—Mierda —exclamó él—. Ya te ha estafado, ¿a que sí?

—No hay problema —contestó ella—. Lo tengo.

Finn la vio marcharse, sacudió la cabeza y se puso a preparar bebidas. Sean estaba demasiado ocupado flirteando con Devorahombres en una de las mesas, aunque el mes pasado ya lo hubiera devorado y escupido.

Cuando por fin levantó la vista había pasado media hora y del fondo del local llegaba el sonido de cánticos.

—Blanco, blanco, blanco...

—Necesito dos mojitos —Finn silbó a Sean y se secó las manos antes de salir de detrás de la barra.

—Estoy ocupado —se quejó su hermano—. Estoy consiguiendo bastantes puntos aquí. ¿Adónde vas? ¡Eh!, no puedes abandonar tu puesto, tú... ¡maldita sea! —murmuró cuando vio que Finn no aflojaba el paso.

Se dirigía al fondo del local. Esperaba en serio que Archer no se estuviera aprovechando de Pru. Tenía una sonrisa tan dulce... y aunque había un toque travieso en ella, y poseía una innegable habilidad para mejorar la energía de una habitación, no tenía nada que hacer frente a sus amigos.

El grupo había aumentado, incluyendo a algunos colegas de Archer, todos antiguos militares o policías. Vio a Will y a Max, ambos unos virtuosos de los dardos, y de las mujeres.

«Mierda».

Pru estaba en la parte delantera, frente al primero de los tres tableros de dardos. Tenía los ojos vendados, un dardo en la mano y la lengua entre los dientes en un gesto de suprema concentración. Will la estaba haciendo girar.

¿Haciendo girar?

Finn no tuvo tiempo más que para pensar «¿qué demonios...?», antes de que Will la soltara y Pru lanzara el dardo.

Clavándolo en el pecho de Finn.

CAPÍTULO 6

#NoLoIntentéisEnCasa

Ante el respingo general que se oyó en el local, Pru se arrancó la venda de los ojos y parpadeó varias veces para enfocar. Y lo que vio con horror fue el dardo clavado en el pecho de Finn, la cola aún vibrando del impacto.

Archer y Spence estaban haciendo fotos con sus respectivos móviles, y una enorme sonrisa grabada en el rostro, pero ella no lo encontró nada divertido.

—¡Oh, Dios mío! —exclamó en un susurro mientras corría hacia él—. ¡Oh, Dios mío! —el pánico le obstruía la garganta mientras lo agarraba por los brazos sin apartar la mirada del dardo—. ¡Te he dado!

—Blanco —Finn contempló el dardo clavado en su pecho—. Nada mal para una principiante.

Estaba bromeando. Acababa de alcanzarle con un dardo y él estaba ahí bromeando. «Por Dios santo». Deseó que hubiera un enorme agujero que la tragara, pero, tal y como acababa de quedar demostrado, no tenía mucha suerte con los deseos.

—¡Cuánto lo siento! ¿Lo arrancamos? Por favor, tienes que sentarte —cada vez le resultaba más difícil llenar los pulmones de aire—. No te muevas. Podrías tener una costilla rota o un pulmón perforado —la mera idea hizo que se le nublara la vista—. ¡Que alguien llame al 112! —gritó.

—Estoy bien —Finn se arrancó el dardo con calma.

Pru, sin embargo, estaba lejos de estar bien. La punta del dardo estaba roja. «Con la sangre de Finn», pensó mientras sentía que la suya le abandonaba el rostro.

Y en ese instante una enorme mancha roja empezó a extenderse por la camisa. Era como una película de terror.

—¡Dios mío, Finn! —empezaba a entrarle un ataque de pánico y notaba cómo se le enfriaba todo el cuerpo a causa del terror mientras, una vez más, intentaba conseguir que él se sentara y al mismo tiempo colocaba ambas manos sobre la herida para aplicar presión.

Finn permaneció inmóvil, le tomó las manos entre las suyas y se inclinó un poco para mirarla a los ojos.

—Pru, respira.

—Pero yo... tú... lo siento muchísimo —se oyó decir a sí misma desde muy lejos—. Pedí un amor verdadero, no la muerte. ¡Te lo juro!

—Pru...

Pero ella ya no pudo responder. En sus oídos empezó a sonar un zumbido que se hacía cada vez más fuerte, y todo se volvió negro.

Pru volvió en sí rodeada de voces.

—Estupendo, Finn. Por fin tienes a tiro a una buena y la matas.

Le pareció la voz de Archer.

—Tiene un tatuaje —declaró otra voz.

¿Spence?

Pru fue consciente de que se le había subido la camiseta, dejando al descubierto la brújula que llevaba tatuada en la cadera. Se lo había hecho tras la muerte de sus padres, en un momento en que los echaba tanto de menos que no sabía cómo seguir con su vida sin ellos. El mundo se había convertido en un lugar terrorífico, y necesitaba un símbolo que le recordara en qué dirección ir.

—Finn es más de piercings —observó Spence.

—Apuesto a que hoy es más de tatuajes —contestó Archer.

—Me tiene cautivado —continuó Spence.

Pru tiró de la camiseta hacia abajo y abrió los ojos. Estaba tumbada sobre un diván y por encima de su cabeza flotaban un montón de rostros.

—Está un poco verde —anunció la cabeza de Spence—. ¿Creéis que va a vomitar?

—No —el rostro de Willa estaba contraído en una mueca de preocupación—, pero opino que no se hidrata la piel lo suficiente.

—¿Necesitará que le hagan el boca a boca? —preguntó Sean.

—Fuera todo el mundo —la firme exigencia provenía de Finn, y todos los rostros desaparecieron.

Pru comprendió que estaba en un despacho y, por el aspecto, debía ser el de Finn. Había un escritorio, un cómodo diván bajo su cuerpo, y en el otro extremo un enorme ventanal que ofrecía una estupenda vista del patio y la fuente.

Miró a la fuente con los ojos entornados y le envió unas cuantas vibraciones de «estás muerta». ¿Qué broma era esa? Había pedido amor para Finn y en su lugar lo había apuñalado con un maldito dardo.

«¡Por Dios!».

Finn seguía echando a todo el mundo del despacho. Cuando estuvieron a solas, se apoyó contra el escritorio y la contempló. Tenía los pies cruzados a la altura de los tobillos y se sujetaba a la mesa con las manos situadas a ambos lados de las caderas. Estaba muy bueno, incluso con esa postura contenida, vigilante, mientras ella se sentaba.

—Tranquila, fiera.

—¿Qué ha pasado? —preguntó ella.

Cuando intentó ponerse de pie, él corrió hasta el diván, se agachó a su lado y se lo impidió sujetándola por los muslos.

—Todavía no.

—¿Cómo he llegado hasta aquí?

—Te desmayaste —contestó él.

—¡Yo no hice tal cosa!

—De acuerdo —los labios de Finn se curvaron en una sonrisa—. Digamos entonces que decidiste echarte una siesta. No te apetecía caminar y te llevé en brazos.

—¿Me llevaste en brazos? —Pru se lo quedó mirando, horrorizada.

—Parece que ese detalle te preocupa más que todo el asunto del desmayo en un bar abarrotado —él se encogió de hombros—. De acuerdo. Te recogí del suelo y te llevé en brazos. A pesar de que siempre me aseguro de que el suelo esté limpio, decidí traerte al sofá.

—¡Oh Dios mío! —exclamó ella—. ¡Te alcancé con un dardo!

Finn seguía agachado a los pies del diván. Lo bastante cerca para que ella pudiera agarrarle la camisa y tirar. Necesitaba comprobar los daños.

—Déjame ver. Casi terminé la carrera de Medicina, algo que comprendo resulta difícil de creer dado que acabé desmayada en tu suelo, pero te aseguro que sé lo que hago —por más que tiraba, no conseguía levantarle la camisa lo suficiente—. Quítatela —le ordenó.

—Bueno, normalmente me gusta cenar primero —protestó él—, conocernos un poco, y…

—¡Fuera!

—De acuerdo, de acuerdo —Finn se quitó la camisa.

Pru estuvo a punto de desmayarse de nuevo, pero no por la sangre. Ese hombre tenía un cuerpo de escándalo. Delgado y firme, de anchos hombros, abdominales marcados, pectorales ondulantes… uno de los cuales tenía un agujero a poco más de un centímetro del pezón derecho. Y estuvo bastante segura porque se había acercado tanto que su nariz prácticamente le rozaba la piel.

—Siéntete libre para darle un besito para que se cure —anunció él.

—Estaba comprobando si necesitarías la inyección antitetánica —por Dios santo, ella le había hecho eso. Había agujereado el perfecto y delicioso cuerpo.

—¿Vas a volver a desmayarte? —preguntó Finn.

—¡No! —al menos eso esperaba.

Sin embargo, y solo para asegurarse, se echó hacia atrás. Solo sería un segundo, se prometió a sí misma, y solo porque rememorar los sucesos de la velada le provocaba sudores.

—Botiquín de primeros auxilios —anunció con voz débil.

—¿Qué te hace falta? —Finn la contempló con gesto de preocupación.

—Para mí no, para ti —ella volvió a erguirse—. Se te podría infectar, ¡necesitamos un botiquín de primeros auxilios!

Él suspiró como si Pru empezara a parecerle un colosal grano en el culo. Sin embargo, se levantó y se dirigió hacia una puerta que había detrás del escritorio. El problema era que de ese modo le mostraba su espalda, de piel suave, firme, de tonificados músculos…

Finn desapareció en el interior de un cuarto de baño y regresó con un botiquín de primeros auxilios. Se sentó junto a ella en el sofá. Antes de poder abrirlo, Pru se lo arrancó de las manos y empezó a revolver en su interior. Tras encontrar lo que buscaba, mojó un algodón con una solución antiséptica y lo apretó contra la herida.

Finn contuvo la respiración y ella levantó la vista.

—Ser atravesado por un dardo no te hizo pestañear siquiera —observó ella—. Ni tampoco arrancártelo como un machote. Pero ¿esto te hace daño?

—Está frío.

Pru soltó una carcajada. Intentaba ignorar que sus dedos presionaban la cálida piel al sujetar el algodón empapado contra la herida, o que la otra mano descansaba sobre el atlético muslo. O que sus pezones se habían endurecido.

También intentaba disimular que miraba fijamente el fornido cuerpo. Se sentía como una niña en una tienda de chuches, sin saber muy bien dónde posar su mirada. Esos pectorales. Esa tableta. El delicioso camino de vello que desaparecía bajo la cinturilla del pantalón, seguramente dirigiéndose derecho a...

—Creo que ya estoy desinfectado del todo —anunció Finn en tono divertido.

Pru asintió bruscamente y apartó el algodón antes de tomar una tirita. Sin embargo, le temblaban tanto las manos que era incapaz de abrir la maldita cosa.

Él tomó la tirita delicadamente de su mano. Rápida y eficazmente, la abrió y se la colocó.

—Mucho mejor —observó mientras enarcaba una ceja—. A no ser que...

—¿A no ser que qué?

—Que hayas cambiado de idea sobre lo de darle un beso para que se cure.

El que fuera eso precisamente lo que deseaba hacer fue lo único que le impidió poner los ojos en blanco.

Finn rio suavemente. Ese bastardo sabía muy bien el efecto que ejercía sobre ella.

—Al final tenías razón —él sonrió—. Sí que eres portadora de felicidad. ¿Y ahora qué?

—Ahora es cuando te sacudo en esa cabezota tuya con el kit de primeros auxilios —anunció ella mientras cerraba el botiquín.

—Qué violenta —él sonrió de nuevo—. Me gusta.

—Tienes un curioso sentido del humor —ella se puso de pie sobre unas temblorosas piernas—. De verdad que lo siento muchísimo, Finn.

—No tienes de qué preocuparte. He sufrido heridas peores.

—¿Por ejemplo?

—Bueno... —Finn pareció reflexionar un instante—. En una ocasión, una mujer me arrojó una botella de cerveza a la cara —se señaló una cicatriz sobre la ceja derecha—. Por suerte, me agaché a tiempo.

—¿En serio? —Pru lo miró perpleja.

—Me confundió con Sean —él se encogió de hombros.

—Bueno, eso lo explica todo.

La respuesta de Pru le arrancó una carcajada a Finn.

—¿Tienes otra camisa? —el hecho de verlo desnudo de cintura para arriba le estaba provocando sensaciones muy extrañas a Pru.

—¿Te refieres a una camisa sin agujero?

—¡Sí! —ella gruñó—. Y sin una enorme mancha de sangre —se agachó y recogió la camisa del suelo—. Te compraré otra... —continuó, pero al erguirse le dio un cabezazo en el pecho.

—Déjalo ya —observó él con amabilidad no exenta de firmeza mientras la sujetaba por los hombros—. No estoy tan malherido y ya te has disculpado. Ni siquiera fue culpa tuya. El idiota de mi hermano no debería haber permitido lanzar dardos a ciegas. Si se entera la compañía de seguros, nos echarán.

El problema era que Pru estaba muy habituada a asumir las culpas. Era lo que siempre hacía, y lo hacía muy bien. Además, en ese caso, su sentimiento de culpa tenía otro origen, algo mucho peor que apuñalarlo con un dardo. Y no sabía cómo manejar la situación. Sobre todo en esos momentos en que estaban frente a frente y él tenía las manos sobre ella.

«Díselo», susurró una vocecilla en su cabeza.

Sin embargo, le costaba enfocar la mirada. Lo único en lo que era capaz de pensar era en presionar los labios sobre la tirita. Por encima de la tirita. Por debajo de la tirita. Muy, muy, muy por debajo de la tirita...

No lo entendía. Ni siquiera era su tipo. Cierto que tampoco sabía muy bien cuál era su tipo. Apenas había salido con chicos, pero siempre había imaginado que cuando lo viera lo sabría.

Y en esos momentos la inundaba la terrible y terrorífica sensación de que acababa de verlo en el impenetrable, imperturbable y decididamente sexy Finn O'Riley.

Lo cual no hacía más que empeorarlo todo, de modo que Pru optó por cerrar los ojos.

—¡Dios mío! Podría haberte matado.

Igual que sus padres habían matado al padre de Finn...

Ese pensamiento, el que había intentado mantener a raya, el horror del suceso, la alcanzó de pleno, ahogándola, haciéndola imposible respirar, imposible hacer otra cosa que no fuera entrar en pánico.

—¡Eh, eh! —exclamó Finn mientras la ayudaba con suma delicadeza a sentarse de nuevo—. No pasa nada, Pru.

Ella solo pudo sacudir la cabeza e intentar soltarse. No merecía su simpatía, no merecía...

—Pru, nena, respira. Hazlo por mí.

Y ella tomó una bocanada de aire.

—Muy bien —él asintió con firmeza—. Otra vez.

Otra bocanada más y los puntitos que veía delante de los ojos empezaron a esfumarse, permitiéndole ver a Finn arrodillado ante ella, firme como una roca.

—Ya estoy bien —le aseguró.

Y para demostrarlo, se puso de pie y se apartó de él. Necesitaba espacio desesperadamente, necesitaba apartarse de ese hombre. Empezó a caminar de un lado a otro del despacho.

El escritorio de madera no estaba especialmente desordenado, pero tampoco lo contrario. Una pared estaba cubierta de estanterías sobre las que descansaban toda clase de objetos y regalos promocionales, desde termos para cerveza y alfombrillas de ratón, hasta una enorme bola de luces navideñas.

Otra pared estaba cubierta de fotografías. Su hermano. Sus amigos. Una foto de grupo en el tejado del edificio adonde solían subir para observar las estrellas, picar algo durante las calurosas noches de verano, o simplemente disfrutar de un momento en la cima del mundo.

También había algunas fotos de Finn, aunque no muchas. A medida que recorría la pared, las fotos ser hacían progresivamente más viejas.

Había varias de hacía muchos años. Finn vestido con el uniforme de béisbol del instituto. Y luego con el de la universidad. Se había ganado una beca jugando y estaba destinado a la élite cuando abandonó bruscamente los estudios a la edad de veintiún años. Cuando tuvo que dejarlo todo para cuidar de su hermano pequeño tras la muerte de su padre.

Pru respiró hondo y siguió contemplando las fotos. Había una de Finn y un grupo de chicos sin camisa, aunque sí llevaban mochilas, de pie sobre la cima de una montaña. Y, si no se equivocaba, uno de ellos era Archer.

Otra más de Finn sentado sobre un Chevelle clásico junto a un deportivo. Entre ambos coches una bonita muchacha agitaba una bandera. Evidentemente estaban a punto de iniciar una carrera urbana.

Hubo un tiempo en que ese hombre había sido salvaje y aventurero. Y Pru sabía exactamente qué había sucedido para cambiarlo todo. La pregunta era si sería capaz de devolverle una parte de ese pasado. Era lo que deseaba, lo que necesitaba, de todo corazón.

CAPÍTULO 7

#UnosGofresSiempreLoSolucionanTodo

Finn observó tensarse los hombros de Pru a medida que repasaba las fotos de la pared, y deseó que se diera la vuelta para poder verle el rostro. Pero ella seguía contemplando las evidencias de su vida como si fueran de capital importancia para ella.

—¿Estás bien? —le preguntó.

Ella sacudió la cabeza. Finn no sabía si era una respuesta a la pregunta, o si lo que tenía en la cabeza pesaba demasiado para poderlo expresar. Le dio la vuelta y vio cómo las largas pestañas ascendían, y sus ojos lo golpeaban inmisericordes.

El pulso de Pru se aceleró visiblemente en la base del cuello. Esa mujer estaba tan conmocionada como él mismo, lo cual resultaba endemoniadamente halagador, aunque en esos momentos le preocupaban más las sombras que nublaban sus ojos.

—Algo te preocupa.

Ella se mordió el labio.

—Déjame adivinar. Olvidaste ponerle el tapón al barco y puede que se hunda antes de que comiences tu siguiente turno.

—Nunca me olvido el tapón —Pru sonrió tímidamente, tal y como había pretendido Finn que hiciera.

—De acuerdo, entonces estás preocupada porque me has lisiado de por vida y voy a tener que abandonar mi lucrativa carrera como barman.

—Bromeas —la sonrisa de Pru se esfumó—, pero podría haberte lisiado de haberte alcanzado un poco más arriba.

—O más abajo —contestó él mientras se estremecía ante la idea.

—De verdad que lo siento muchísimo, Finn —ella cerró los ojos y se volvió de nuevo.

—Pru, mírame.

Pru obedeció. En sus ojos se reflejaban secretos que nada tenían que ver con el asunto de los dardos, y también un profundo vacío, un vacío que conmovió a Finn porque lo había reconocido. Lo había visto en el reflejo de su propio espejo. Acercándose un poco le tomó una mano y entrelazó los dedos con los de ella. Se dijo que lo hacía para poderla atrapar si se desmayaba de nuevo, pero sabía que no era cierto. Solo quería tocarla.

—Seguro que tienes que volver al bar… —comenzó ella.

—Dentro de un minuto —Finn la atrajo hacia sí hasta que estuvieron pegados. Gracias a las botas que llevaba Pru, sus bocas estaban casi a la misma altura—. ¿Qué sucede, Pru? —preguntó sosteniéndole la mirada.

Ella abrió la boca, pero dudó. Y, cuando al fin habló, Finn supo que no era eso lo que había estado a punto de decir.

—Parece que tu vida ha cambiado mucho —observó mientras señalaba las fotos que Sean había impreso, metido en marcos y colocado por orden cronológico en las estanterías el día en que habían inaugurado el pub.

Cuando Finn le había preguntado a qué demonios se debía eso, Sean le había contestado: «no todos son tan poco sentimentales como tú. Cállate y disfruta… y no hay de qué».

Durante el último año las fotos habían aparecido sin más.

De nuevo obra de Sean. A Finn no se le escapaba: su hermano se sentía culpable por todo aquello a lo que había renunciado para ocuparse de él, pero Finn no quería que se sintiera así. Lo que quería era que se tomara la vida más en serio.

—Algo ha cambiado —admitió con cautela.

No sabía cómo habían terminado hablando de eso. Unos minutos antes todo había sido dulzura, delicadeza y preocupación por él, mientras intentaba ejercer de médico.

Y él había aceptado encantado.

—Yo diría que ha cambiado bastante —insistió ella—. Las fotos divertidas han desaparecido.

—Desde que compré el pub, sí —asintió Finn.

Había tenido otros planes. Sin la influencia materna y con un padre trabajando, o comportándose como el mismísimo demonio, Sean y él habían sido abandonados a su suerte. Finn había aprovechado esos años para crecer deprisa, salvaje, todo lo que podía. Desde luego había sido un atleta de élite, pero también un cretino. Había pasado de curso, por suerte, con facilidad y sus entrenadores habían soportado su loco comportamiento con tal de tenerle en el equipo. Sus planes incluían ser elegido para jugar en la liga profesional, poder decirle a su padre que se fuera a la mierda, y retirarse con una abultada cuenta bancaria.

Pero la cosa no había salido exactamente así. En su lugar, su padre había muerto en un accidente de coche que no había tenido nada que ver con su propia furia en la carretera. Lo había embestido un conductor borracho.

Con apenas veintiún años, Finn podría haber seguido con sus planes, pero Sean tenía catorce años. El crío habría acabado en una institución si él no hubiera refrenado su lado salvaje, si no hubiera madurado para situarles a ambos en el recto camino.

Era la cosa más difícil que había tenido que hacer, y muchas veces había albergado dudas de poder lograrlo.

—Bueno, creo que debería... —Pru se interrumpió y agitó una mano en dirección a la puerta. Pero no se marchó. Se quedó mirando fijamente la boca de Finn.

En cuanto a gestos, no estaba mal. Estaba pensando en sentir esos labios sobre los suyos. Lo cual parecía justo, pues Finn había pensado largo y tendido sobre lo mismo.

—Buenas noches —susurró ella.

—Buenas noches —contestó él en otro susurro.

Pero ninguno se movió.

Pru seguía mirando sus labios mientras se mordía el suyo. Finn sentía deseos de agacharse y tomar posesión, mordisquear primero la comisura de un lado, y luego del otro, y quizás también el carnoso labio inferior, antes de calmarlo con la lengua. Después seguiría hacia abajo, hasta cubrir cada milímetro de su cuerpo.

—¿De acuerdo?

Finn parpadeó. Había estado tan sumido en sus pensamientos sobre lo que le gustaría hacerle a esa mujer, sobre los sonidos que podrían surgir de la deliciosa boca mientras él deslizaba la lengua por su cuerpo, que no había oído ni una sola palabra.

—De acuerdo.

Pru asintió y... se dio media vuelta.

¿Qué demonios? Finn le agarró la mano y consiguió detenerla.

—¿Adónde vas?

—Acabo de decirte que debería irme y me has contestado que de acuerdo.

Por supuesto no estaba dispuesto a admitir que no había escuchado ni una sola palabra porque había estado demasiado ocupado follándola mentalmente, y se limitó a sujetarle la mano.

—Pero tú eres el hada de la felicidad. Tienes que quedarte y salvarme. De lo contrario, regresaré al trabajo.

—Qué salvaje —Pru sonrió.

Finn le dio otro tirón a la mano de Pru. A pesar de lo cerca que ya estaba, ella se pegó un poco más a él.

Pru suspiró, como si sentirlo fuera justo lo que necesitaba. De inmediato se quedó paralizada y sus ojos se abrieron desmesuradamente.

—Eh, ¡oh!

Cierto que hacía tiempo que no tenía a una mujer tan cerca, pero esa no era la reacción habitual que obtenía cuando abrazaba a alguna.

—¿Algún problema?

—No —Pru se mordió el labio—. A lo mejor.

—Cuéntamelo.

—Mi madre me enseñó a demostrarlo, no a decirlo —contestó ella tras dudar un instante. A continuación deslizó las manos por el fornido torso, deteniendo una sobre la tirita que acarició como si con eso pudiera quitarle el dolor—. Necesito comprobar algo...

—¿El qué?

La mirada de Pru se detuvo en la boca de Finn. De nuevo ella dudó.

La ternura combinada con ese repentino deseo resultaba ser una embriagadora mezcla para un tipo que se enorgullecía de no sentir demasiado.

—Pru...

—Calla, un segundo —susurró ella.

Salvando el hueco que había entre ellos, rozó los labios de Finn con los suyos.

En el instante en que contactaron, Finn gimió. Le encantaba el modo en que ella lo abrazaba, cómo murmuraba su nombre en una dulce súplica y también en cierto modo una exigencia. Deseaba sonreírle y tumbarla sobre el sofá. En un intento de no disparar los motores, de permitir que fuera ella quien llevara el control, intentó contenerse, pero ella soltó un delicioso gemido, como si él fuera la cosa más deliciosa que hubiera probado jamás. Sin poder aguantar más, él hundió las manos en los cabellos castaños y tomó las riendas del beso que se volvió lento y profundo, hasta que Pru soltó un nuevo gemido y, prácticamente, se le subió encima.

Desde luego, le gustaba aquello. Muchísimo. Finn la rodeó con sus brazos y la abrazó con fuerza, atrayéndola aún más hacia sí. Sabía que entre ambos había algo, pero eso… su mundo se estaba tambaleando. Y al parecer también el de ella, pues ambos se habían fundido en el mismo mundo, lenguas, labios, cuerpos, moviéndose al unísono en un lento ritmo.

De repente se abrió la puerta del despacho y Sean se quedó parado, el rostro sobre el iPad.

—Hay un problema con el inventario… —anunció, sin dejar de leer la pantalla—. ¿Dónde demonios está…? ¡oh! —al fin levantó la vista—. Mierda. Ahora le debo veinte pavos a Spence.

Finn se contuvo de borrar esa sonrisa burlona del rostro de su hermano, pero solo porque para ello tendría que apartar la mirada de Pru, que se acariciaba los húmedos labios con los dedos y lo miraba perpleja.

«Bienvenida al club, nena…».

—Siento haber interrumpido el momento sexy —se disculpó Sean sin aspecto de sentirlo en absoluto—. Hola, Problemas —sonrió a Pru.

—Hola —contestó ella sonrojándose—. Tengo que irme.

Volviéndose, describió un pequeño círculo mientras buscaba el bolso, encontrándolo donde lo había dejado tirado en el sofá. Se colgó el bolso del hombro y sin establecer contacto visual con ninguno de los hermanos se despidió rápidamente y se dirigió hacia la puerta.

—Te acompaño a casa… —Finn la alcanzó y le acarició la espalda.

—Vivo dos plantas más arriba —contestó ella sin mirarlo—. No es necesario.

Cierto. Pero en esos momentos a Finn le preocupaba algo

más que su seguridad. Pru lo había acompañado durante ese beso, muy de cerca, pero de repente se había vuelto a abrir una brecha entre ellos, y deseaba cerrarla.

—Si surge alguna complicación por la herida que te he provocado al intentar matarte —Pru habló a la puerta—. Necesitarás...

—No hará falta. Estoy bien —Finn le rozó la oreja con los labios al susurrar y percibió el estremecimiento de su cuerpo.

—De acuerdo entonces —contestó ella con voz temblorosa. Y se marchó.

Finn se volvió hacia su hermano.

Que sonreía de oreja a oreja.

—Mírate todo conmocionado...

—¿Nunca has oído hablar de llamar a la puerta? —preguntó Finn.

—¿Y qué hay de divertido en eso? —Sean se encogió de hombros.

—¿No hay nada más que la diversión?

—¡Pues claro que no! —su hermano alzó las manos—. ¡Al fin lo comprendes!

Finn se volvió y fijó la mirada en el punto del suelo entre el sofá y el escritorio donde había estado a punto de tumbar a Pru para dar por finalizado su largo periodo de abstinencia hundiéndose en el dulce cuerpo.

—¿Qué problema hay con el inventario?

—Se ha caído. Todo el sistema se ha caído.

Finn le arrebató a Sean el iPad de las manos y deslizó un dedo por la pantalla para acceder a los datos.

—¿Y me lo dices ahora? ¿Estás de broma?

—Sí —Sean asintió.

—¿Qué? —Finn levantó la vista y se quedó mirando a su hermano.

—Sí, estoy de broma —Sean sonrió—. Tomándote el pelo, calentándote la cabeza. He vuelto porque Archer y Spence me enviaron a espiaros a ti y a Problemas. Nos apostamos veinte pavos. Pensaban que podrías intentar alguna maniobra extraña.

«Jesús».

—Yo no lo pensé, por supuesto —le aclaró Sean—. Pensé que con lo oxidado que estabas, necesitarías indicaciones. Y ahí va la primera: cierra la puerta, tío. Siempre. Ah, y ahí va la segunda —Sean se apartó con una sonrisa cuando vio a su hermano dirigirse hacia él—, te has quitado la camisa, y eso está bien para comenzar, pero lo importante son los pantalones —se reía a carcajada, pasándoselo de lo lindo.

Finn sonrió, lo empujó para que saliera del despacho y cerró la puerta en su cara.

Y luego echó el cerrojo.

—¿Ahora la cierras? —se oyó la voz de Sean al otro lado de la puerta mientras giraba el picaporte—. Un momento, yo me echo la siesta en ese sofá. Dime que no lo hicisteis en el sofá.

Finn se dirigió al escritorio.

—No lo hicisteis, ¿verdad que no? —Sean empujó de nuevo la puerta

Finn se colocó los cascos y puso algo de música en el móvil antes de sentarse ante la mesa para sumergirse en el montón de papeleo que lo aguardaba.

A la mañana siguiente, Pru acudió al trabajo especialmente temprano. Era final de mes y, aunque Jake se esforzaba para que los capitanes de barco no se ahogaran en el papeleo, una parte resultaba inevitable. Quería ponerse al día, pero no había dormido bien y la vista se le nublaba continuamente. Al final claudicó y apoyó la cabeza sobre el escritorio.

Solo un minutito, se dijo a sí misma…

Finn se apretó contra ella y Pru gimió al sentir cómo le acariciaba el costado, el pulgar deslizándose sobre los pezones. Arqueó la espal-

da y él la besó, elevándolo casi a categoría de arte, como si no tuviera nada más importante que hacer que excitarla, y como si tuviera todo el tiempo del mundo para hacerlo. Ella se agarró a Finn con fuerza y él acopló el tronco inferior del cuerpo al suyo, mostrándole lo agresivamente duro que estaba. Deseándolo desesperadamente, Pru hundió las manos en los oscuros cabellos, besándolo con pasión hasta que él gimió sobre su boca.

—¡Por favor! —suplicó ella.

—Será un placer —la voz de Finn sonaba sexy y ronca, y ella lo abrazó con fuerza, pegando las caderas contra las suyas mientras él deslizaba una mano por su estómago y la introducía bajo las braguitas.

Finn volvió a gemir y ella supo por qué. Estaba húmeda y a punto de entrar en combustión.

Interrumpiendo el beso, le mordisqueó el lóbulo de la oreja.

—Pru —le susurró con esa voz ronca tan suya—. Tienes que despertar.

Pru se despertó de golpe y se irguió en la silla. Se había quedado profundamente dormida sobre el escritorio mientras trabajaba en el odioso papeleo.

—¿Qué...? —consiguió preguntar.

Finn estaba agachado frente a ella, completamente vestido, respirando entrecortadamente.

Y de repente se dio cuenta de otra cosa: su mano acariciaba lo que parecía una impresionante erección bajo los pantalones vaqueros.

Ella retiró la mano de golpe, como si se la hubiera quemado y, echando la cabeza hacia atrás, él soltó una sonora carcajada. Haciendo caso omiso del efecto que le provocaba esa risa en las entrañas y las partes bajas, Pru se aclaró la garganta.

—Lo siento.

—No lo sientas. Es la mejor bienvenida que me han ofrecido jamás.

—Pues ha sido culpa tuya —murmuró Pru, el rostro ardiendo—. Eso es lo que pasa cuando me despiertas de un sueño profundo.

—No estoy seguro de que pueda ser calificado de sueño —Finn levantó la cabeza. El petulante cretino sonreía—. Jake me dejó entrar y me indicó dónde estaba tu despacho. La puerta estaba abierta. Gemías y sudabas. Me acerqué para comprobar si estabas bien y abusaste de mí.

—¿Qué haces aquí? —Pru gruñó mientras golpeaba repetidamente la frente contra la mesa—. Aparte de para despertarme bruscamente de la única acción de la que he disfrutado en mucho tiempo, demasiado.

Y él rio. ¡Rio! A Pru se le pasó por la mente la idea de matarlo, pero entonces vio que llevaba una bolsa marrón en la mano. Y de la bolsa salía el más delicioso de los aromas.

—Paré en la tienda de gofres y compré el desayuno —le explicó él mientras alzaba la bolsa—. Y pensé en ti.

—¿Con chocolate y sirope de frambuesa? —preguntó ella esperanzada, decidiendo dejar el pasado atrás a cambio de una buena dosis de azúcar e hidratos de carbono.

—Por supuesto.

No se molestó en preguntarle cómo sabía cuál era su kriptonita particular. No conocía a nadie que no adorara la plancha mágica del carrito mágico que había frente a su edificio y que regentaba una mujer llamada Rayna. Arrebató la bolsa de las manos de Finn y decidió perdonarle.

—No pienses que esto significa que vamos a recrear mi sueño.

—Desde luego que no —contestó él.

—¿Porque nunca piensas en mí de ese modo? —Pru se sintió inesperadamente desolada.

Finn pareció meditar detenidamente sus siguientes palabras y ella se preparó para lo peor mientras se recordaba a sí misma lo bien que se le daba asumir rechazos, se le daba muy bien.

Al parecer decidido a no contestar, Finn se irguió en toda su estatura. Dado que ella seguía sentada, su rostro quedó a la altura de la parte de la anatomía que había tenido entre las manos unos minutos antes.

Seguía duro.

—¿A ti esto te parece desinterés?

—No —Pru tragó nerviosamente.

—¿Alguna pregunta más?

—No —consiguió contestar de nuevo—. No hay más preguntas.

—La pelota está en tu tejado —Finn asintió y le rozó suavemente la boca con los labios antes de marcharse sin decir una palabra más.

CAPÍTULO 8

#TodaLaGenteGuayLoHace

A la mañana siguiente Pru se levantó a la hora habitual, a pesar de que era su día libre. Se puso un top y un pantalón de yoga y se calzó los zapatos de correr.

—Odio correr —anunció a la habitación vacía.

La colcha de la cama se deslizó ligeramente y ella la echó para atrás, descubriendo a Thor, que mantenía los ojos cerrados.

—Sé que estás fingiendo.

El perro seguía con los ojos firmemente cerrados.

—Lo siento amigo, pero te vienes conmigo. Ayer me comí el gofre que me trajo Finn. Entero. Soy consciente de que a ti te da igual si no entras en un par de vaqueros ajustados sin que tu tripa sobresalga de la cinturilla y, además, ni siquiera sabes quién es Finn, pero confía en mí, no podrías resistirte, ni a él ni al gofre.

Thor ni se movió.

—Una galletita para perros —Pru lo intentó con tono seductor—. Si te levantas ahora mismo, te daré una galletita para perros.

Nada. El animalito seguramente sabía que las galletitas

para perros se habían terminado. Podría dejarlo tranquilamente en casa, pero la última vez había hecho sus necesidades en sus botas preferidas, lo cual debía haberle costado no poco tiempo y esfuerzo.

—Muy bien —ella agitó las manos en el aire—. Hoy compraré más galletitas, ¿de acuerdo? Y también iremos a visitar a Jake.

Al oír ese nombre, Thor levantó la cabeza. Sabía que Jake siempre tenía galletas para perros en el cajón de su escritorio, de modo que empezó a jadear feliz, una oreja tiesa y la otra doblada sobre el ojo.

—Eres el cagador de botas más mono que he visto nunca —Pru no pudo evitar sonreír—. Y ahora vámonos. Primero habrá que correr, aunque muramos en el intento.

Thor suspiró ruidosamente, pero se levantó de la cama. Una vez enganchada la correa, salieron de la casa.

Atravesaron Fort Mason, corriendo por el sendero que discurría por encima del nivel del agua. Pero el agua no se veía. La niebla matinal se había asentado y Pru tenía la sensación de tener la cabeza rodeada por una enorme bola de algodón. Salieron por el muelle este del puerto de San Francisco, construido sobre un rompeolas artificial y que ofrecía una de las más maravillosas vistas de la bahía.

Y allí fue donde Thor se plantó, negándose a dar un paso más. Se sentó y, de inmediato, se tumbó delante de los pies de su dueña.

—¿Acabas de matar a tu perro? —preguntó un chico que corría en dirección contraria.

—No, es que no le gusta correr —le explicó ella.

Resultó evidente que el corredor no había creído ni una palabra, pues se inclinó sobre Thor, que de repente sacó fuerzas de flaqueza, al menos las suficientes para levantar la cabeza y enseñarle los dientes a ese hombre que se había atrevido a acercarse demasiado.

El chico dio un salto hacia atrás, se tropezó y cayó de culo.

—¡Dios mío! ¿Estás bien? —preguntó ella.

El corredor se levantó de un salto, la miró con cara de odio y siguió corriendo.

—Lo siento —gritó ella a su espalda antes de fulminar al animal con la mirada—. Un día de estos alguien va a llamar a la perrera y te llevarán. Lo sabes, ¿verdad?

Thor cerró los ojos.

—Vamos, levántate —Pru lo empujó con el pie—. Todavía tenemos que quemar unas cuantas calorías.

El perro ni se movió, aunque sí le obsequió con un pequeño gruñido.

—¿Sabes qué te digo? Que te haré caso. Aunque corremos el riesgo de no caber en nuestros trajes de baño. De todos modos, no me gusta nadar —anunció ella, feliz de tener una excusa para dejar de correr.

Caminaron el resto del camino hasta el muelle del Aquatic Park, que se curvaba sobre la bahía, dando la impresión de flotar sobre el agua.

Una ráfaga de viento les sorprendió y Pru se alegró de no estar en el barco.

—Esto se va a poner feo —vaticinó. Y eso significaba que al menos una persona se marearía en cada excursión. Claro que ese no era problema suyo—. Hoy no tengo ninguna vomitona en la agenda.

Thor, cómodamente instalado en su regazo, le lamió la mejilla. A él no le molestaban las vomitonas. Ni las cacas. En su opinión, cuanto más asqueroso, mejor. Dejando al perro en el suelo, ella estiró el cuello y miró hacia Ghirardelli Square, a sus espaldas.

No le pillaba muy mal pasar por ahí, pero, si lo hacía, compraría chocolate y entonces tendría que volver a salir a correr al día siguiente. Estaba en pleno debate consigo misma cuando Thor fue abordado por una paloma casi tan grande como él.

El perro se quedó inmóvil, sin atreverse a mover un músculo, los ojos desmesuradamente abiertos.

La paloma se detuvo, ladeó la cabeza y amagó un ataque contra Thor.

Thor metió la cola entre las patas y corrió a esconderse entre las piernas de Pru.

—¡Eh! —gritó ella a la paloma—. No seas abusona.

La paloma la miró un instante antes de seguir su camino.

—Voy a tener que ponerte gafas —Pru tomó al perro en brazos—. Acabas de aterrorizar a un hombre adulto y luego te acobardas frente a un pájaro.

—¡Guau! —Thor parpadeó y miró a su dueña con sus enormes ojos.

Al oír el ladrido, la paloma se detuvo y se volvió. Seguro y firme en brazos de Pru, Thor gruñó.

—Voy a dejarte en el suelo, tipo duro —Pru soltó una carcajada—. Vamos a ir corriendo a mi trabajo para recoger otra caja de mi…

El perro se acurrucó en sus brazos y apoyó la cabeza en su hombro, mirándola con ojos de cachorrito abandonado.

—No me mires así —ella sacudió la cabeza—. No pienso llevarte en brazos todo el camino.

Otro lametón en la mejilla.

Y ella, por supuesto, lo llevó en brazos todo el camino.

—¡Jake! —gritó al entrar en el almacén del muelle 39, que servía de sede de la empresa SF Bay Tours—. ¿Jake?

Nada. Además de su jefe, Jake era su mejor amigo y, durante una semana mucho tiempo atrás, también había sido su amante. No habían retomado el tema por varias razones, por ejemplo porque Pru tenía un pequeño problema, solía enamorarse de los tipos con los que se acostaba.

Con los dos.

El primero, Paul, fue su novio durante dos semanas tras la muerte de sus padres. Y dado que estaba deshecha, y que él solo contaba dieciocho años y no estaba preparado para manejar el asunto, la había abandonado. Normal.

Jake había sido el siguiente, y la había querido. Seguía queriéndola. Pero no estaba, ni estaría nunca, enamorado de ella. Y lo cierto era que ella tampoco se había enamorado de él. En realidad no estaba segura de estar hecha para esa clase de amor, para dar o recibir. Quería estarlo, lo quería realmente, pero querer y hacer habían demostrado ser dos cosas totalmente diferentes.

—¡Jake!

—No hace falta que grites, mujer, no estoy sordo.

Pru dio un respingo, se volvió y se encontró de bruces con él. No lo había oído llegar, claro que siempre le pasaba lo mismo.

Jake había servido en las Fuerzas Especiales, lo que implicaba bucear a grandes profundidades y exponerse a muchos peligros y, a pesar de que casi lo había matado, no había perdido el estilo. No había sonreído ante el susto que le había dado a Pru, aunque sus ojos sí brillaban divertidos.

Pero los de Thor no. Ante el respingo de Pru, había empezado a ladrar en un tono que recordaba a un alma en pena, y en celo.

—¡Cállate, Thor! —lo reprendió ella antes de volverse hacia Jake con una mano sobre el corazón—. Te juro que cada vez que haces eso me quitas cinco años de vida. Y le has provocado un ataque epiléptico a Thor.

Jake no se disculpó, nunca lo hacía. Ese hombre era un auténtico tirano, pero de los blanditos, de los que alargaban los brazos hacia Thor.

El pobre perro seguía ladrando como si no fuera capaz de parar, los ojos muy abiertos.

—Eres una nena —lo acusó Jake.

—Disculpa —intervino Pru—. Sabes que no ve bien y le has dado un susto de muerte. Y, ¡hola!, es un tío, lo que significa que compartís las mismas cañerías. De modo que no es una nena, es un gran bebé macho.

—Este no tiene mis cañerías, chica —protestó Jake—. Puede que no conserve mis piernas, pero sí tengo un par de pelotas —sin añadir una palabra más, acercó la silla de ruedas y sacó algo del bolsillo.

Una galletita para perros.

La sostuvo bien alto para que la fiera la viera bien. Thor dejó de ladrar y saltó sobre él sin mirar atrás.

Jake giró la silla. Hombre y perro se marcharon.

Pru puso los ojos en blanco y los siguió por la puerta marcada con el cartel de SOLO EMPLEADOS. Continuaron por un pasillo hasta una zona de estar.

—No vamos a quedarnos —le aclaró ella—. Solo he venido a recoger una de las últimas cajas con mis cosas.

—Si quisieras utilizar mi camioneta, podrías trasladar todas tus cosas de una vez en lugar de en un millón de etapas —protestó Jake—. Y ya te dije que te ayudaría.

—No quiero tu ayuda.

Él suspiró y se volvió para quedar frente a ella.

—Sigues enfadada porque te eché del nido.

—No —«sí».

—Supongo que te acordarás de por qué lo hice, ¿verdad? —Jake le tomó una mano y levantó la vista hacia ella.

—Porque tu hermana se está divorciando y necesita la habitación que me prestaste aquí, en el almacén —repitió ella como un loro.

—¿Y...?

—Y... —Pru suspiró—. Estás harto de mí.

—No —le corrigió él con dulzura—. Acordamos que yo era un lastre para ti. Lo que necesitas es salir y vivir tu vida.

—¿Acordamos? —preguntó ella lago irritada.

De acuerdo, no estaba enfadada con él, estaba... dolida.

Aunque sabía que Jake tenía razón.

Eran amigos desde el día del decimonoveno cumpleaños de Pru, el día en que había solicitado un empleo en SF Tours. Él acababa de dejar el Ejército y había pasado por una larga temporada de rehabilitación. Y estaba muy enfadado. Ella acababa de perder a sus padres y estaba igual de enfadada. Ese nexo común les había unido. Jake la obligó a aprender a pilotar barcos y la guio hasta que consiguió ser capitán. Jamás podría haberlo hecho sin él y le estaba muy agradecida, pero ya no necesitaba que la ayudara hasta en el más mínimo detalle.

—Escucha —continuó ella—. Estoy haciendo lo que ambos acordamos que había que hacer. Yo he seguido adelante, he vuelto a subirme al caballo, y tal y tal y tal.

—Es más que subirse al maldito caballo —Jake sonrió, pero la sonrisa no alcanzó su mirada—. Lo que quiero es que vuelvas a participar en Life, el juego de la vida.

—Hay un motivo por el que nadie juega ya a Life. Es un juego estúpido. Las decisiones importantes no pueden tomarse haciendo girar una maldita rueda. Si fuera así de sencillo, la haría girar ahora mismo para que mis padres regresaran. Conseguiría que no mataran al padre de otra persona ni enviaran a todas esas personas al hospital, cambiando y destrozando la vida de los demás para siempre. Retrocedería unas cuantas casillas en el maldito tablero y me quedaría en casa aquella noche para que nadie tuviera que salir a recogerme en una fiesta a la que, para empezar, no debería haber ido a escondidas —Pru suspiró ruidosamente, sorprendida por lo mucho que se había estado guardando.

Las emociones eran muy escurridizas.

—Pru —Jake la miró con gesto de pesar.

—No —ella recuperó su mano—. No quiero hablar de ello.

Y así era. Requería mucho tiempo y esfuerzo enterrar las emociones. Desenterrarlas de nuevo solo serviría para volverse loca. Hizo ademán de marcharse, pero Jake atravesó la silla de ruedas en su camino.

—Entonces hablemos del hecho de que ya has ayudado a todos los implicados en aquella noche —sugirió él—. Vendiste la casa de Santa Cruz en la que te criaste, el único hogar que habías conocido, para financiar con becas a los dos chicos cuya madre fue arrollada mientras cruzaba la calle, a pesar de que sobrevivió. Incluso te hiciste amiga de ellos. ¡Demonios!, Nick es empleado mío en mantenimiento y Tim me contó que lo estabas ayudando a encontrar una casa ahora que se ha marchado de la residencia universitaria...

—Espera un momento —lo interrumpió Pru—. No soy un maldito mártir. Vendí la casa, cierto, pero porque no soportaba tanto recuerdo. Tenía dieciocho años, Jake, era demasiado para mí —sacudió la cabeza—. No repartí todo el dinero. Pagué mis estudios, mis gastos, me quedé lo que necesitaba para...

—Apenas nada. Shelby iba en uno de esos coches, ¿la recuerdas? Después de su operación, le diste el dinero que necesitaba para trasladarse a Nueva York, su sueño de toda la vida.

—La ayudé un poco, sí —admitió ella—. ¿Sabías que aún cojea?

—¿Mantienes el contacto con ella? —Jake la miró incrédulo.

—Cambiemos de tema, por favor —contestó ella exasperada.

—Claro. Pasemos al tema de los hermanos O'Riley. Te aseguraste de que recibieran el dinero del seguro de tus padres, que al parecer emplearon en su educación y en poner en marcha el pub. ¿Y ahora qué, Pru? Ya debería ser hora de dejar el pasado atrás, pero al parecer no lo es. De modo que, cuéntame. ¿Qué está pasando realmente aquí?

«Eso, Pru, ¿qué estaba pasando?».

Ella respiró hondo, obligándose a no recordar, ni lamentar, la venta de su hogar, todo a lo que había renunciado.

—No es feliz —le explicó.

—¿Quién?

—Finn. Quiero que sea feliz.

—No es asunto tuyo —Jake sacudió la cabeza.

—Pero yo siento como si lo fuera —insistió ella—. Todos los demás son felices, incluso su hermano, Sean. Debo intentar ayudarle.

Pru le habló del pozo de los deseos mientras Jake la miraba como si se hubiera vuelto loca.

—Se va a enamorar de ti —le advirtió él—. Y lo sabes, ¿verdad? Antes de que eso ocurra, tienes que contarle la verdad, explicarle quién eres, desde el principio.

—No va a enamorarse de mí —Pru soltó un bufido.

—Créeme, chica —Jake volvió a sonreír y, en esa ocasión, la sonrisa sí alcanzó los ojos—, le miras con esos ojos, le sonríes, mueves un poco el culo... y se cae redondo al suelo. ¿Y sabes por qué lo sé?

Ella sacudió la cabeza.

—Porque yo ya he estado allí. Ya he pasado por eso.

—Pero tú no te caíste redondo al suelo.

—Eso es cosa mía, Pru, no tuya —un destello apareció en los ojos de Jake. Lamento, remordimiento—. Y lo sabes.

El amor no iba con Jake. Se lo había advertido desde el principio, y nunca había faltado a su palabra, lo cual no cambiaba el hecho de que tuviera la intención de conservarla en su vida. Se lo había demostrado permaneciendo con ella para lo bueno y lo malo, y había habido más malo que bueno. Pero en esos momentos había límites, para ambos.

—Háblame de Finn —le pidió.

—Ya sabes casi todo de él. Dirige el O'Riley's. Es fiel a su hermano, protector y amigo de sus amigos, y...

—¿Y...? —insistió Jake.

«Y besa de maravilla».

—Y trabaja demasiado.

—¿Y qué te has creído? —preguntó él con escepticismo—, ¿Crees que vas a cambiar eso?

—Necesita una vida —contestó ella más a la defensiva de lo que habría deseado—. Se la robaron.

—No fue culpa tuya, Pru —sentenció Jake con firme delicadeza.

—Eso ya lo sé.

—¿En serio?

—¡Sí! —exclamó ella, sin mucha delicadeza.

—Entonces, ¿por qué te estás haciendo un hueco en su vida?

Una pregunta excelente.

—No te hiciste hueco en la vida de ninguno de los otros —insistió él—. Hiciste todo lo que pudiste, y te retiraste, permitiéndoles seguir adelante sin tu presencia. Pero aquí no, con Finn no. Y eso suscita otra pregunta, chica, ¿por qué?

De nuevo una pregunta excelente. Pero en esa ocasión Pru sí tenía respuesta, solo que no quería decirlo en voz alta.

Finn era diferente.

Y lo era porque ella deseaba que formara parte de su vida de un modo que no había deseado desde hacía mucho tiempo.

Quizás nunca.

—¿Sabes qué creo? —preguntó Jake.

—No, pero estoy segura de que me lo vas a decir.

—Creo, listilla —continuó él imperturbable ante el sarcasmo—, que es diferente porque sientes algo por él.

¡Pues claro! Pru podría haber añadido que la desestabilizaba. También la confundía, porque nunca había sentido algo parecido por nadie y no quería hacerle daño. No quería, y eso la ponía en una situación difícil.

—He dicho que no quiero hablar de esto contigo.

—De acuerdo. Pues entonces háblalo con él.

—Lo haré. Pronto. Pero no puedo soltárselo sin más, es muy fuerte. Solo hace unos días que somos amigos. Ya encontraré el momento.

—Estuve en el pub anoche —Jake se limitó a mirarla fijamente.

—¿Qué? —ella se quedó paralizada—. No te vi.

—No podrías haberme visto aunque quisieras, puesto que no apartabas los ojos de Finn.

Mierda.

—Te vi con él. Vi cómo lo mirabas. Y vi cómo te miraba él. La gente se enamora, Pru, negarlo es una estupidez y si hay algo que no eres, y nunca has sido, es estúpida.

—Ahora estás siendo ridículo —pero entonces recordó el inesperado beso de Finn, ese impresionante-infartante-tensor-de-entrañas-alegría-para-los-pezones, beso. Pru cruzó los brazos sobre el pecho—. Muy ridículo —añadió antes de hacer una pausa—. ¿De verdad creías que podría enamorarse de mí?

—Cualquier tipo con un átomo de sentido común lo haría. Pero, chica, tienes que...

—Contárselo, sí, lo sé.

—Antes de que llegue demasiado lejos —insistió él—. Antes de que te acuestes con él.

—Yo no voy a...

—No digas nada de lo que tengas que arrepentirte, Pru —Jake alzó una mano—. Estuve allí —sonrió con amargura—. No me obligues a demostrar cuánto te quiero contándoselo yo mismo a tus espaldas para protegerte.

—No te atreverías —ella lo miró fijamente.

—Ponme a prueba —la desafió él—. Y dado que ya he conseguido cabrearte del todo, aprovecho para recordarte otra cosa. Si te acuestas con él antes de que esté todo claro, voy a tener que matarlo por aprovecharse de ti, de una mujer que está hecha un lío.

—¡Yo no estoy hecha un lío…! —Pru se interrumpió. Porque sí lo estaba. Un completo lío—. Ni te atrevas a intervenir. Es mi problema —sentenció antes de dirigirse a lo que había sido su habitación, recuperar una de las últimas cajas y volverse para marcharse.

—Pru.

Ella se detuvo, aunque no se giró, limitándose a mirar fijamente la caja que tenía entre las manos. Estaba etiquetada FOTOS, y sintió cómo se le agarrotaba el corazón. Era la caja que había dejado casi para el final. A propósito. Todo lo que contenía significaba algo para ella, y sujetarla entre las manos hizo que sintiera el corazón más pesado que la propia caja. Era casi más de lo que era capaz de soportar y le hizo desear haber tomado alguna de las otras cajas, por ejemplo la etiquetada TRASTOS DE COCINA QUE TENGO LA INTENCIÓN DE UTILIZAR, PERO QUE NO HAGO.

—Sabes que estaré a tu lado —insistió Jake.

—¿Aunque la fastidie? —Pru suspiró y cerró los ojos.

—Sobre todo si la fastidias.

CAPÍTULO 9

#ProblemasReales

Al final, Pru y Thor, y la enorme caja de trastos de Pru, tomaron un taxi de regreso al edificio de Pacific Pier. Debido al enorme atasco, se bajaron una manzana antes, lo cual le supuso arrastrar a Thor de la correa mientras llevaba la caja a cuestas, una caja que cada vez le resultaba más pesada.

—¡Uff! —exclamó Pru—. Esto de ser adulto no es apto para cardíacos.

Thor le obsequió con la versión perruna de poner los ojos en blanco y suspiró ruidosamente.

—Escucha —ella se apiadó de su mascota—. Lo único que intento es mantenernos en forma. Algunos de nosotros se supone que estamos en la flor de la vida.

Thor no pareció nada impresionado.

Estaba a punto de convencerlo con otro soborno para subir al apartamento cuando sonó el teléfono. Era Tim.

Lo había conocido a él, y a su hermano, Nick, en el hospital tras el accidente. Habían pasado allí unos días con su madre, que había necesitado cirugía para reparar la pierna gravemente dañada. Michelle había estado de baja durante meses después de aquello, un duro golpe para el sustento de la familia. Habían perdido la casa y habían tenido que irse a vivir al coche hasta que Pru pudo vender la casa de sus padres y ayudarlos.

Michelle había aceptado gustosa su amistad, no así su dinero. Al final, Pru había hecho una donación anónima a través de su abogado. Todo lo que Michelle supo fue que alguien de la comunidad había reunido fondos para ayudarla a ella y a los chicos.

En aquellos tiempos, los chicos estudiaban secundaria y Pru se sentía enormemente preocupada por ellos. Pero en esos momentos Nick trabajaba para Jake y Tim estudiaba ingeniería en la universidad.

Y se alegraba tanto por ellos...

—Tim —Pru contestó al teléfono—. ¿Va todo bien?

—Ese chivatazo que me diste sobre el apartamento cerca del campus puede que resulte bien —anunció excitado el muchacho—. Van a llamarte para pedirte referencias. Si lo consigo, mis amigos y yo viviremos allí todos juntos.

—Eso sería estupendo, Tim —contestó ella.

—¿Tienes idea de lo difícil que es conseguir piso? —insistió él—. Es casi imposible.

Pru lo sabía. Le había llevado un montón de tiempo conseguir un apartamento en el edificio de Pacific Pier.

—En cualquier caso —concluyó Tim—. Gracias por la ayuda. Significa mucho —rio tímidamente—. No nos gustaba la idea de tener que vivir en nuestros coches. Ya he pasado por eso.

—No te preocupes —contestó Pru con el estómago encogido—. ¿Qué tal los estudios?

—Jodidamente difíciles, pero estoy en ello —la tranquilizó—. Tengo que irme. Hablaremos pronto.

Pru colgó el teléfono y contempló a Thor.

—Hicimos bien. Saldrán adelante —parecía sorprendida—. Todos ellos.

A continuación llamó a su contacto y recomendó de nuevo a Tim, asegurándose de que fuera el primer candidato en la lista. Saberlo la hizo sentirse muy bien.

«Ahora necesitas estar bien tú...».

Y estaba trabajando en ello.

—Vamos.

Thor bostezó.

—Sabes que podría traer un gato. Uno muy grande, de los que meriendan perros pequeños.

El perro parpadeó y ella suspiró.

—De acuerdo, he ido demasiado lejos. Lo siento —Pru se agachó y abrazó al animal que, encantado, le propinó otro lametón en la mejilla—. Yo también te quiero —murmuró ella besándole la cabeza—. No voy a traer ningún gato —apenas ganaba lo suficiente para poder comer ella y el perro.

Su intención nunca había sido la de tener un perro, pero un año atrás, mientras regresaba caminando a su casa a altas horas de la noche, había oído un ruido que provenía de detrás de un cubo de basura. Se detuvo para investigar, pero el ruido también se había detenido. Y solo cuando reanudó la marcha el ruido volvió.

Pru se había metido detrás del cubo de basura y, al agacharse con la linterna del móvil encendida, casi se había caído de culo al enfocar dos enormes ojos que estaban fijos en ella.

Dispuesta a salir corriendo, se había dado cuenta de que el ruido se había detenido de nuevo y, lentamente, se volvió. Haciendo acopio de todo su valor, se había acercado un poco más y entonces había visto un puñado de pelo que rodeaba a esos enormes ojos.

Thor, desnutrido, sucio y temblando de miedo. Había tenido que sobornarlo con comida para sacarlo de allí, y de nuevo para que se dejara tomar en brazos. Lo único que había podido ofrecerle era una barrita de cereales, pero el animal no le había hecho ascos. Tampoco había mostrado mucha delicadeza, pues casi le había arrancado el dedo de un mordisco por el ansia con el que había comido.

Y Pru, conocida por su mal humor cuando tenía hambre, se había enamorado del animal.

Se irguió con Thor en brazos y su mirada se desvió hasta la ventana al otro lado de la calle.

El despacho de Finn.

El pub estaba cerrado. Los cierres estaban echados, pero el sol de la mañana atravesaba los hierros. Veía claramente a Finn sentado a su mesa, la cabeza agachada. O estaba muerto o profundamente dormido.

Tanto Pru como Thor se lo quedaron mirando fijamente.

—Lo sé —susurró ella al perro—. Es algo digno de ver. Pero no puedes encariñarte con él, porque en cuanto se lo cuente todo, lo nuestro habrá terminado.

Thor apoyó la cabeza sobre el hombro de su dueña. La amaba, por estúpido que fuera su comportamiento.

Pru soltó al perro y la caja. Ató la correa a un banco y cruzó el patio en dirección a la tienda de café.

Detrás del mostrador estaba Tina. Alta, voluptuosa y estupenda. Tenía la piel del color de los mocha latte que estaba sirviendo. Cuando le llegó el turno a Pru, la camarera sonrió.

—¿Lo de siempre? —preguntó con voz grave, hipnótica.

—No, este no es para mí —Pru sacudió la cabeza—. Es para un amigo. Eh... tú no sabrás cómo le gusta a Finn O'Riely, ¿o sí?

—Nena —Tina sonrió aún más—, le gusta fuerte... y ardiente.

—Ah, pues muy bien. Entonces, ponme uno de esos.

La camarera soltó una carcajada y preparó el café. Lo sirvió acompañado de una galletita para perros envuelta en una servilleta.

—Para Thor —le aclaró—. ¿Y qué tal si a ti te doy algún consejillo que no me has pedido?

—Sí, por favor —Pru se mordió el labio.

—Dos cosas. La primera, ni siquiera intentes hablar con él antes de que se tome su dosis de cafeína. Ese hombre está buenísimo, y es un gran tipo, pero también ruge como un oso antes de tomarse el café.

—¿Y la segunda?

—Sin duda es un buen partido —continuó Tina—, pero está encerrado en sí mismo, escondiéndose en el trabajo. Si te interesa, vas a tener que mostrarle lo que se está perdiendo.

—Estoy trabajando en ello.

—Porque eres el hada de la felicidad, ¿verdad? —Tina rio.

Cielo santo.

—¿Lo has oído?

—Nena, yo lo oigo todo —la camarera le guiñó un ojo, y Pru se preguntó si también habría oído que había estado a punto de matarlo. El día de su primer beso...

—Buena suerte —le deseó Tina—. Yo he apostado por ti.

Pru tomó el café y la galletita para el perro y regresó al patio. Finn seguía durmiendo. Le dio a Thor su chuche y se llevó un dedo a los labios.

—No te muevas —le ordenó antes de colarse entre las macetas que bordeaban el edificio.

El animal la ignoró y se concentró en el aperitivo.

Metiéndose entre dos arbustos de hortensias, Pru golpeó con los nudillos la ventana.

Finn despertó de golpe, con unos cuantos papeles pegados a la mejilla. Tenía los cabellos revueltos y la mirada adormilada, aunque rápidamente la enfocó. La barba, que por la tarde era una sombra, ya pasaba de ser medianamente civilizada. Y, ¡por Dios!, qué guapo estaba.

Antes de que se diera cuenta, él abrió la ventana, con aspecto más despierto del que ella hubiera imaginado posible para alguien recién levantado.

—Te he traído algo... —lo saludó—. No es un gofre,

pero... —sujetó el vaso con café en alto y añadió una sonrisa en un intento de no parecer alguien que acababa de arrastrar por todo el patio a un perro y una pesada caja repleta de dolorosos recuerdos. Misión imposible, dado que la sudada camiseta se pegaba a su cuerpo, al igual que los cabellos. No le hacía falta espejo para saber que tenía la cara roja como un tomate, su tono habitual tras hacer ejercicio.

Finn saltó por la ventana con suma facilidad y ella dio un paso atrás para dejarle sitio. Sin embargo él seguía acercándose, invadiendo su espacio, alargando una mano hacia el vaso como haría un hombre hambriento con el manjar prometido.

Era evidente que necesitaba un café. Pru lo contempló mientras se lo bebía.

Quizás también babeó un poco mientras lo contemplaba.

—Gracias —consiguió decir Finn tras una larga pausa—. La mayoría de la gente no se acerca a menos de tres kilómetros de mí si no me he tomado la dosis de cafeína.

No queriendo aclararle que Tina ya se lo había advertido, porque no quería admitir que había estado buscando información sobre él como fuera, ella se limitó a sonreír.

—¿Qué tal va el agujero de tu pecho?

—Creo que sobreviviré —distraídamente, Finn se llevó una mano al pectoral y lo frotó. Un gesto totalmente inconsciente, pero muy masculino.

—Viviendo la vida loca, ¿eh? —ella puso los ojos en blanco al contemplar los cabellos revueltos y la marca que habían dejado los papeles pegados en su mejilla.

—Completamente loca —él miró más allá de Pru—. ¿Qué tal el gato gordo?

—Debo advertirte —ella se volvió y siguió su mirada hasta Thor, acurrucado al sol junto a la caja, echándose una siestecita— que es mi perro guardián, feroz y protector.

—¿Es un perro?

—¡Sí!
—Sí tú lo dices —Finn se rascó la mandíbula sin apartar la mirada de Thor.
—Me protege —insistió ella—. En realidad, no deja que nadie se acerque a mí. Y ni se te ocurra intentar tocarlo, odia a los hombres.
—A mí no me odiará —objetó Finn—. Los perros me adoran.
—En serio...
Pru intentó de nuevo advertirle, pero Finn ya estaba cruzando el patio. Se agachó y alargó una mano hacia Thor que había abierto los ojos y miraba al hombre que se acercaba.
—Ten cuidado... —insistió ella—. Es como tú sin cafeína, pero él es así todo el tiempo. Podría...
Para sorpresa de la joven, Thor se acercó a Finn en un despliegue de valentía, las pequeñas patas reduciendo la distancia poco a poco, meneando la cola con ese gesto esperanzado que siempre le partía el corazón a su dueña.
Y para colmo de sorpresas, Thor lamió la mano de Finn.
—Buen chico —Finn sonrió complacido y habló al perro con voz suave y cálida—. Según ella eres un perro, ¿tú qué opinas?
Thor jadeó feliz y se tumbó boca arriba para dejar expuesta su suave y algo voluminosa barriguita.
—¿Cómo se llama? —preguntó él sin apartar la mirada del animal, una mirada de adoración.
—Benedict Arnold —contestó ella mirando perpleja a su mascota.
Dado que Benedict Arnold la ignoró por completo, Pru suspiró.
—Thor.
—Una verdadera fiera, ¿eh?
—Pues sí, en realidad...
Y ese fue el momento elegido por Thor para levantarse

con no poca dificultad y lamer la mejilla de Finn. Pru no podía censurarle realmente, pues ella tenía ganas de hacer lo mismo.

Y para colmo, el cegato odiador de hombres se subió en brazos de Finn y se derritió como la mantequilla sobre una plancha caliente, o más bien sobre un tipo caliente.

—No me lo puedo creer —se dijo a sí misma mientras veía a Thor acurrucarse contra el pecho de Finn, como si perteneciera allí, apoyando la cabeza sobre el ancho hombro.

—¿Decías? —preguntó él con una suave risa.

Ella lo miró perpleja por la carcajada. Y entonces vio la barba incipiente y se preguntó… si le dejaría marcas si la besara y hundiera el rostro en su cuello como había hecho la otra noche.

Lo cierto era que no le importaría.

—¿Tienes perro? —preguntó.

—No, pero algún día lo tendré.

Pru recordó que Willa le había hablado del proyecto de Finn de tener una gran casa en las afueras.

—¿Qué planes tienes para hoy? —preguntó él.

—Desembalar alguna caja más —ella señaló la caja en el suelo.

—¿Y yo soy el que necesita un hada de la felicidad? —bromeó Finn.

—Te quedaste dormido sobre el escritorio —señaló Pru—. Mi argumento se sostiene. Desde luego que necesitas un hada de la felicidad.

—Lo anotaré en mi agenda, ¿qué te parece?

—Planear la diversión como que le quita la parte divertida a la diversión —ella rio—. Y, de todos modos, quizás también se trate de aventura. De aventura espontánea.

—No sé —murmuró Finn, observándola sin dejar de acariciar a Thor, al que le estaba induciendo un coma de placer—. Se me ocurren unas cuantas cosas que, si están bien planeadas, podrían ser el epítome de la diversión y la aventura.

Pru levantó la vista del rostro placentero de su perro y la arrastró hasta el de Finn. Y allí encontró unos cálidos ojos en los que brillaba algo. ¿Diversión? ¿Desafío?

—¿Por ejemplo?

Él dejó a Thor en el suelo, al sol y se irguió todo lo alto que era mientras se volvía hacia Pru.

Ella reculó un paso en un movimiento instintivo porque, si bien su cuerpo era muy consciente de lo mucho que lo deseaba, su mente también lo era de que sería la decisión más colosalmente estúpida de su vida.

Pero él se acercó hasta acorralarla contra el muro de ladrillo que bordeaba el patio.

Pru respiró entrecortadamente. Sobre todo cuando se inclinó sobre ella y apoyó una mano a cada lado de su cabeza.

—Eres toda una contradicción —murmuró—. Un prodigio de tira y afloja.

—A lo mejor porque somos como el agua y el aceite —consiguió contestarle.

Sin apartar las manos, bloqueándole la huida, aunque lo último que ella desearía sería escapar de esos fuertes brazos y hábiles labios, Finn le ofreció una mirada ardiente.

—¿Deseas esto, Pru?

Pru no estaba segura al cien por cien de qué era «esto», pero sí lo estaba de que lo deseaba. Y, que Dios la ayudara, pues lo deseaba desesperadamente. Asintió en un rápido movimiento y, de inmediato, él deslizó una mano por su rostro, hundiéndola en los cabellos mientras le acariciaba los labios con el pulgar. La intensidad de la mirada contribuía a que le flaquearan las piernas.

—Estamos en medio del patio —ella tragó nerviosamente.

—¿Qué pasó con la parte aventurera? —murmuró él sin

dejar de embriagarla con las caricias del pulgar sobre sus labios.

Y como de costumbre, la boca de Pru actuó con independencia del cerebro y se abrió para poder mordisquear suavemente el pulgar.

Finn siseó, y el sonido la estimuló para chuparle el pulgar.

Los ojos verdes se dilataron tanto que se volvieron negros.

Sí. De repente se sentía muy… aventurera. Y antes de poder controlarse, sus brazos rodearon los anchos hombros y los dedos se hundieron en los oscuros cabellos.

De los labios de Finn escapó un ahogado y sexy gemido, parecido al ronroneo de un gato salvaje. Un gato salvaje grande que, estaba claro, deseaba más porque la atrajo hacia sí y acercó la boca a sus labios.

Pru se puso de puntillas para recibirlo y él deslizó una mano hasta la nuca, sujetándola exactamente donde la quería. Y solo entonces la besó despacio, con dulzura y pasión.

Segundos más tarde se apartó y la miró a los ojos, sonriendo ante lo que veía, seguramente lujuria y perplejidad. De nuevo volvió a besarla, pero en esa ocasión no fue ni despacio ni con dulzura. Y de nuevo el beso terminó demasiado pronto, pero, cuando Finn levantó la cabeza, el pulgar tomó posesión de su barbilla, acariciándola repetidamente, mientras ella luchaba por volver a encender su cerebro.

—Pru.

¡Y esa deliciosa y ronca voz matinal que la acariciaba como el sol de la mañana y la obligaba a cerrar los ojos!

—Tú hazte cargo del renacuajo, yo me ocuparé de la caja.

—¿Qué? —Pru abrió los ojos bruscamente. Thor estaba nuevamente en brazos de su nuevo amigo.

—Te ayudaré a subir.

A subir arriba. Donde tenía la cama. ¿Se había acordado de hacer la cama? Un momento, ¿qué braguitas llevaba puestas?

Mentalmente, se dio una bofetada, pues nada de eso importaba. Porque no iba a llegar a eso. No podía, no lo haría, porque aún no le había contado quién era. No estaba preparada. Porque sabía que, en cuanto se lo explicara, todo aquello habría acabado. Jamás querría mantener una relación de amistad con una mujer cuya familia le había robado la suya. Ya no volvería a prepararle deliciosos cócteles sin alcohol, ni mimar a su estúpido perro.

Ni besarla hasta dejarla sin sentido.

Lo cierto era que ese hombre era lo mejor que le había pasado en mucho tiempo. Cierto que estaba siendo egoísta. Y estaba equivocada.

Y se odiaba por ello.

—Ya me encargo yo —pero no podía contárselo, aún no—. De verdad. No hay problema.

Tan solo deseó haberlo dicho en serio.

CAPÍTULO 10

#ElKarmaEsUnaMierda

Para Finn no era habitual sentirse inseguro. Normalmente, si necesitaba algo, se lo procuraba él mismo. Si deseaba algo, iba tras ello.

Y en ese caso necesitaba y deseaba a Pru a partes iguales. Era un hecho. La conciencia de ello se había estado asentando en el lóbulo frontal de su cerebro y en el fondo de sus entrañas, y también mucho más abajo.

Así había sido desde la noche en que Pru había aparecido por el pub, chorreando, y le había sonreído como solo sabía hacerlo ella. Después lo había atravesado con un dardo y él la había besado. Y el problema no había hecho más que aumentar.

Esa mujer lo volvía loco, en el mejor sentido de la palabra.

Y para rematarlo le llevaba un café, y él la había besado hasta dejarla sin sentido nuevamente. Sin embargo, en la primera ocasión Pru había estado a punto de subírsele encima, pero en esos momentos solo parecía querer escapar.

Y mucho, a juzgar por el repentino pánico que había asomado a sus ojos.

Debería haberle servido de pista para retirarse. Para marcharse.

Pero se sentía incapaz de hacerlo.

—¿Qué tal si simplemente te subo las cosas? —sugirió Finn en el tono menos amenazador de que fue capaz. Se agachó para depositar a Thor en el suelo y poder tomar la caja, pero el animal tenía otras ideas y se agarró a él como un mono. Él lo miró fijamente—. ¿Seguro que eres un perro?

Parte del estrés abandonó a Pru que consiguió reír un poco.

—Sí, pero no se lo digas —ella tapó las orejas del animal—. Creo que está convencido de ser un grizzly.

Las miradas de Finn y de Thor se fundieron. El pequeñajo era en verdad la cosa de aspecto más ridículo que había visto en su vida. Tenía el pelaje desaliñado, irregular y de color barro. Una oreja tiesa y la otra doblada, nariz puntiaguda, una pequeña boca que solo se curvaba de un lado, como una media sonrisa, y los ojos más grandes y marrones que hubiera visto jamás. Demonios, ya solo esas orejas y los ojos eran más grandes que el resto del cuerpo, y el resto del cuerpo no podía pesar más que un par de botas.

—¿Síndrome de Napoleón? —le preguntó al perro con simpatía.

—Es que le gusta que lo lleven en brazos —contestó Pru—. Le gusta sentirse alto. Y así ve mejor también. En cuanto lo tomas en brazos, ya no deja que lo sueltes.

Finn probó una vez más, agachándose.

Thor gruñó y Finn soltó una carcajada, agarrándolo con más fuerza.

—No te preocupes, ya te tengo —lo tranquilizó mientras tomaba la caja de Pru con la otra mano.

La mierda de caja pesaba una tonelada.

—¿Qué haces? —preguntó ella agachándose a su lado con la voz ahogada—. Ya te dije que me encargaba yo.

—Pru, esta caja pesa una tonelada. ¿Desde dónde la has traído a cuestas?

—No desde muy lejos —contestó en un auténtico tira y afloja—. Suéltala...

—Eres tan cabezota como Thor, pero ya que estoy aquí —insistió él—, déjame ayudar...

—¡No! —Pru intentó arrebatarle la caja de las manos.

La expresión de su rostro había ganado en desesperación, y eso le hizo detenerse. Fuera lo que fuera que hubiera dentro de la maldita caja, estaba claro que Pru no quería que él lo viera. Así pues, se rindió... en el mismo instante en que ella se apartaba de él.

Pru perdió el contacto con la caja que se desmoronó literalmente, cediendo el fondo de cartón, cayendo el contenido al suelo.

—¡Oh, no! —exclamó ella mientras caía de rodillas frente a unos cuantos álbumes desgastados de fotos, unos marcos baratos de plástico y otro de cristal que estalló en mil pedazos—. Se ha roto —susurró.

Había algo en su voz, algo tan frágil como el cristal que acababa de romperse a sus pies, que le provocó a Finn un profundo dolor en el pecho. Más aún cuando vio la foto liberada del marco. Una niña pequeña entre dos adultos, cada uno tomándola de una mano.

Pru, sin duda, pensó él mientras contemplaba esos ojos marrones. Pru y... ¿sus padres?

El lenguaje corporal de ella lo decía todo. Limpió la foto de trozos de cristal y la abrazó contra su pecho como si significara todo para ella.

—Pru, déjame... —mierda.

—No, está bien. Estoy bien —protestó ella apartándole las manos cuando empezó a recoger los álbumes de fotos—. ¡Te dije que yo me ocupaba!

Thor percibió la ansiedad de Pru, alzó la cabeza y empezó a aullar.

La joven estaba al borde de las lágrimas.

Eddie, el sintecho, surgió del callejón con intención de ayudar. Echó un vistazo al lío en el que se había metido Finn y se dio media vuelta.

—Tranquilo —Finn abrazó a Thor contra su pecho.

Y Thor se tranquilizó.

Pru contuvo la respiración. La sorpresa había conseguido detener el inminente reguero de lágrimas, a Dios gracias. Sin tener en cuenta su propia seguridad, alargó una mano para sacar otra foto de entre los cristales.

—Quieta —le ordenó él.

No podía dejar a Thor en el suelo sin arriesgarse a que se clavara un cristal en las patas. Así pues, abrazó al animal contra su pecho mientras intentaba sujetar la mano de Pru con la que tenía libre y tirar de ella hasta ponerla en pie.

—Vamos a llevar a Thor arriba. Después bajaré y…

—Yo no me muevo de aquí.

—De acuerdo, nena, no te preocupes —Finn sacó el móvil del bolsillo y llamó a Archer. Era imposible que Sean estuviera despierto a esas horas, mucho menos levantado y activo, pero sabía que siempre podía contar con Archer.

—Cuéntame —contestó el detective a su manera habitual.

—En el patio —anunció escuetamente Finn mientras levantaba la vista, seguro de que el rostro de su amigo pronto aparecería en la ventana de la segunda planta de su oficina—. Necesitamos una caja.

—En cinco minutos estoy abajo —contestó Archer.

Lo consiguió en dos. Archer dejó una caja vacía sobre el banco y alargó una mano hacia Thor, presumiblemente para que Finn pudiera ocuparse de Pru, pero el animal le mostró sus diminutos dientes y gruñó ferozmente.

—Eh, amiguito —Archer alzó las manos—. Vengo en son de paz.

Satisfecho por haber protegido a su ama, Thor se volvió a acurrucar en los brazos de Finn.

—Mételo aquí todo —Finn tomó la caja con la mano libre y se agachó frente a Pru, que tenía las manos llenas de cosas.

Ella dudó.

—Estará mejor aquí —insistió él con calma.

Pru asintió al fin y soltó lo que tenía dentro de la caja.

Archer había enviado un mensaje y Elle apareció con una escoba y un recogedor. Ninguno de los dos objetos encajaba con la camiseta de raso, la falda tubo y los altísimos tacones.

—Podrías haber mandado a alguien —observó Archer.

—Bonito álbum de fotos —Elle le dirigió una mirada desdeñosa y sonrió a Pru—. Lástima lo del marco —barrió los cristales acompañada del tintineo de las pulseras de plata que adornaban sus muñecas—. Yo tengo algunos que no utilizo y que buscan un hogar. Estaré encantada de dártelos. ¿Esa eres tú con tus padres?

—Gracias por ayudar —Pru asintió y se levantó del suelo.

—No hay de qué —contestó su amiga—. Ah, y esta noche es noche de chicas. Karaoke. Ponte guapa. Finn nos ha prometido rock de los años noventa y música de bandas —Elle sonrió—. Es mi especialidad, de modo que llama si necesitas algo que ponerte, tengo un armario lleno.

Archer soltó un bufido.

—Tengo dos armarios llenos. ¿Te va bien a las ocho?

Pru, la expresión ligeramente perpleja, y seguramente algo más que apabullada por el delicado, aunque firme, avasallamiento de Elle sacudió la cabeza.

—Yo no sé cantar —se disculpó.

—Tonterías —la otra mujer no lo aceptó—. Todo el mundo sabe cantar. Haremos un dúo. Será divertido.

Pru no estaba nada convencida, pero parecía más distraída que angustiada, lo cual Finn agradeció en silencio. Besó a Elle en la mejilla.

—Gracias.

Ella le devolvió el beso y le dirigió una mirada de advertencia que lo decía todo. «Cuida de ella», y él supo que más le valía obedecer.

Además de estar completamente de acuerdo.

Unos minutos más tarde había logrado acompañar a Thor y a Pru al apartamento.

—Gracias —susurró ella—, pero a partir de aquí ya puedo yo.

El mensaje fue recibido alto y claro, pero seguía teniendo al perro en brazos, y también la caja, de modo que entró en el apartamento tras ella.

Desde la entrada se veía una pequeña cocina y el salón. El muro que los separaba tenía una puerta cuadrada en el centro. Era el montacargas que atravesaba toda esa ala del edificio, una reminiscencia de cuando había sido una única residencia perteneciente a una de las más adineradas familias de la industria lechera de la costa oeste.

Finn estaba al corriente de eso porque había visto ese montacargas en la oficina de Archer. Su amigo contrataba a tipos muy competentes a los que exigía mantenerse permanentemente en forma. Una vez al mes organizaba una búsqueda del tesoro y Finn se había encontrado siendo uno de los objetos de la búsqueda.

Era la idea que Archer tenía de la diversión.

En una ocasión, el equipo Uno había atrapado a Finn mientras dormía. Pero había logrado escapar a tiempo y tenido la fortuna de aprovechar el montacargas para su huida acelerada. Sin embargo, había tenido la mala suerte de aterrizar en un sótano, vestido únicamente con los calzoncillos, y en medio de una partida ilegal de póquer celebrada por los conserjes del edificio y los de mantenimiento.

Al final se había unido a la partida, ganando doscientos pavos, lo cual había librado a Archer de un intento de asesinato.

Pru mantenía el montacargas cerrado desde el interior. Chica lista. No le sorprendía en absoluto.

Lo que sí le sorprendía era que casi no había muebles en la casa.

—¿Desde dónde te mudaste? —le preguntó.

—No desde muy lejos. Desde Fisherman's Wharf.

—¿Aún no has traído los muebles?

—Eh... —Pru se dirigió a la cocina y hundió la cabeza en el interior del frigorífico, ofreciéndole una agradable visión del bonito trasero envuelto en los pantalones de yoga—. Mi habitación ya estaba amueblada —le explicó—. Pero sí, aún me quedan algunas cosas que traer.

El top se ahuecó ligeramente, permitiéndole ver fugazmente un trozo de suave y pálida piel.

—También trabajas en Fisherman's Wharf —observó él—. En el servicio de chárter de Jake, ¿verdad?

—Sí —ella se irguió y lo miró de frente—. Tiene ese enorme almacén en el muelle 39. Trabajaba y vivía allí.

—Con Jake —sorprendentemente, el tono de voz surgió de lo más impersonal, a pesar de que el estómago de Finn acababa de aterrizar en el suelo.

—Tiene mucho sitio libre. Y no todo es utilizado para el negocio. También es su residencia.

Toda una respuesta, y de lo más elocuente. Finn conocía a Jake, y también su reputación, según la cual no le funcionaban las piernas, pero sí todo lo demás. Ese tipo tenía más acción que él mismo, Archer, Spence y Sean todos juntos.

Multiplicado por diez.

—¿Tú y él...? —preguntó con calma, aunque estaba lejos de sentirla.

—Ya no.

De algún modo, la respuesta no le hizo sentirse mejor. Seguía sujetando a Thor y la caja. Pru se acercó a él y tomó al perro, dejándolo en el suelo y quitándole la correa. Después se volvió de nuevo hacia Finn y alargó las manos hacia la caja.

Sus manos se rozaron, pero él la mantuvo firmemente sujeta, esperando a que sus miradas se fundieran. La pregunta era evidente. No tenía ni idea de por qué le importaba tanto. O a lo mejor sí. En cualquier caso, solía ser muy bueno dejando las cosas estar. Realmente bueno. Sin embargo, en esa ocasión no iba a ser así.

—¿Acaso crees que te habría besado si estuviera con otro? —ella suspiró.

—¿Siempre contestas una pregunta con otra pregunta?

Pru hizo un sonido que reflejaba su irritación, le arrebató la caja de las manos y se volvió, pero a medio camino se giró de nuevo hacia él. Era evidente que tenía algo en la punta de la lengua.

El problema fue que él la seguía de cerca. Y por eso se encontró con una esquina de la caja hundida en su entrepierna.

CAPÍTULO 11

#ElAmorMuerde

Pru sintió el impacto, comprendió dónde había golpeado la caja a Finn y se tambaleó hacia atrás con expresión de horror.

—¡Dios mío, cuánto lo siento! ¿Estás bien?

Él no contestó. Lo que sí hizo fue dejar escapar el aire mientras se inclinaba hacia delante con las manos sobre las rodillas y la cabeza agachada.

«Estupendo, Pru. Ya que no conseguiste matarlo la otra noche, has decidido castrarlo para terminar el trabajo». Dejó la caja rápidamente en el suelo y se inclinó sobre Finn, aunque con las manos levantadas en el aire para no tocarlo, porque no sabía dónde tocarlo. Aquello era ridículo. Minutos antes su lengua se había colado casi hasta la garganta de ese hombre. Finn la había visto perder el control sobre la foto de sus padres...

—¿Finn? —preguntó con cautela—. ¿Estás bien?

«Al menos di algo».

Con la cabeza aún agachada, Finn levantó un dedo, indicando que necesitaba un momentito.

Desquiciado con toda la agitación que había a su alrededor, Thor corría en círculos alrededor de ambos, aullando y jadeando por el esfuerzo.

—¡Thor, cállate! —ordenó ella sin apartar la vista de Finn. Pero Thor no se calló.

Y no era momento para que Pru atendiera a su perro.

—Cuánto lo siento —repitió ella, cediendo al fin a la necesidad de tocarlo, de deslizar una mano por su espalda mientras intentaba no fijarse en lo tonificados que estaban los músculos. Y gracias a los vaqueros de talle bajo, que además se habían deslizado hasta las caderas cuando se había inclinado, pudo ver un poco de suave piel que la hizo volver lela—. No pretendía aplastar tus... eh... cositas.

Finn se quedó inmóvil antes de levantar la cabeza. Estaba pálido. No, estaba verde, y parecía sudar copiosamente. Pero tenía una expresión muy graciosa en la cara.

Thor seguía desquiciado, ladrando tan fuerte que la oreja tiesa saltaba arriba y abajo, y la doblada le cubría un ojo, asustándolo aún más.

—¡Calla! —le rogó Finn con firmeza, pero también amabilidad.

Sorprendentemente, Thor se calló.

Finn se irguió poco a poco, aunque no del todo.

—¿Cositas? —repitió él.

—Sí, eh... —ella buscó otra definición que no tuviera que aclararle—. Ya sabes, tus croquetas y el palito.

Los labios de Finn se curvaron, aunque Pru no consiguió adivinar si estaba enfadado o divertido.

—¿Judías y salchicha? —propuso en un nuevo intento.

—Estoy dudando entre darte un respiro y pedir que pares, o hacer que sigas.

¡Por el amor de Dios!

—Supongo que conocerás palabras mucho mejores —ella se cruzó de brazos.

—Desde luego que sí —Finn asintió—. Y cuando estés preparada, te las enseñaré.

Interrumpiendo el contacto visual, de modo totalmente

fortuito, al menos eso juraría sobre una montaña de gofres, posó la mirada en el lugar en que lo había golpeado. ¿Estaba... inflamado?

—Tengo hielo, si...

—No hará falta —Finn casi se atragantó.

—¿Estás seguro? —insistió ella—. Te juro que soy un buen médico, y...

—¿Y exactamente qué te ofreces a hacerme? —Finn reprimió otra carcajada.

Eh... Pru se mordió el labio.

—¿Dar ahí un besito para curarme? —sugirió él en un tono que hizo subir la temperatura varios grados.

Nota para mí mismo: *aún no está preparada para el gran estreno con Finn O'Riley.*

Con una sonrisa de satisfacción, Finn se dirigió a la puerta. Decididamente cojeaba un poco.

—Deberías aceptar el ofrecimiento de Elle sobre el nuevo marco —sugirió—. Es evidente que esa foto significa mucho para ti y esa chica guarda un montón de cosas bonitas.

Y sin más, se marchó.

Finn consiguió, a base de puro orgullo, atravesar el patio sin cojear. Al menos casi sin cojear. Se le ocurrió dirigirse al tejado, seguramente el único lugar en todo el edificio donde podría estar solo, pero tampoco quería o necesitaba estar solo.

Al menos eso se dijo a sí mismo.

—¿Qué te pasa? ¿Alguien te ha dado un rodillazo en las pelotas?

Se volvió hacia la voz y encontró a Eddie, el sintecho, en su rincón habitual, sentado en el callejón sobre una caja. Era un buen sitio, pues desde allí el hombre podía ver tanto el patio como la calle.

—¿No es un poco pronto para que estés levantado? —preguntó Finn.

—Es día de sacar la basura.

Finn hundió las manos en los bolsillos en busca de algo suelto y le entregó un billete al anciano.

Eddie sonrió agradecido.

Una sombra se unió a las suyas y Archer apareció silenciosamente a su lado.

Archer poseía unas grandes habilidades para el sigilo, adquiridas de la manera más dura. No había perdido ninguna de ellas lo cual, considerando lo que hacía para ganarse la vida y el peligro al que se enfrentaba ocasionalmente, era bastante bueno.

—¿Qué les ha pasado a tus muchachos?

—Nada.

Finn resistió la urgencia de acariciar a sus «muchachos», que seguían doliéndole endemoniadamente tras colisionar con la esquina de la caja de Pru.

—A lo mejor por fin se lo han tirado —sugirió Eddie.

—No —Archer escudriñó el rostro de su amigo—. Estaría más aturdido. Y feliz.

—¿Qué pasa aquí? —Spence se unió al grupo.

—Estamos debatiendo si se han tirado a Finn o no.

—No parece lo bastante contento —anunció Spence tras estudiar el rostro de Finn.

—Eso he dicho yo —Archer sonrió—. Dado el tiempo que ha pasado desde la última vez, imagino que estaría haciendo cabriolas.

Finn respiró hondo mientras sus amigos reían ante la expresión de su rostro.

—¿Y qué tal si yo imagino meter el pie por tu culo?

Lo cual no hizo más que aumentar las carcajadas.

—Tengo que irme —Eddie fue el primero en recuperar la compostura, dirigiéndose callejón abajo.

El día de sacar la basura era su día preferido de la semana porque no había nada que le gustara más que revolver entre la porquería en busca de algún tesoro.

En alguna ocasión, los inquilinos del edificio, todos muy encariñados con Eddie, habían establecido un sistema por el que metían en bolsas separadas cualquier cosa que podría resultarle interesante. Así no tendría que buscar tanto.

Pero habían descubierto que Eddie vaciaba de todos modos las bolsas en el contenedor.

Resultaba que al anciano le gustaba la emoción de la búsqueda.

—Hueles como una mofeta —le dijo Archer a Eddie.

—¿En serio? —el hombre parpadeó—. Pues eso solo puede significar que hay mofetas por aquí.

—¿Eso crees? —preguntó Archer en tono casual—, porque de repente me está pareciendo que aquí huele más bien a hierba.

—Ya —contestó Eddie—. Menos mal que ya no eres policía, ¿verdad?

«¡Madre mía!», pensó Finn. Incluso Eddie sabía que no debería recordarle a Archer sus días de policía, lo cual le recordaría de inmediato por qué ya no lo era.

—¿Estás cultivando? —Archer lo miró imperturbable.

—Solo lo que me está permitido —contestó el anciano mientras sacaba de debajo de la camiseta una tarjeta plastificada colgada de una cinta.

—¿Vendes? —el expolicía continuó con el interrogatorio.

—Señor, no señor —respondió Eddie acompañándolo de un insolente saludo militar.

Finn y Spence hicieron una mueca.

—¡Pero tío! —exclamó Spence—. ¿Qué te hemos dicho? Archer tiene cero sentido del humor.

Eddie sonrió. Por algún motivo inexplicable, al sintecho le gustaba fastidiar a Archer.

Archer sacudió la cabeza, como si se estuviera intentando convencer a sí mismo de no hacer que Eddie se esfumara.

—¿Conoces el centro de rehabilitación de Union? —preguntó al fin.

—¿Ese que hay junto a la tienda porno, pero antes del cartel que dice VEN A JESÚS?

—Sí —Archer asintió—. Esta noche dan de cenar gratis. Estofado y patatas.

—Adoro el estofado y las patatas —contestó Eddie.

—Si quieres que te lleve, pásate por mi oficina a las seis —le propuso Archer.

—¿Lo ves? Ya sabía yo que te gustaba —el hombre mayor sonrió—. Aunque no tanto como a Finn. Finn me ha dado cinco pavos.

Eddie miró esperanzado al expolicía.

—Te pagaré diez si me cuentas por qué cojea nuestro donjuán como si se hubiese quedado a medias. Sé que sabes más de lo que cuentas.

—Crees que le ha sacado brillo al pomo —opinó Eddie.

—Sí —otra insólita sonrisa se dibujó en el rostro de Archer.

Finn le dio un empujón, lo que no hizo más que agrandar la sonrisa.

—Yo no conozco toda la historia —comenzó el sintecho—, pero algunas cosas sí.

—¿Por ejemplo? —insistió Archer.

Eddie alargó una mano.

El otro hombre puso los ojos en blanco, y sacó el dinero prometido de un bolsillo.

—Muy bien —asintió el anciano—. Sé que acompañó a Problemas a su apartamento, pero solo se quedó allí unos minutos. Regresó en ese estado. No estuvo el tiempo suficiente para que se lo tirara... —miró de reojo a Finn—. Al menos eso espero. No serás un gatillo flojo, ¿verdad, chico?

—Ha merecido cada céntimo —tras casi ahogarse de la risa, Spence le entregó otro billete de diez.

Finn sacudió la cabeza y se alejó de esa panda de gilipollas. Pero no iba a regresar al pub. Necesitaba tumbarse unas cuantas horas en la cama, donde no pensaría ni un instante en lo mucho que le gustaría que le sacaran brillo al pomo.

La noche de karaoke de los noventa animó considerablemente a Finn. Archer comenzó por apostar con la pandilla a que Spence no sería capaz de rapear *Baby Got Back*.

Pero Spence rapeó *Baby Got Back*, a la perfección. Iba vestido de traje, seguramente porque acababa de llegar de alguna reunión de negocios.

Y las mujeres perdieron la cabeza.

Como penitencia, Archer tuvo que cantar *I'm Too Sexy*, de Right Said Fred.

Sin camisa.

La multitud se volvió loca. Pero lo mejor sucedió cuando aparecieron las chicas. Entraron juntas, Elle, Willa, Haley... y Pru, todas vestidas al estilo de los años noventa.

Eran el epítome de la sensualidad, pero Finn solo tenía ojos para Pru. El corazón casi se le detuvo. Llevaba una minifalda vaquera muy ajustada que dejaba perfectamente al descubierto sus kilométricas piernas, una camiseta blanca muy cortita con una chaqueta de cuero, igualmente corta que permitía ver casi continuamente un pedacito de la suave y plana barriga, todo acompañado de unos zapatos de altísimas plataformas que no dejaba lugar a dudas sobre la intervención de Elle. Los cabellos estaban brillantísimos y el maquillaje parecía ser de purpurina.

Todo el mundo se divertía pidiendo cócteles de los años noventa, de modo que Finn le preparó a Pru uno especial, un Chocolate Mock-tini. Ella le hizo tantos elogios que todo el mundo quiso que les preparara uno, y así se convirtió en el especial de la noche.

Cuando las damas se unieron para cantar *Kiss*, de Prince, el local casi se vino abajo. No porque fueran especialmente buenas, sino precisamente por lo malas que eran.

Pru estaba en lo cierto, no sabía cantar. Tampoco sabía bailar. Ni siquiera llevaba el ritmo. Pero eso no la detuvo, rodeada siempre de una nube de purpurina que se desprendía a cada movimiento.

A Finn le encantó cada segundo.

Al menos hasta que lo arrastró al escenario y lo obligó a interpretar un dúo con ella: *The Boy Is Mine*.

Estaba seguro de que ninguno de los chicos le permitiría olvidar jamás el episodio.

Sean se marchó poco después con una mujer colgada del brazo, y una sonrisa en el rostro. Finn se alegraba por él, pero al concluir la velada y, cuando las chicas se disponían a marcharse, se dio cuenta de que la había fastidiado. No podía acompañar a Pru a casa.

Aunque solo supusiera subir dos tramos de escalera.

Tenía que quedarse hasta la hora de cierre, y después asegurarse de que todo estuviese bien cerrado.

Lo cual significaba que debía contentarse con ver marchar a Pru, su hada de la felicidad.

Ella lo abrazó para despedirse, y el contacto con su cálido cuerpo casi lo convenció para mandar el pub al garete. Pero no podía. Dos horas más tarde se duchó y se metió en la cama. Solo.

Y, cuando despertó a la mañana siguiente, la almohada estaba cubierta de purpurina.

CAPÍTULO 12

#MuerdeLaBala

Los siguientes días fueron de mucho trabajo y Pru enlazaba un crucero con el siguiente. Aun así le quedaba mucho tiempo para pensar. Un montón.

La noche de karaoke había sido divertida. Y ver a Finn reír junto a Archer y Spence había sido el punto culminante de la velada.

Al barman le sentaba bien divertirse. Y a ella le hacía feliz verlo feliz. Para ella también había sido una buena semana. Willa, Elle y Haley se habían mostrado muy acogedoras, aceptándola, añadiéndola al grupo sin dudarlo un instante.

Significaba mucho para ella. Como también lo significaba el hecho de que no estar totalmente sola. Sabía que contaba con Jake, pero él era más bien como un hermano. Un hermano desagradablemente sobreprotector.

«Y tienes a Finn...».

Aunque no tenía ni idea de qué hacer con él. A pesar de que la otra noche lo que menos le habían faltado eran ideas.

Porque cantar y bailar en un karaoke, frente al público, y con los ojos de Finn puestos en ella, le había resultado sorprendentemente de lo más excitante.

Algo que, al parecer, había sido obvio para muchos. Haley le había lanzado una mirada de complicidad en el bar.

—Pareces hambrienta.

—¡Oh, no! —había contestado Pru—. Estoy bien. Me he comido una ración de alitas de pollo.

Haley y Willa habían soltado una carcajada.

Incluso Elle había sonreído.

—No pareces hambrienta de comida —le había informado Elle, mientras las otras dos asentían—. Sino de pasar un buen rato. Con nuestro Finn.

—Eso sería... una mala idea —había objetado Pru con voz débil y mientras buscaba con la mirada el apoyo de Willa y Haley.

—A veces las malas ideas resultan ser las mejores —había precisado Willa—. Tú hazlo. Disfruta de un poco de sexo mágico. Y lo que suceda, sucederá.

Lo que sucedería sería que Pru fastidiaría una de las pocas cosas buenas que tenía en ese momento.

—¿Tú hazlo? ¿Ese es tu consejo?

—En este caso, házselo. Tú házselo.

Pru soltó un bufido.

—¿Creéis que va a seguir mi sabio consejo? —preguntó Willa volviéndose hacia Elle.

—Es difícil saberlo —Elle estudió el rostro de Pru—. Es mona y lista, pero tiene un gran instinto de supervivencia que a menudo se interpone en su propio camino.

—Llevas unos días envuelta en una nube dorada —observó Jake, sobresaltando a Pru, haciéndola volver a la realidad.

—Estuve en un karaoke la otra noche —le explicó ella—. Y también bailé rock.

—Pero tú no sabes cantar —objetó él.

—Pues claro que sé cantar.

—¿Y la nube dorada? —Jake soltó un bufido.

—El tema eran los años noventa, lo cual exigía una buena

cantidad de purpurina, que parece ser como una enfermedad de transmisión sexual: cuando la pillas, ya no puedes deshacerte de ella —Pru se contempló a sí misma—. Jamás.

—Hasta Thor lleva purpurina —continuó él—. Estás anulando su masculinidad.

—A los hombres de verdad no les asusta la purpurina.

A punto de terminar la jornada, Pru había ido a la oficina de Jake a recoger a su perro, encontrándolo dormido sobre el escritorio.

—¡No me lo puedo creer!

—Le gusta enterarse de todo lo que pasa —le explicó su jefe.

Y a Jake le gustaba la compañía. Pru casi se había sentido mal al llevarse a Thor con ella, pero a fin de cuentas había sido idea de Jake que se marchara.

—Espero que te lo haya manchado todo de purpurina.

—De eso nada —Jake sacudió la cabeza—. La purpurina no osa pegarse a mí. Pero a ti te queda algo en la cara.

Y por más que lo intentara, no conseguía quitársela. Ya le había enviado a Elle un mensaje para decirle cuánto la odiaba. Dos veces.

—Esta noche vamos a tener que dar por perdido el partido —anunció él—. Nos falta un jugador. Trev está con mononucleosis.

Pru y un grupo de amigos y empleados de Jake jugaban en un equipo de softball de la liga local. Jake era el entrenador. El entrenador Tirano, lo llamaban.

—¿Quién pilla mononucleosis a nuestra edad? —preguntó ella.

—Es un capitán de barco —su jefe se encogió de hombros—, disfruta de mucha acción.

—Yo soy capitán de barco —protestó Pru—, y no disfruto de acción.

—Y ambos sabemos por qué —contestó Jake.

—No lo des por perdido —ella hizo caso omiso del comentario—. Encontraré un jugador.

—¿A quién? —Jake enarcó una ceja.

—En mi vida hay otras personas, aparte de ti, ¿sabes?

—¿Desde cuándo?

Pru puso los ojos en blanco y se marchó corriendo. Bueno, de acuerdo, no corrió exactamente. Thor se negaba a correr. Pero sí caminaron deprisa, porque se le acababa de ocurrir una idea, una que contribuiría al plan para procurarle más diversión a Finn.

Cierto que se había desviado del plan inicial en un par de ocasiones, como cuando había permitido que sus labios chocaran con los de él, y no una vez sino dos. Sin embargo, había decidido tomárselo como una pausa porque ese hombre era tan… besable.

Además, gracias a eso ya sabía que la boca de Finn era zona peligrosa y se mantendría alejada de ella. La vocecilla en su interior soltó una carcajada histérica, pero daba igual. Era capaz de hacerlo.

Seguramente.

Eso esperaba.

Al llegar al patio, ató la correa de Thor a un banco, besó al perro entre sus adorables ojos marrones y corrió al interior del pub. Casi sin aliento, buscó a Finn, pero no lo encontró.

—Hola, Problemas —Sean sonrió mientras le señalaba el rostro—. Tienes purpurina…

—¡Lo sé!

—De acuerdo —la sonrisa de Sean se hizo más amplia—, ¿qué te pongo?

—Finn —contestó ella sin dudar. Al ver la sonrisa burlona de Sean, comprendió lo que había dicho y se ruborizó—. Quería decir que necesito verlo. ¿Está en su despacho?

—No, el jefe no está.

—Pero él siempre está aquí —Pru jamás había visto el pub sin Finn.

—Casi siempre —Sean soltó una carcajada—. Pero ahora mismo está... bueno, digamos que está cabreado conmigo, de modo que decidimos que él trabajaría desde casa para que yo pudiera vivir un día más.

Desde luego no parecía muy preocupado.

—Necesito un favor —anunció.

—Habla —él se apoyó en la barra del bar y la miró con calidez.

—Necesito su dirección.

—Su dirección... —Sean enarcó las cejas.

—Sí, por favor.

—¿Vas a enseñarle a divertirse? —preguntó él—. Porque, cariño, te aseguro que lo necesita.

—Estoy en ello —Pru asintió antes de comprender que lo que él insinuaba no era lo mismo que insinuaba ella—. Espera, no quería decir...

—Demasiado tarde —Sean soltó otra sonora carcajada.

—Solo necesito hablar con él —insistió en un intento de recuperar un poco de dignidad.

—Lo que tú digas —Sean tomó una servilletita de papel, el bolígrafo que sujetaba detrás de la oreja, y garabateó una dirección antes de entregarle la servilleta—. Compartimos una casa en Pacific Heights. A menos de kilómetro y medio de aquí. A por él.

—Querrás decir, a hablar con él —insistió ella.

—Si así lo llamáis ahora —él se encogió de hombros—. Buena suerte, Problemas.

Sin entender muy bien por qué necesitaba buena suerte, Pru agarró a Thor y salió de nuevo a la calle.

Finn vivía al final de la calle Divisadero, una escarpada colina ante la que Thor se plantó, sentándose en el suelo, negándose a dar un solo paso más durante casi cien metros.

Y casi cien metros después, Pru también sintió un irrefrenable deseo de sentarse. Sin embargo, con el perro en brazos, continuó decidida, parándose únicamente para comprar un regalo de broma que esperaba que Finn encontrara divertido.

Para cuando llegó a la casa, casi en la cima de la colina, apenas le quedaba aire en los pulmones. Miró hacia atrás y recordó por qué amaba tanto esa ciudad. Se veía todo Cow Hollow y el puerto, y más allá, la preciosa bahía de aguas azules y el puente Golden Gate.

Había merecido cada instante de la caminata. Casi. La casa de Finn era un adosado estrecho y de estilo victoriano. El garaje estaba en la planta inferior. Unas escaleras conducían hasta la puerta principal, y una rampa bajaba hasta un pequeño camino en el que había aparcado un Chevelle del 66.

El capó del coche estaba levantado y por él asomaba un trasero muy sexy envuelto en unos vaqueros. No le resultó nada difícil reconocer esos glúteos como pertenecientes a Finn, la prueba palpable de que no era la primera vez que se quedaba mirando, babeando, ante ese culo perfecto. Y, además, no sentía el menor remordimiento por ello. Las largas piernas envueltas en los vaqueros estaban separadas para proporcionarle más equilibrio al cuerpo, la camiseta se pegaba a la tonificada musculatura y estaba lo suficientemente levantada para permitir ver la cinturilla de los calzoncillos y un poco de piel.

—Hola —saludó Pru, fracasando en su intento de no quedárselo mirando fijamente.

Nada. Él seguía haciendo lo que estuviera haciendo bajo el capó, algo que exigía contraer con fuerza los músculos de los bíceps.

—¿Finn? —ella se acercó un poco más.

Seguía sin haber respuesta, pero Pru oyó música y vio el cable de unos auriculares.

Escuchaba algo en tono muy alto. Rock clásico, le pareció.

Pru se lo quedó mirando fijamente, contempló las manchas de grasa en los pantalones y la marca de sudor en la zona lumbar que hacía que la camiseta se le pegara al cuerpo. Si fuera una película, sonaría música y él se movería a cámara lenta, mostrando primeros planos de su atlético cuerpo.

Se sacudió mentalmente y dejó a Thor en el suelo, sin soltar la correa, acercándose un poco más a Finn. Alargó una mano para darle un toquecito, pero en el último momento se detuvo. No sabía dónde tocar. Su primera elección no resultaba muy decorosa. Ni la segunda tampoco.

De modo que optó por el hombro.

De haber sucedido al revés, Pru habría pegado un salto, seguramente golpeándose la cabeza contra el capó. Pero los reflejos de Finn eran mejores, y desde luego su control sobre ellos era infinitamente superior al suyo. Sin dejar de apretar algo con una llave inglesa, se limitó a girar la cabeza y a mirarla fijamente.

—Hola —saludó ella mientras, casi sin aliento, se agachaba y apoyaba las manos sobre las rodillas—. Menuda cuesta.

—Hola, tú —Finn se quitó un auricular—. ¿Necesitas una botella de oxígeno?

—Lo dices de broma, pero lo cierto es que sí la necesitaría.

—Todavía no se te ha quitado la purpurina —él sonrió.

—Ya me he duchado cinco veces desde la velada —Pru alzó las manos en un gesto de exasperación—. Thor lleva días cagando purpurina...

—Menudo espectáculo el de la otra noche —sin dejar de sonreír, Finn se agachó y le ofreció una mano al perro.

Ella se mordió el labio, pues no estaba segura de si era una burla o un elogio.

—Podría verte hacerlo todas las noches y no me cansaría —admitió él.

—¿Ver el qué? ¿Cómo hago el ridículo?

—Cantar y bailar como si nadie te estuviera mirando —la sonrisa se hizo más amplia—. Vivir como si nadie te estuviera mirando.

Y así sin necesidad de más, ella empezó a derretirse.

Thor olisqueaba la mano de Finn con suma cautela, queriendo asegurarse de que fuera él. Concluida la inspección, comenzó a menear el rabo.

—Buen chico. Soy yo —él abrió los brazos y el perro se lanzó en busca de un abrazo.

Pru contemplaba a ese tipo tan sexy que mimaba con adoración al estúpido perro. En su garganta se formó un nudo.

—Sé que Archer no te ha dicho dónde vivo —afirmó Finn sin apartar la mirada de Thor—. Y Spence tampoco. Bueno, Spence lo haría si le resultara divertido, pero ambos son bastante estrictos en cuanto a cuidar de mí.

La parte estricta era sin duda cierta. Ya había visto juntos a los tres amigos. Compartían lazos que parecían más fuertes que cualquier relación que ella hubiera mantenido jamás, y ese hecho le había generado una profunda sensación de inseguridad, de que quizás nadie pudiera amarla.

—Elle valora muchísimo su intimidad —continuaba Finn—, lo cual nos deja a los entrometidos —la miró fijamente—. ¿Willa o Haley? —preguntó.

—Ninguna de las dos —Pru dudó, no queriendo meter a Sean en un lío.

—Mierda —él se irguió mientras Thor se acurrucaba felizmente bajo su brazo, como si fuera un balón de rugby—. ¿Eddie?

—¿Eddie? —repitió ella, confusa—. ¿Quién es Eddie?

—El viejo al que le gusta bucear en los contenedores de basura, fumar hierba, y entrometerse en la vida de los demás.

—Llevo dándole comida desde hace un mes y no conocía su nombre —Pru se quedó boquiabierta—. ¡Y se lo he preguntado un millón de veces!

—Le gusta mantener el misterio. Y puede que su cerebro esté un poco deteriorado por la hierba. ¿Vas a contarme cómo supiste dónde vivo o no?

—Sean —ella suspiró ruidosamente—. Pero no me aconsejó que me liara contigo ni nada de eso —añadió apresuradamente—. Lo hizo porque tengo que pedirte un favor y, para hacerlo, necesitaba verte en persona.

—¿Estaba Sean en el pub?

—Pues sí —contestó ella.

—¿Trabajando?

—Eso parecía...

—Ya —Finn bufó—. Debe haberse caído y golpeado la cabeza.

—Pues a mí me pareció en posesión de todas sus facultades—. O al menos de las habituales en él.

Él soltó otro bufido y dejó a Thor en el suelo. El perro dibujó un círculo frente a los pies de su dueña y se dejó caer ruidosamente con una total falta de elegancia.

—Te he traído un regalo.

—¿Qué? —Finn apartó la mirada de Thor, fijándola en ella—. ¿Por qué?

—Bueno, en parte para hacerte la pelota antes de pedirte el favor —admitió ella, algo sorprendida por la segunda pregunta—. Pensé que si conseguía hacerte reír...

—No necesito que me compres un regalo para hacerte un favor —la voz de Finn se había tornado, decididamente recelosa.

Y algo más que ella no supo identificar.

—Se supone que los regalos son cosas buenas —Pru ladeó la cabeza.

Finn siguió mirándola fijamente hasta que ella empezó a preguntarse si ese hombre habría recibido alguna vez un regalo. De repente deseó que fuera un regalo de verdad, no una broma. Pero ya era demasiado tarde, de modo que sacó la bolsa de la mochila. Toda su inseguridad tomó el mando y se cuestionó por completo su impulso.

Él tomó la bolsa de su mano y miró en el interior con gesto inescrutable.

Nada. Ninguna reacción.

—Es una copa de atletismo masculino —le explicó ella, a pesar de la obviedad.

—Ya lo veo.

—Pensé que si íbamos a seguir saliendo, podrías necesitarla.

—Lo que necesito contigo —contestó él tras soltar una pequeña carcajada— es una armadura de cuerpo entero.

Una afirmación totalmente acertada.

—¿Y quién dice que estamos saliendo? —su mirada la mantenía cautiva.

—Lo digo yo —anunció Pru tras una breve pausa.

Los ojos verdes seguían fijos en ella. Por eso Pru percibió la calidez que emanó de ellos.

—Bueno —asintió él—. Entonces supongo que será verdad.

Sus miradas permanecieron fundidas durante largo rato y, de repente, a Pru le empezó a costar llenarse los pulmones de aire.

—¿Y qué favor es ese? —preguntó Finn.

—Juego en una liga mixta de softball. Nos falta un jugador para esta noche, y esperaba que...

—No.

—Pero si ni siquiera he terminado la frase —Pru parpadeó perpleja.

—Os falta un jugador para el partido de esta noche y quieres que yo ocupe su puesto.

—Bueno, sí, pero...

—No puedo.

—No puedes, porque... —ella lo vio cerrarse visiblemente en banda—, ¿estás en contra de la diversión?

Finn no reaccionó al intento de broma. No iba a jugar. Era evidente que tenía un buen motivo, quizás más de uno, pero no tenía pensado compartirlo con ella.

—Deberías haber llamado. Te habrías ahorrado el paseo —añadió él.

—No quería ponértelo tan fácil para que te negaras.

—Sigo diciendo que no, Pru.

—¿Y si te digo que te necesito? —insistió ella con dulzura.

—Entonces te digo que tienes toda mi atención —contestó Finn tras una pequeña pausa.

—Quiero decir que te necesitamos. El equipo —le explicó Pru—. Vamos a tener que dar el partido por perdido y...

—No.

—Dijiste que tenía toda tu atención —ella se cruzó de brazos.

—La tienes, y más —asintió él con aire de misterio—. Pero no voy a jugar esta noche. Ni ninguna noche.

Pru sabía que siempre andaba con los pies de plomo, siempre preparado para que algo fuera mal. Pero también sabía que esa no era manera de vivir, porque la vida te podía ser arrebatada en un instante.

—¿Recuerdas el otro día cuando me pillaste en mi peor momento y conociste a unos cuantos de mis demonios? —preguntó.

—Te refieres a cuando se rompió el marco de foto.

—Sí —a ella no le sorprendió que Finn pareciera saber de qué iba aquello. No había sido muy buena ocultando sus dolorosos recuerdos.

—No querías hablar de ello —insistió él.

—No —Pru asintió—. Y tú me lo permitiste —bajó la mirada ligeramente, fijándola en el fuerte torso para que no pudiera verle la cara, descifrar sus sentimientos—. Ya fuera porque no te importaba, o porque ya tienes tus propios demonios, no lo sé, pero...

—Pru.

Pru dio gracias al cielo porque Finn le había obligado a cerrar la boca. Había veces en que necesitaba ayuda en ese aspecto. La mirada se deslizó hasta el cuello e, incluso sumida en una creciente angustia y repentina incomodidad, no pudo evitar fijarse en la garganta tan masculina, tanto que despertaba deseos de pegar el rostro a ella, y quizás también los labios. Y la lengua...

—Pru, mírame.

Finn habló en su habitual tono bajo, pero había cierta exigencia en él que la obligó a levantar la vista.

—Sí importa —le aseguró—. Tú importas.

La frase le provocó la ya familiar sensación blandita en la tripa, esa que solo él parecía capaz de despertar. Pero también significaba que los demonios de Finn lo estaban devorando, y eso la mataba.

—El softball es un problema para ti —susurró ella.

—No —Finn cerró los ojos durante un instante—. Sí. A lo mejor un poco, por asociación —soltó un suspiro y desvió la mirada hacia el precioso coche en el que había estado trabajando.

Y entonces Pru recordó que ese hombre había tenido que abandonar su carrera en el béisbol para cuidar de Sean.

Por Dios, qué imbécil era.

—¿Vais a tener que dar el partido por perdido? —preguntó él.

—Sí, pero...

—Mierda —Finn cerró el capó del coche de golpe y colocó los brazos en jarras—. Dime que al menos sois buenos.

—Tendrás que vernos tú mismo —ella cruzó los dedos.

CAPÍTULO 13

#BadNewsBears

Ni siquiera llevaban diez minutos de partido y Finn ya se encontraba tras el home vestido con la equipación completa del catcher, mirando incrédulo al equipo.

Había sido reclutado por una estafadora.

Recorrió con la mirada el cuerpo de su estafadora. Jugaba de primera base, y estaba jodidamente adorable con los ajustadísimos pantalones y la camiseta roja, que cubría con un deshilachado jersey. Y no paraba de increpar al equipo contrario.

Sin duda alguna era la estafadora más sexy que hubiera visto jamás.

—¡Jódete! —le gritó al bateador, con las manos ahuecadas a ambos lados de la boca.

—¿Y qué tal si jodes tú conmigo? —le gritó el bateador mientras le soplaba un beso.

Finn se dispuso a patearle el culo a ese imbécil, pero el árbitro señaló al bateador y lo expulsó del campo.

—¿Por qué? —exigió saber el tipo.

—Por ser un idiota.

La frase fue pronunciada por el entrenador del equipo de

Pru, Jake. Estaba sentado en el borde del banquillo, la gorra de béisbol colocada del revés, gafas oscuras, gesto feroz... un tipo duro en silla de ruedas.

Con Thor sentado en su regazo.

Finn estaba seguro de que el árbitro iba a sacarle tarjeta a Jake y expulsarlo del partido, pero no sucedió. En cambio, el bateador le dedicó una mirada asesina, pateó el suelo y regresó a su banquillo.

Los dos bateadores que siguieron lograron una primera base y recorrieron todo el campo gracias al desconcierto en el campo.

Pues el equipo de Pru era malísimo.

Entre entrada y entrada, en el banquillo, Pru intentaba mantener alta la moral, palmeando a los compañeros en la espalda, felicitándoles por el «buen trabajo», y porque «has estado genial ahí fuera».

Pero nadie había hecho un buen trabajo ni había estado genial ahí fuera.

Al final de la siguiente entrada, Finn vio a sus compañeros de equipo fastidiarla en dos golpes de dos bateadores.

La tercera persona que iba a batear era una joven de veintitantos años con los cabellos oscuros recogidos en una coleta que le llegaba casi hasta el trasero. Era muy delgadita y lucía una tímida sonrisa.

Finn no tenía muchas esperanzas en ella. Quizás lo murmuró en voz baja. Y quizás Pru lo oyó.

Pues lo asesinó con la mirada.

—Solo refuerzo positivo —lo reprendió—. O tendrás que irte a la sombra.

—¿Sombra?

—Sí —ella apuntó con el pulgar hacia Jake, que observaba las actividades del campo con expresión irritada mientras Thor dormitaba sobre su regazo—. Como el entrenador Jake —se volvió hacia su jefe—. ¿Qué tal vamos esta noche?

—Jodidamente bien —anunció el entrenador tras meditar unos segundos, como si estuviera eligiendo las palabras más adecuadas.

Pero no parecía estar nada bien. Más bien parecía al borde del infarto. Sin embargo, Pru le sonrió resplandeciente y le dio una palmada en el hombro.

—Me vengaré, Prudence —Jake suspiró ruidosamente.

—Ya lo hemos hablado —Pru rechinó los dientes—. Solo debes utilizar mi nombre completo si tienes deseos de morir. Una muerte lenta y horrible.

—¿Prudence? —repitió Finn, divertido con la mirada asesina que recibió—. ¿Como prudencia?

—Ya lo sé, cuesta creerlo, ¿verdad? —intervino Jake—. Es un oxímoron. Esta mujer es de todo, menos prudente.

—¿Y lo de «estamos siendo geniales»? —Finn sonrió y se dirigió de nuevo a Pru—. ¿Estamos viendo el mismo partido?

Jake puso los ojos en blanco de manera exagerada, fulminó con la mirada a Pru y se mantuvo en silencio, aunque parecía requerirle un gran esfuerzo.

—Se llama dar ánimos —contestó ella—. Y Jake tuvo que irse a la sombra, lo que significa que no puede hablar a no ser que diga algo positivo. Se lo ganó después de destrozar nuestra moral tanto que ya no éramos capaces de jugar.

Finn se contuvo de comentar que seguían sin ser capaces de jugar, pero, cuando la chica que bateaba dejó pasar dos perfectos strikes sin siquiera mover el bate, y vio la lúgubre expresión de Jake, estuvo a punto de soltar una carcajada.

A punto.

Porque no tenía ni idea de cómo conseguía ese hombre mantener la boca cerrada. Finn era competitivo hasta la médula y sospechaba que Jake sentía lo mismo.

—¿Va a batear? —preguntó al fin—. ¿O solo mantiene el bate caliente?

De la garganta de Jake surgió un bufido ahogado, que se convirtió en un ataque de tos cuando Pru lo fulminó de nuevo con la mirada.

—Abby es la secretaria de Jake —le explicó Pru—. Es estupenda.

Finn miró a Jake.

Jake sacudió lentamente la cabeza.

—¡Qué! —Pru pilló el gesto—. ¡Es estupenda! Controla toda tu oficina y está siempre sonriente, incluso cuando te portas como un imbécil.

—Sí —admitió Jake—, es un cielo. Es estupenda. En mi oficina y también conmigo, incluso cuando me porto como un imbécil. Pero en el softball no es nada estupenda.

—Está aprendiendo —insistió Pru.

Abby fue eliminada.

El siguiente bateador era un chico delgado y larguirucho, casi un adolescente.

—Nick —le informó Pru a Finn—. Trabaja en mantenimiento.

—Pru le consiguió el puesto —explicó Jake antes de que ella le hiciera una señal para que se callara.

Nick salió del banquillo, le guiñó un ojo a Pru y consiguió un lanzamiento de segunda base.

Después salió a batear una chica que no podía tener más de dieciocho años. Llevaba unas gafas de montura gruesa y soltaba un gritito a cada lanzamiento. También bateaba todas las pelotas que se le ponían a tiro, y varias que no.

Lo que no hizo fue acertar una sola. Seguramente porque mantenía los ojos cerrados, lo que significaba que las gafas no le servían de nada.

Finn intentó mantenerse al margen. No era más que un partido de softball, y bastante malo además, pero no pudo. Miró a Jake y señaló al bateador.

—¿Puedo…?

Jake le hizo un gesto para que fuera y le deseó suerte con la mirada.

—Chica —llamó Finn.

La chica se volvió.

—Finn... —llamó Pru en tono de advertencia, aunque él hizo caso omiso.

Finn desconocía cómo había conseguido meter a Jake «a la sombra», pero él no le había prometido nada.

—¿Cómo te llamas? —le preguntó a la chica.

—Kasey —contestó ella—. Trabajo en contabilidad.

—¿Sabes cómo golpear la pelota, Kasey?

—Sí —Kasey hizo una pausa—. No.

«Mierda».

—No pasa nada, es sencillo —la animó Finn—. Lo que tienes que hacer es mantener los ojos abiertos, ¿entendido?

La joven asintió.

—Contactar con la pelota, Kasey, es lo único que tienes que hacer.

Kasey volvió a asentir, pero falló el siguiente golpe. Nerviosa, se volvió hacia Finn.

—Está bien —la tranquilizó él—. Fue un lanzamiento malo y de todos modos no nos interesaba. El siguiente es tuyo —cruzó los dedos para que fuera cierto.

Pru observó a Kasey batear ante el siguiente lanzamiento... y acertar.

—¡Sí! —Finn saltó del banquillo y gritó puño en alto—. Eso es, nena. Eso es.

Había acudido al partido a regañadientes, no queriendo estar allí, resentido contra ese deporte y, sin embargo, se había implicado al cien por cien. Pru sospechaba incluso que se estaba divirtiendo. Verlo le despertaba muchísimos sentimientos, y la felicidad era el principal. Lo estaba consiguiendo, le estaba devolviendo algo.

Tras golpear la pelota, Kasey dejó caer el bate como si fuera una patata caliente y le dedicó una enorme sonrisa a Finn mientras daba unos pasecitos de baile.

—¡Lo hice! ¿Lo has visto? ¡Le di a la pelota!

—Sí, lo hiciste —gritó él mientras señalaba la primera base—. ¡Y ahora, corre, Kasey! Pierde el culo.

Kasey soltó un gritito y empezó a correr.

Finn rio. Y no dejó de reír mientras se volvía hacia Pru, que a punto estuvo de lanzarse en sus brazos.

—¿Te diviertes? —preguntó ella incapaz de dejar de sonreír.

—Dímelo tú, Prudence.

Decididamente iba a matar a Jake mientras dormía.

Finn sonrió ante el gesto de la joven y se acercó a ella para que nadie más pudiera oír sus palabras.

—Me lo debes.

—¿Por qué?

—Por no avisarme de lo malos que son tus compañeros —él echó una ojeada al campo y volvió a saltar del banquillo—. ¡Vamos, Kasey, vamos! ¡Vamos, vamos, vamos!

Sorprendida, Pru comprobó que el jugador de la primera base no había atrapado la pelota y Kasey ya superaba la segunda base.

Y la pelota seguía botando en el campo.

—¡Sigue! —se desgañitaba Finn con las manos ahuecadas a ambos lados de la boca—. ¡Corre!

Kasey se dirigía a la tercera base.

Finn parecía al borde de una apoplejía y Pru se sentía incapaz de apartar de él la mirada.

—¡Eso es! —continuó gritando él—. ¡Corre, nena! ¡Corres como el viento!

Esa alegría desbordada era lo mejor que había visto Pru en todo el día.

En toda la semana.

¡Qué demonios! En todo el mes.

Aunque mejor borrarlo todo. Pues era Finn lo mejor que había visto.

Increíblemente, Kasey hizo home run y la multitud se volvió loca. Bueno, en realidad solo se volvió loco su equipo. Todos salieron del banquillo para arrojarse sobre Kasey.

Excepto Pru.

Ella se arrojó sobre Finn.

No había sido su intención, desde luego no lo había planeado, su cuerpo simplemente obró por cuenta propia. Se volvió hacia él para decirle algo, ni siquiera se acordaba el qué, pero lo que hizo fue dar unos pasos y...

Lanzarse sobre él.

Por suerte, Finn tenía buenos reflejos, y también por suerte decidió atraparla. Riendo y soltando un gruñido de sorpresa, la agarró, tomándola en sus brazos. Deslizó una mano hasta su trasero para sujetarla y con la otra tiró de la coleta para obligarla a levantar el rostro.

—¿Has visto eso? —aulló Pru, perdida por completo su capacidad de autorregulación del tono de voz—. Ha sido precioso, ¿a que sí?

—Sí —él la miró sonriente a los ojos—. Precioso.

Y entonces la besó, apasionadamente, a conciencia.

Aunque el beso duró demasiado poco. Pru se oyó a sí misma gemir a modo de protesta cuando él se apartó y la dejó de nuevo en el suelo.

—Seguimos perdiendo por diez carreras.

Ella asintió, aunque jamás en su vida se había sentido menos perdedora que en ese momento.

CAPÍTULO 14

#LasNueveYardasEnteritas

Al final, perdieron por cinco. Lo cual, en opinión de Pru, era una absoluta victoria. En la última entrada se había lanzado a por una pelota, deslizándose por el suelo a lo largo de unos tres metros, golpeándose la barbilla contra el campo en varias ocasiones. Pero había atrapado la pelota.

También se había ganado unos buenos raspones.

En el momento ni siquiera se había dado cuenta, pero al final del partido, tras recoger todo y empezar a despedirse, empezó a dolerle todo. Lentamente, se colgó la bolsa del hombro y se volvió, encontrándose de bruces con Jake y con Finn.

Jake, que seguía llevando a Thor en el regazo, asintió hacia ella. Dado que el lugar del encuentro era el campo del instituto, a dos manzanas de donde vivía él, solían caminar juntos de regreso.

Finn se limitó a quedarse allí parado, observándola de ese modo que hacía que Pru... deseara cosas, cosas que no debería desear de él.

Era evidente que necesitaba trabajarlo.

—Estás hecha un asco —Jake hizo una mueca. Vamos, te limpiaré esas heridas en la oficina.

—Estoy bien —mentira y de las gordas, por supuesto. Los raspones le escocían como un demonio—. Me voy a casa.

Jake miró a Finn antes de fijar su mirada de nuevo en ella.

—¿Estás segura de que es una buena idea?

Por supuesto que no lo era. Pero ella tampoco era conocida especialmente por sus buenas ideas, ¿no?

—Síííí.

—No deberías ir sola. Podrías necesitar ayuda.

—Yo me ocupo de ella —anunció Finn.

Los dos hombres se contemplaron largo rato. Pru podría haber intentado mediar en el silencio cargado de minas que se había establecido entre ambos, pero estaba absorta en las palabras de Finn.

«Yo me ocupo de ella...».

Hacía tiempo que fantaseaba con algo así. Alargó una mano hacia Thor, pero Jake sacudió la cabeza.

—Se viene a cenar a mi casa. Tengo filetes.

—¿Filetes? —repitió Pru, consciente de repente del hambre que tenía—. Normalmente, después de los partidos, preparas perritos calientes.

—Pues esta noche hay filetes —él se encogió de hombros—. Hay suficientes para ti, si te apetece unirte a nosotros. Suponiendo que a Thor no le importe...

Thor echó la cabeza hacia atrás y aulló como un coyote.

Pru dedicó varios segundos a sopesar entre la posibilidad de que alguien le preparara una cena a base de filetes, frente a seguir disfrutando de esos vaqueros que se ajustaban como un guante al sexy trasero de Finn. La decisión no era fácil, pero al final eligió los vaqueros.

—No, gracias.

Jake asintió y se marchó rodando sobre la silla.

—¿Has estado a punto de cambiarme por un filete? —preguntó Finn.

Fingiendo no haber oído nada, ella enfiló hacia su casa, pero él la detuvo.

—¿Estás bien?

—Sí —contestó—. Siempre perdemos.

—Lo digo porque utilizaste tu cara como un deslizador en esa última carrera.

Tras dejarse convencer para jugar, Finn había ido a recoger su bolsa de deporte, en la que guardaba el guante de béisbol, y también una toalla que aplicó en esos momentos sobre la barbilla de Pru.

—¡Ay! —gritó ella.

—Pero estás bien, ¿verdad? —preguntó él secamente.

Pru apartó la toalla de su barbilla, vio algo de sangre y, suspirando, volvió a presionarse la herida con ella.

Finn le descolgó la bolsa del hombro y cargó con ella, junto con la suya.

—Pediré un coche.

—No necesito que me lleven —ella empezó a caminar y él la siguió de inmediato.

Pru se esforzó por encontrar una distracción. La temperatura era suave, perfecta. El sol se había puesto y al oeste se veía una franja dorada y naranja. El resto del cielo lucía una mezcla de azules.

—¿De qué iba todo eso? —preguntó Finn tras unos minutos de silencio.

—Nada. Ya te he dicho que, a veces, perdemos. Eso es todo.

En realidad, siempre.

—Me refiero a la mirada que te ha lanzado Jake.

—Nada —insistió ella.

—A mí no me pareció que no fuera nada.

—Tiene un problema —Pru jadeó colina arriba. ¿Por qué no había aceptado el coche?—. Debes ignorar la mayoría de sus miradas.

—Entiendo —Finn asintió—. ¿Qué clase de problema?

—Uno que le obliga a meter las narices donde no le importa —contestó ella. Los dolores eran cada vez más fuertes y necesitaba toda la fuerza de voluntad para no lloriquear a cada paso.

—¿Seguro que estás bien? —insistió él.

—Al cien por cien.

Él la miró con cara de circunstancias, fijando la oscura mirada en las heridas de las rodillas, y ella no tuvo más remedio que rectificar.

—De acuerdo, al noventa por ciento —Pru hizo una pausa—. Al diez en el peor de los casos.

Finn se detuvo y sacó el móvil del bolsillo.

—Ya estamos a mitad de camino —protestó Pru—. No voy a rendirme.

—Solo por curiosidad, ¿alguna vez te rindes?

—No —admitió ella con una carcajada.

Él sacudió la cabeza, pero no insistió, y evitó comentarle que no parecía estar nada bien. No la estaba considerando como a una adulta.

Si supiera…

—Sean también juega al béisbol —comentó Finn sin venir a cuento un rato después—. Es malo. Malísimo.

—¿En serio? —preguntó ella—. ¿Tanto como mi equipo?

—Bueno, tampoco exageremos.

Ella hizo amago de zurrarle y Finn agachó la cabeza mientras reía.

—En el instituto formó parte del equipo de su curso —le contó él—, pero solo porque no había suficientes jugadores. La parte más difícil fue asegurar que mantuviera el nivel de sus notas.

Pru nunca había considerado seriamente cómo sería el día a día de un joven de veintiún años a cargo de un adolescente como Sean. Seguramente había deberes que hacer, cenas que preparar, compras, un millón de cosas que suelen hacer los padres.

Pero Finn se había quedado solo para hacerlo todo.

El estómago se le encogió dolorosamente ante todo lo que debía haber sufrido, pero allí estaba, sonriendo ante los recuerdos.

—Ese año, la mitad del equipo titular cayó víctima de la gripe —continuó él—, y Sean fue convocado para las semifinales. La mayor parte del partido se la pasó sentado en el banquillo, pero al final de la octava, le tocó jugar de primera base porque el jugador titular empezó a vomitar.

—¿Y qué tal le fue?

—Dejó pasar un lanzamiento con las bases llenas —Finn sonrió, perdido en sus recuerdos.

—¡Ay! —Pru hizo una mueca.

—Sí. El entrenador salió al campo y le dijo que si dejaba pasar otro lanzamiento le colgaría del mástil por las pelotas.

—¡No pudo decir tal cosa! —ella soltó un respingo.

—Lo hizo —asintió él—. Y, por supuesto, el siguiente lanzamiento golpeó a Sean en las rodillas. Un lanzamiento raso y rápido.

—¿Y se le escapó?

—Se lanzó en plancha a por la pelota, se deslizó sobre la barbilla —Finn le dedicó una sonrisa de soslayo—. Pero atrapó la maldita pelota.

—¿También se raspó entero? —preguntó Pru, comprendiendo el motivo del relato.

—Se dejó más piel que tú en el campo —Finn rio y sacudió la cabeza—. Pero sobrevivió. Suele hacerlo, de algún modo.

A Pru le parecía estupendo que los dos hermanos hubieran permanecido tan unidos después de todo lo que habían sufrido. No sabía nada de su madre, aparte de que hacía mucho que no estaba con ellos. Lo único que sabía de los

O'Riley era lo que había logrado averiguar por Internet. Se había mantenido más o menos al día de lo que les había sucedido a todos los implicados en el accidente de sus padres. Necesitaba saber que estaban bien. Al averiguar que Finn había inaugurado un pub a menos de dos kilómetros de donde ella vivía y trabajaba, no había podido resistir la tentación de involucrarse.

Y allí estaba él, formando parte de su vida. Una parte importante. La idea le provocó un profundo dolor en el alma. Un dolor real, pues sabía que aquello iba a durar muy poco. Sabía que al final iba a tener que contarle la verdad. También sabía que, en cuanto lo hiciera, él dejaría de formar parte de su vida.

—Esta noche me ha despertado muchos recuerdos.

El tono de voz de Finn hizo que ella volviera la cabeza.

Remordimiento.

Dolor.

—Echas de menos el béisbol —susurró Pru.

—Yo pensaba que no —él se encogió de hombros—, pero sí, lo echo de menos.

—¿Por eso no querías venir esta noche?

—No me sentía preparado, ni siquiera para el softball —Finn sacudió la cabeza—. No había vuelto a jugar desde la muerte de mi padre.

—Cuánto lo siento —Pru respiró entrecortadamente, consciente de que no podía permitir que le contara su historia sin hablarle de algunas cosas primero—. Finn...

—Por aquel entonces, Sean era un menor. Habría acabado en alguna institución para menores, por eso regresé a casa.

La habitual sensación de culpa la aguijoneó, arrancándole pedacitos del corazón y del alma.

—¿Y qué fue de tu madre?

—Se marchó cuando éramos pequeños —él se encogió de hombros—. No hemos vuelto a saber de ella.

—Sean tuvo suerte de tenerte a ti —observó ella al fin—. Mucha suerte. Siento mucho que tuvieras que abandonar la universidad.

—Lo cierto era que la odiaba —Finn rio por lo bajo—. Pero también es cierto que no quería volver a casa. Mi hogar estaba lleno de recuerdos de mierda.

—Finn, yo... —ella se interrumpió y lo miró fijamente—. ¿Qué?

—¿Tienes hambre? —él se había parado con la mirada fija en una tienda al otro lado de la calle.

—Yo... un poco.

—¿Alguna vez has comprado algo ahí? —hacen los sándwiches de carne más deliciosos del mundo —la miró de reojo—. No quiero que te quedes sin comer filete por mi culpa.

La condujo al interior de la tienda y pidió por los dos.

Tanto mejor, porque Pru era incapaz de pensar.

¿Qué recuerdos de su hogar podían ser una mierda? ¿Qué había querido decir?

Finn pagó y continuaron su camino. Él permaneció callado, aunque no le quitaba la vista de encima. Sin embargo, ella no podía callarse.

—¿Qué has querido decir con que tu hogar estaba lleno de recuerdos de mierda?

—¿Tienes hermanos? —preguntó Finn tras reflexionar largo rato—. ¿Vivías con ambos padres?

—No tuve hermanos, pero sí vivía con mis padres —le informó ella, conteniendo el aliento—. Hasta que murieron cuando yo tenía diecinueve años.

Finn no estableció ninguna conexión, ¿por qué iba a hacerlo? Solo un chiflado pensaría que los dos accidentes, el de su padre y el de los padres de ella, fueron el mismo.

—Qué mierda —exclamó él.

En efecto, lo era, pero Pru no se merecía su compasión.

—Antes de aquello, tuve una buena vida —continuó—. Los tres juntos.

—Bueno, pues te aseguro que Sean y yo no podemos decir lo mismo.

El lenguaje corporal era suelto y relajado mientras continuaban caminando. Pero, aunque Pru no podía verle los ojos, ocultos tras las gafas de sol, sentía que por dentro no estaba tan relajado.

—¿Tu padre no era un buen tipo?

—Era un gilipollas —contestó él—. Siento que muriera, pero ni Sean ni yo lamentamos tener que terminar de criarnos sin él.

Ella contempló su perfil mientras intentaba encajar las piezas que se empeñaban en soltarse continuamente. Siempre se había imaginado al hombre como el... padre perfecto. El padre perfecto a quien su padre había arrebatado del lado de Sean y Finn. Emitió un tembloroso suspiro, no muy segura de cómo sentirse.

—¡Eh! —Finn le sujetó un brazo para detener su marcha y obligarla a volverse hacia él. Quitándose las gafas de sol, se las colocó sobre la cabeza para poder mirarla mejor—. De repente te has puesto muy pálida.

Pru sacudió la cabeza y tragó el nudo de emoción que le obstruía la garganta. Sabía que él no soportaría su piedad, de modo que se esforzó por sonreír.

—Estoy bien.

Por la expresión de Finn, no se lo había tragado. Y lo demostró cambiando de mano la bolsa con comida y tomando con firmeza la mano de Pru. Estaba a solo una manzana de su edificio, pero antes de dar otro paso más, Finn se detuvo y soltó una carcajada.

Spence caminaba hacia ellos.

Alto y de porte atlético, cabellos ondulados dorados por el sol, a juego con sus ojos castaño dorados, era una delicia para la vista. Llevaba unos pantalones cortos y camisa arremangada que dejaba al descubierto sus antebrazos. Era un tipo muy sexy, aunque él parecía no darse cuenta.

Paseaba a dos golden retrievers y un gato, los tres con correas con el emblema de South Bark Mutt Shop, el establecimiento de Willa. Los animales caminaban con toda tranquilidad junto a Spence.

El propio Spence también irradiaba calma, completamente ignorante de las dos mujeres que estiraban el cuello para verle el trasero. Estaba demasiado ocupado sacándole el dedo a Finn por reírse de él.

—No sabía que trabajaras para Willa —observó Pru.

«Ni que los gatos se pasearan con correa».

—En realidad no... —intentó explicarle Finn.

Spence optó por no hacer ningún comentario.

—Estás paseando a un gato. Te van a retirar el carnet de hombre.

—Eso díselo a la dueña del gato —contestó Spence—. Me ha pedido que salga con ella esta noche.

—¿Utilizas a estos indefensos animales para acostarte con mujeres?

—Pues sí —su amigo asintió sin ningún pudor—. Y cállate la boca porque después voy a dejar que Professor PuddinPop te decore los zapatos. Y te advierto que ha comido atún, y que no le ha sentado muy bien.

—Los gatos no pueden entrar en el pub —le recordó Finn.

—Professor PuddinPop es el retriever más pequeño —le aclaró Spence—. Su hermano, Colonel Snazzypants es especialista en aliviarse en espacios más abiertos. Cuidado. Yo te he advertido.

—¿Y cómo se llama el gato? —preguntó Pru.

—Good King Snugglewumps —contestó él con gesto serio—. En realidad es un gato de apoyo emocional, y yo diría que te vendría bien uno ahora mismo. ¿Qué demonios te ha pasado?

—Resbalé mientras intentaba atrapar una pelota, jugando al softball.

—¿Resbalaste con tu bonita cara?

—No, eso fue un daño colateral. Pero atrapé la pelota.

—Bien hecho —contestó Spence con una sonrisa y mientras chocaban los cinco.

Finn se había agachado para acariciar a los animales. El gato se frotaba contra su pierna y los dos perros se habían tumbado panza arriba para que pudiera acariciarlos.

—El hombre que susurra a los animales —anunció Spence—. Siempre se pegan a él —sacudió la cabeza mientras se dirigía a Good King Snugglewumps—. ¡Eh, tú!

Pero el gato fingió no oírle.

—Yo soy el hombre que susurra a los animales, y Pru es el hada de la felicidad —Finn sonrió.

—¿Qué tal va el asunto? —Spence se volvió hacia Pru—. ¿Ha aprendido ya a divertirse?

—No coopera demasiado.

—¡No me jodas! —él miró a Finn—. Vigila tus zapatos, no te digo más.

A continuación se marchó tirando de dos perros y un gato.

Finn sacó el móvil del bolsillo e hizo una foto de su amigo por detrás.

Sin volverse, Spence le volvió a sacar el dedo.

Sin dejar de sonreír, Finn se guardó el teléfono en el bolsillo y tomó de nuevo la mano de Pru.

—Vamos a tu casa.

Buena idea. En cuanto se habían detenido para charlar, Pru había notado cómo le invadía la rigidez, aunque se había esforzado por disimularlo. Entraron en el patio y contemplaron la fuente que, no pudo por menos que recordar, no había hecho gran cosa por hacer realidad su deseo de que Finn encontrara el amor. Retrasándose unos pasos, le hizo un gesto a la fuente, llevándose los dedos a los ojos y luego señalándola, a modo de advertencia.

Pero la fuente no respondió.

Sin embargo, al parecer, Finn tenía ojos en la nuca porque soltó una carcajada.

—Nena, acabas de dirigirle una mirada a esa cosa como si estuvieras pensando en asarla a la parrilla y dársela de comer a tu peor enemigo.

Y así era. Y lo haría. Buscando un cambio de tema, saludó con la mano al sintecho, sentado en un banco.

—Eddie —saludó Finn asintiendo—. Tienes mejor aspecto que la otra noche.

—Sí —Eddie asintió—, sería la gripe de veinticuatro horas, o un envenenamiento.

—Deberías dejar de comer todo lo que te da la gente —sugirió el barman.

—¡De eso nada! Me dan cosas muy ricas. Esta monada me deja unas bolsas realmente buenas. Alitas de pollo, pizza... —el hombre miró a Pru—. ¿Sabes una cosa que hace mucho que no comemos? Sushi —se interrumpió y entornó los ojos—. ¿Qué te ha pasado, cielo? ¿Se ha puesto violento este tipo? Si es así, no tienes más que decirlo y lo tumbo de una paliza.

Eddie no pesaría más de cuarenta y tres kilos, y eso estando mojado, y daba la impresión de que un soplo de aire se lo podría llevar. Finn le sacaba al menos quince centímetros y a saber cuántos kilos de puro músculo y fibra, por no mencionar el porte, que dejaba bien claro que sabía qué hacer con tanto cuerpo.

Pru lo descubrió mirándola con una ceja enarcada, como si se estuviera preguntando si sería capaz de decirle ese algo al anciano.

—Me he raspado —admitió ella al fin—. Softball.

Hundió las manos en el bolsillo para sacar unos billetes para Eddie, pero Finn la detuvo con una mano mientras con la otra sacaba algo de la bolsa de deporte.

El tercer sándwich que había comprado en la tienda.

—¿Lo ves? —Eddie sonrió y lo agarró rápidamente—. Me dan cosas buenas. Y tú sí que sabes llegar al corazón de un hombre, tío. ¿Mayonesa?

—¿Me he olvidado alguna vez? Y extra de pepinillos.

—¿Patatas?

Casi antes de que terminara de formular la pregunta, Finn le lanzó una bolsa de patatas fritas con sal y vinagre.

—Que Dios te bendiga —el anciano se llevó una mano al corazón—. Y dile a esa entrometida que recibí la bolsa con ropa.

—¿Elle?

—Dijo que me iba a morir si seguía llevando los pantalones cortos y la camiseta —Eddie asintió—. Insistió en que aceptara esta ropa —señaló los pantalones ajustados y el jersey de manga larga que llevaba puestos. Tenía toda la pinta de un surfista metido a mafioso.

—¿Cómo te sientes con la nueva ropa? —preguntó Finn con una sonrisa ante la visible incomodidad del otro hombre.

—Un poco comprimido.

Finn soltó una carcajada y tomó de nuevo la mano de Pru, tirando de ella hacia el ascensor.

Y de repente, ella se sintió asaltada por una oleada de pánico. ¿Pretendía entrar en su casa?

¿Se había depilado?

«No», se dijo a sí misma con firmeza. «Da igual que no tengas vello en las piernas, no vas a acostarte con él».

Al llegar a la puerta, y sin soltarle la mano, él revolvió en la bolsa de Pru en busca de las llaves. A continuación abrió como si la casa fuera suya.

Pero, antes de poder entrar, la puerta al otro lado del pasillo se abrió y apareció la señora Winslow.

La vecina de Pru era tan vieja como la humanidad, y el tiempo no había sido muy clemente con ella. Aun así, era una mujer sumamente aguda. Sus facultades las conservaba manteniéndose al día de todo lo que sucedía en ese edificio.

—Hola, querida —saludó a Pru—. Estás sangrando.

—He sufrido un accidente de esquí —ella empezaba a aburrirse de la versión tradicional.

Finn sonrió.

—Aunque sea vieja, sé en qué estación vivo —la señora Winslow rio—. Estamos en verano, y eso significa que ha sido el softball.

—Sí —Pru suspiró.

—¿Al menos esta vez ganasteis?

—No.

—Creo que la idea es ganar de vez en cuando —insistió la señora Winslow.

—Sí —Pru volvió a suspirar—. Estamos trabajando en ello —señaló a Finn, que permanecía a su lado, inmóvil como una roca, aunque algo sudado y polvoriento—. He reclutado a un nuevo jugador.

—Buena idea —la anciana asintió—. Parece bastante agradable, ¿verdad?

Pru deslizó la mirada por el masculino cuerpo. «Agradable» no era exactamente la palabra que ella utilizaría. Sexy como un demonio, quizás. Devastadora y apabullantemente perfecto...

Ante la concienzuda inspección, él sonrió y algo brilló en los ojos verdes.

Deseo.

—Han traído una cosa hoy para mí —la señora Winslow cambió de tema—. Por eso estaba pendiente de tu llegada.

—¿De mí? —preguntó Pru.

—Sí, mi paquete ha llegado a través de tu montacargas.

—¿Por qué?

—Porque, querida, el montacargas está en tu lado del edificio.

De acuerdo. Pru le hizo un gesto a su vecina, que entró en el apartamento, abrió la portezuela del montacargas y sacó un... ¿plato de brownies?

A Pru se le hizo la boca agua ante la sonrisa de la anciana, que tras darle las gracias se volvió para regresar a su casa.

—Tienen una pinta estupenda —observó ella con la esperanza de que le invitara a tomar uno.

O dos.

O todos los que pudiera meterse en la boca.

—Oh, lo siento —se excusó la señora Winslow mientras sacudía la cabeza—. Estos son brownies... especiales.

—¿Brownies especiales? —Pru parpadeó perpleja y miró a Finn, que parecía estar conteniendo una carcajada.

No podía creerse que su anciana vecina estuviera diciendo lo que ella creía que decía.

—Sí —asintió la mujer—. Y todavía no tienes edad, de lo contrario los compartiría contigo.

—Señora Winslow, tengo veintiséis años.

—Me refería a más de sesenta y cinco.

Y sin decir una palabra más, se marchó a su casa.

Finn empujó suavemente a Pru al interior de su apartamento, lo cual respondía a la pregunta sin formular. Iba a entrar. En su apartamento.

Y, si su corazón tenía algo que decir al respecto, en su vida.

CAPÍTULO 15

#¡Ouch!

Finn dejó caer ambas bolsas de deporte, y también la bolsa de la tienda, sobre la encimera de la cocina de Pru y se volvió hacia ella.

—Muy bien. Hora de jugar a los médicos.

El cuerpo de Pru se estremeció emitiendo señales que aullaban «¡sí, por favor!». Por suerte, su boca las interceptó.

—De acuerdo, si me dejas a mí ser el médico.

—Estoy dispuesto a que nos turnemos —los labios de Finn se curvaron—, pero yo primero.

—Estoy bien, de verdad —«¡madre mía!», pensó ella—. Creo que solo necesito una ducha.

—¿Te apetece beber algo? Podría llamar al pub y...

—No, gracias.

—No hablaba de alcohol —le aclaró Finn—. Ya sé que no bebes.

No había muchos hombres que aceptaran algo así sin hacer preguntas. La gente quería, y esperaba, que los demás bebieran cuando lo hacían ellos. Normalmente, cada vez que rechazaba amablemente una copa, se iniciaba el inevitable interrogatorio. «¿Ni siquiera un trago?». O, «¿qué pasa, fuiste alcohólica?».

Pru ni siquiera era capaz de imaginarse ser alcohólica y enfrentarse a ese tercer grado sin perder la compostura, pero lo cierto era que no bebía porque sus padres sí lo habían hecho. Mucho. Eran grandes bebedores sociales. No estaba segura de si tenían un problema o simplemente les gustaba alternar, pero lo que sí sabía era que la bebida los había matado.

Lo cual había ahogado su sed de alcohol a una muy temprana edad.

Pero Finn no la presionaba.

—¿Y algo caliente? —preguntó él—. ¿Una taza de chocolate?

—Quizás después de la ducha —Pru sentía que el corazón se le agarrotaba en el pecho ante la buena disposición de ese hombre.

Él asintió y se apoyó de espaldas contra la encimera de la cocina como si pretendiera esperarla. Sin saber muy bien cómo enfrentarse a ello, Pru también asintió y se dirigió al cuarto de baño. Cerró la puerta con llave y se quedó durante un minuto entero mirando fijamente la cerradura porque, ¿de verdad deseaba dejarlo fuera? No. Lo que quería era que se uniera a ella, disfrutar juntos del vapor del agua caliente mientras él la tomaba en sus brazos, la empujaba contra la pared de la ducha y se hundía en su interior.

Ignoró la flojera en las rodillas y dejó la cerradura cerrada mientras sacudía la cabeza. Por lo visto había pasado demasiado tiempo desde su último orgasmo en compañía y, si bien se las apañaba bien ella sola, era evidente que empezaba a aburrirse de sí misma.

Al desnudarse tuvo que arrancarse la camiseta de los codos en carne viva, lo cual no resultó precisamente una experiencia agradable. Lo mismo le sucedió a la altura de las rodillas al quitarse los vaqueros. Una vez desnuda, hizo inventario. Dos rodillas sangrantes, un codo sangrante y una barbilla sangrante.

De pequeña, cuando se hacía daño, su mamá solía abrazarla con fuerza y soplarle las heridas mientras susurraba «¿lo ves?, no es para tanto...».

Había pasado mucho tiempo de aquello, pero seguía habiendo momentos, ese por ejemplo, en el que habría cambiado su vida por uno de esos abrazos. Contempló el magullado cuerpo en el espejo y respiró hondo.

—¿Lo ves?, no es para tanto.

A continuación se metió en la ducha.

Fue una ducha rápida. Sobre todo porque con el jabón y el agua caliente las heridas le escocían como un demonio. Y también porque mientras se enjabonaba no hacía más que pensar en Finn esperándola en la cocina, los brazos cruzados sobre el pecho, el gesto despreocupado, su humor nada despreocupado.

Esperándola.

Los lugares estratégicos de su cuerpo empezaron a vibrar, de modo que cerró el grifo, pasando de un ambiente ardiente a gélido en un instante. Las partes malas escocían y las buenas temblaban. Y así salió de la ducha.

Cuando oyó el golpe de nudillos en la puerta, casi sufrió un infarto.

—¿Está muy mal? —preguntó Finn a través de la puerta.

Pru agarró la toalla y se envolvió en ella. Los cabellos le goteaban sobre hombros y espalda.

—No tanto —su voz sonaba grave y ronca y, maldita fuera... incitante. Rápidamente se aclaró la garganta—. No es para tanto.

—Quiero verlo —él intentó girar el picaporte—. Déjame entrar, Pru.

La mano de Pru se sublevó contra el cerebro y descorrió el cerrojo. Sin embargo no llegó hasta el punto de abrirle la puerta. En realidad no tuvo que hacerlo porque él ya estaba dentro... en su cabeza, sus venas, todos los vibrantes lugares íntimos y, sospechaba, en su corazón.

Finn empujó la puerta y se quedó parado, mirándola fijamente, tenso al comprobar que solo estaba tapada con una toalla.

Respiró hondo, o al menos eso pareció, y entró en el cuarto de baño con un botiquín de primeros auxilios en la mano.

—Encontré esto en mi bolsa —explicó mientras lo dejaba junto al lavabo.

Volviéndose hacia ella, apoyó ambas manos sobre la cintura de Pru y la empujó a la derecha del lavabo.

Ignorando su grito sorprendido, abrió el botiquín, rebuscó en su interior y sacó una gasa y un desinfectante. A continuación, se volvió hacia ella y le aplicó el desinfectante antes de vendarle los codos, el ceño fruncido, concentrado. Una vez terminado con eso, se agachó.

Pru soltó otro grito sorprendido y juntó las piernas con fuerza mientras tironeaba de la toalla hacia abajo en un intento de asegurarse de que todo lo importante quedara oculto.

El gesto le granjeó una tímida sonrisa de Finn que siguió curándole las rodillas, de nuevo aplicando desinfectante, sin apartar la vista de su trabajo, sus manos grandes, fuertes y hábiles moviéndose con rápida precisión clínica.

Pru intentó distraerse, y a sus nervios, fijándose en cómo se estiraba la camiseta de Finn sobre los anchos hombros y la espalda, los músculos ondulando a cada movimiento. Tenía la cabeza inclinada sobre ella, los ojos entornados, concentrados, las largas y oscuras pestañas ocultando sus pensamientos.

Lo cual le pareció muy bien a ella, ya que con sus propios pensamientos había bastante. Y el primero de todos era que si relajaba los muslos siquiera una fracción de segundo, él podría mirar directamente a la tierra prometida.

La idea casi le hizo marearse, pero se dijo a sí misma que sin duda era el desinfectante.

Porque lo cierto era que había algo erótico en todo aquello, en que estuviera desnuda bajo la toalla y él completamente vestido. Pero también era muy consciente de que no solo estaba hecha un desastre por dentro, se le notaba por fuera.

Finn desvió la concentración de su trabajo y la miró fijamente. Alargó una mano y le acarició la mejilla.

—¿Por qué te has ruborizado?

—No es verdad.

Él enarcó una ceja.

—Estoy hecha un asco.

Finn se levantó mientras deslizaba las manos por los tobillos de Pru, las pantorrillas, posándolas sobre las corvas durante un instante para darles un pequeño empujón que hizo que ella se moviera hacia él.

Las piernas de Pru se separaron por voluntad propia y él se colocó en medio, pegándose a su cuerpo, calentándola con su calor. Los brazos le sujetaron las caderas para atraerla más hacia sí mientras los labios acariciaban suavemente los suyos. Esos labios continuaron por la mejilla hasta la parte de atrás de la oreja, dejando a su paso un rastro de besos que continuó hasta el cuello.

—Eres hermosa —susurró—. Un hermoso asco.

Ella rio nerviosamente.

—Lo eres —insistió él, susurrando contra su hombro—. Eres tan hermosa que me dejas sin aliento —alzó la cabeza y la miró a los ojos para no dejar lugar a dudas sobre la sinceridad de sus palabras.

Hacía mucho tiempo que Pru no se sentía hermosa, pero en esos momentos así era. Mucho. Quiso cerrar los ojos y perderse en la sensación, perderse en Finn. Sin embargo, con un último mordisquito en el sensible punto donde el cuello se unía al hombro, él se trasladó a la barbilla.

Pru contuvo la respiración cuando sintió que le aplicaba una gasa a la herida, y de nuevo la contuvo cuando se inclinó hacia delante y le besó esa herida.

Con el movimiento del cuerpo, los pantalones vaqueros le rozaron los muslos, provocándole nuevos temblores, despertando deseos de más.

—¿Qué haces? —preguntó ella con una voz que recordaba a la de Minnie Mouse tras haber aspirado helio, mientras la boca de Finn, y su incipiente barba, le raspaba la piel.

—Besar tus pupas —contestó él con inocencia, sin darle importancia, sin detenerse.

El traidor cuerpo de Pru reaccionó arqueándose y apretándose contra él, basculando las caderas por el puro gusto de oírle gemir de placer.

—¿Dónde más? —tras una última caricia en la barbilla, él la miró a los ojos.

—¿Eh? —completamente obnubilada, ella sacudió la cabeza.

—¿Dónde más te duele?

Pru seguía mirándolo perpleja. ¿Dónde más le dolía? Pues en ninguna parte, porque con sus manos y boca sobre ella, todos los receptores del placer habían borrado el dolor. Claro que, a caballo regalado no le mires el diente, y la oportunidad era demasiado buena para dejarla pasar.

De modo que se señaló el hombro.

Finn le dedicó de inmediato toda su atención, deslizando el dedo sobre el moratón que se estaba formando, y luego inclinándose para besarle ese punto.

Pru contempló la deliciosa boca, los increíbles labios presionados contra su piel, y se estremeció.

Finn emitió un murmullo sin palabras y la abrazó con más fuerza, transmitiéndole parte del calor que desprendía su cuerpo. Cuando cerraba los ojos, como en ese momento, las largas y negras pestañas le rozaban la mejilla. No se había afeitado aquella mañana, y quizás tampoco la anterior. Pru sintió los pinchazos de la barba cuando él volvió la cabeza y abrió los ojos.

—¿Dónde más? —insistió. Su voz puro sexo.

Y ese fue el momento elegido por Pru para cometer un error. Debía permanecer fuerte, nada más. El problema era que estaba harta de ser fuerte. Y le estaba costando mucho recordar por qué debía permanecer así.

—¿Pru?

Ella tragó con nerviosismo y se señaló los labios.

Finn se apartó y le dedicó una mirada que la derritió entera. Lentamente, dibujó un rastro de ardientes y húmedos besos por la garganta. Cuando llegó a la barbilla, le agarró los cabellos con fuerza y le echó la cabeza un poco hacia atrás. Ella lo sintió abrir la boca sobre su barbilla y, con la punta de la lengua, seguir camino hasta los labios.

Rodeándole los anchos hombros con los brazos, Pru gimió y se agarró con fuerza mientras él la besaba como nunca la habían besado. Era lo mejor que había probado jamás, eso y la sensación del fuerte, sólido cuerpo contra ella. No sabía cómo lo hacía, pero, incluso después de jugar un partido, seguía oliendo estupendamente. A madera, a hombre...

Y entonces Finn se apartó.

—¿Finn? —ella lo miró angustiada.

—¿Sí?

—¿Te acuerdas cuando dijiste que la pelota estaba en mi tejado?

Finn apoyó la frente contra la de ella, como si estuviera haciendo un esfuerzo por controlarse. Pru sabía que debería estar haciendo lo mismo, pero se sentía incapaz de pedirle que se marchara. No quería que se fuera. No quería estar sola en eso.

—No te vayas —susurró.

Finn abrió los ojos y el calor que desprendía su mirada casi la incendió. No, desde luego no iba a estar sola, gracias a Dios, porque eso sería un asco. Sin pronunciar una palabra, se apretó un poco más contra él.

—Pru... —gimió él.

Temiendo que las siguientes palabras que salieran de su boca fueran las de despedida, ella le besó con dulzura la barbilla. Y, cuando él abrió la boca, aparentemente para decir algo, le mordisqueó. Al sentir los dientes de Pru sobre su barbilla, él se quedó inmóvil y se estremeció, y la abrazó con más fuerza.

¡Sí! Eso era justo lo que necesitaba, porque allí, abrazada por Finn, su sentimiento de culpa, sus remordimientos, sus temores... todo eso daba paso a la lánguida y embriagadora sensación de ser deseada. Y no quería que parara.

Nada de eso.

Los ojos verdes la contemplaban con intensidad mientras él se movía ligeramente, apretándose contras los muslos de Pru. Sin apartar la mirada, volvió a besarla, encendiendo nuevas llamas de feroz deseo en su cuerpo. Y entonces deslizó las manos hacia abajo, por los muslos, rozando la felpa de la toalla, metiendo los pulgares por debajo.

—¿Es esto lo que quieres? —preguntó.

Ella dio un respingo al sentir los rugosos pulgares acariciarle la parte interna de los muslos mientras él capturaba su boca con la suya en un beso húmedo y ardiente al tiempo que hundía las manos bajo la toalla y le sujetaba el trasero con las manos ahuecadas.

Cuando apenas le quedaba oxígeno para aguantar el beso, Pru lo interrumpió y echó la cabeza hacia atrás para que él pudiera seguir besándole el cuello. Sentía todo el cuerpo tenso, como si la piel se le hubiera quedado pequeña. Impaciente, volvió a arquear el cuerpo para pegarse a él, arrancándole un nuevo y gutural gemido.

—Pru... —había algo de advertencia en el tono de voz de Finn.

No iba a dejar que aquello se escapara de las manos de Pru. Era ella la que tendría que indicarle hasta dónde quería llegar.

—Esto es lo que quiero —susurró ella, agarrándose a él con fuerza—. Quiero…

—Dilo —susurró él, la boca muy pegada a su oreja, provocándole un delicioso escalofrío.

—A ti. Por favor, Finn, te quiero a ti.

Él levantó la cabeza y la miró fijamente antes de volver a besarla, acariciándole la lengua con la suya, imprimiendo un ritmo que hizo que Pru pegara sus caderas a las de él. La suave tela de los vaqueros le arañaba la sensible piel del interior de los muslos. Encantada con la sensación, ella lo abrazó con las piernas, con fuerza, atrayéndola más hacia sí, la parte de su cuerpo más acalorada, más necesitada, buscando desesperadamente su atención.

Finn pronunció unas palabras en tono inaudible y soltó una pequeña carcajada mientras le mordisqueaba el labio, el cuello y… y la toalla se deslizó por los pechos.

Finn la había aflojado con los dientes.

Cuando cubrió el pezón con su ardiente boca, Pru estuvo a punto de llegar en ese mismo instante. Con las cálidas manos ahuecadas, le tomó los pechos, pasando de uno a otro, la barbilla raspándole ligeramente la piel de un modo absolutamente seductor. Los movimientos eran tan sensuales, lentos y eróticos que ella apenas podía soportarlo.

—Finn…

Finn levantó la cabeza y le sostuvo la mirada mientras retiraba la toalla, dejándola caer a los lados antes de seguir avanzando hacia abajo, perezosamente explorando cada milímetro de su cuerpo como si dispusiera de todo el tiempo del mundo, emitiendo sonidos de placer cuando encontró la pequeña brújula tatuada en la cadera. Se detuvo largo rato en ese punto, aprendiéndose el tatuaje de memoria… con la lengua.

Y lo único que ella podía hacer era agarrarse a la encimera del baño con ambas manos y echar la cabeza hacia atrás porque le suponía demasiado esfuerzo sujetarla recta. Cada caricia de Finn le provocaba una descarga de deseo por todo el cuerpo.

Pru estaba totalmente desnuda frente al cuerpo, totalmente vestido, de Finn. Expuesta, abierta, vulnerable en más de un sentido. Desde luego mucho más de lo que se había permitido desde hacía demasiado tiempo, aunque no por ello sentía el menor remordimiento o angustia.

La única sensación que reconocía era el agudo zarpazo del deseo y la necesidad arrollándola como un tren de mercancías, todo acompasado con la hábil boca y glotonas manos de Finn. Pru temía que él solo necesitara respirar sobre su lugar especial de la felicidad para que se disparara como un cohete.

En ese momento, él le separó las rodillas.

Finn deslizó las manos por la cara interna de los muslos de Pru, sujetándole las piernas para que sus labios encontraran el camino a casa. Treinta minutos antes, ella había pensado que lo que más necesitaba era un filete, pero la realidad era otra. Lo que necesitaba era eso. Con Finn.

Uno de los móviles sonó. El suyo estaba en el bolsillo de los pantalones tirados en el suelo, y el de Finn donde lo hubiera dejado. Pru se irguió, pero, cuando los dedos de Finn le acariciaron el húmedo centro, olvidó todo sobre un teléfono. Olvidó hasta su propio nombre.

—¡Dios, no te pares! Por favor, Finn, no te pares...

—Estoy aquí —él reemplazó los dedos por la lengua, lamiendo lenta y concienzudamente.

Y ella gimió mientras la tortura continuaba, relajándola, antes de succionarla con fuerza.

Y eso fue todo. Se había convertido en un cohete lanzado al espacio. Fuera de la órbita terrestre. Fuera de la estratosfera. Al regresar al planeta Tierra, comprendió que tenía a Finn agarrado del pelo, apretándole la cabeza con los muslos como si fuera una nuez a la que hubiera que partir.

—¡Cuánto lo siento! —exclamó casi sin aliento, obligándose a soltarlo—. Casi te arranco el pelo.

Finn volvió la cabeza y le besó la cara interna del muslo antes de dedicarle una sonrisa petulante, muy masculina, muy protectora, muy posesiva.

—Ha merecido la pena —concluyó mientras se lamía los labios.

—Por favor, ven aquí —ella estuvo a punto de llegar de nuevo.

Finn se puso de pie y Pru deslizó las manos bajo la camisa, para sentir el calor de los duros abdominales. Había tanto que tocar, y la pregunta era si hacia arriba o hacia abajo...

Él la miraba con los ojos muy oscuros, ardientes, con algún destello de diversión al leer la indecisión en su rostro.

—No sé exactamente qué hacer contigo —susurró Pru.

—Podría hacerte algunas sugerencias.

Ella rio nerviosa, aunque permitió que sus manos se deslizaran por el fuerte torso, arrastrando la camiseta a su paso. Qué bien formado estaba.

—Fuera —ordenó con dulzura.

Y la camiseta desapareció en menos de un segundo para que ella pudiera deleitarse con la visión de los anchos hombros y el fornido pecho mientras las manos jugueteaban con la cinturilla del pantalón. Le estaban lo bastante sueltos para introducir las manos y...

—¡Oh! —exclamó Pru mientras contenía la respiración. Había encontrado mucho más de lo que esperaba.

La ardiente y divertida mirada sostuvo la de ella. Aparentemente estaba tranquilo, tan imperturbable como siempre, pero cada línea de su cuerpo estaba marcada por una sutil y erótica tensión. Parecía estarse conteniendo, controlando su talentosa sexualidad.

Pru desabrochó el primer botón de los vaqueros.

Y el segundo.

Y por fin lo liberó entero, apartando a un lado los calzoncillos para permitir que toda la gloria saltara a sus manos. Y había mucha gloria.

—¿Finn?

—¿Sí?

—Creo que ya sé lo que quiero hacer contigo.

Implicaba la participación del preservativo que, por suerte, él llevaba en la billetera. También requería que ella se recostara sobre la encimera de azulejos del baño, pero se las apañaron.

Y cuando Finn se hundió profundamente dentro de ella, sujetándole el trasero con sus dos grandes manos, atrayéndola hacia sí para poder hundirse más, Pru arqueó la espalda y echó la cabeza hacia atrás, sintiéndose más viva de lo que se había sentido en mucho tiempo. Un fuerte escalofrío le recorrió todo el cuerpo. Emitiendo suaves murmullos sin palabras, Finn tiró de ella para que pudiera apretarse contra el cálido torso. La abrazó de nuevo, y ella sintió que se le encogían los dedos de los pies. Agarrándose con fuerza, fue recompensada por un nuevo y sensual gemido. Era muy consciente de estarle clavando las uñas en la espalda, pero no podía parar, no podía respirar.

—Finn...

—Lo sé —él deslizó las manos hasta su trasero, que sujetó con las manos ahuecadas, protegiéndola de los azulejos.

Y cuando hizo eso tan diabólicamente hábil con los largos dedos, Pru llegó en un enorme e inesperado estallido.

Desde lo que le pareció muy lejos, sintió a Finn perder el control. Y terminaron aplastados el uno contra el otro, tomados de las manos, los rostros pegados, respirando aceleradamente.

Y así permanecieron varios minutos antes de separarse lentamente. Se dejaron caer contra el espejo, sin importarles lo frío que resultaba contra la ardiente piel.

Finn se desplomó sobre la encimera del baño como si hubiera perdido su fuerza. Había que verlo, sin camiseta, con los vaqueros desabrochados y medio caídos.

Endemoniadamente sexy. A Pru le apetecía hacer algo al respecto, pero ella misma se sentía como una muñeca de trapo.

—Espero que haya sido el antiséptico —consiguió decir al fin.

—Pues yo espero que no —contestó Finn.

Pru necesitaba moverse, pero aunque la vida le hubiera ido en ello, no sabría dónde tenía las piernas. Finn no parecía tener el mismo problema y utilizó los brazos para impulsarse hacia delante y besarla con los ojos abiertos.

El cuerpo de ella volvió a estremecerse de deseo. Por Dios santo. ¿Desde cuándo se había convertido en una adicta al sexo?

—Dame un minuto —él la miró a los ojos y soltó una risa gutural.

—¿Solo uno? —Pru enarcó una ceja, impresionada.

—Puede que minuto y medio —contestó Finn fijando la mirada en los labios—. Máximo.

Los lugares estratégicos de Pru vibraron felices. «En serio, ¿qué le pasaba?».

—¿Qué tal las heridas? —preguntó él mientras la ayudaba a bajar de la encimera y la volvía a envolver en la toalla.

A Pru le llevó un momento conseguir que su cerebro lograra recordar siquiera de qué estaban hablando.

—Bien.

—Mentirosa —la voz de Finn era suave y muy, muy sexy.

Ella se preguntó si alguna vez se le habría pasado por la cabeza solicitar trabajo en un teléfono erótico. Se le daría genial. O quizás podría leerle un libro, cualquier libro.

El teléfono de Finn volvió a sonar y, con un suspiro, lo sacó del bolsillo.

—Lo siento, pero es la segunda vez, tengo que ver quién es —contempló la pantalla.

De repente, el porte relajado desapareció y se puso de pie de un salto.

—¿Qué sucede? —preguntó ella.

Finn le fijó la toalla entre los pechos, deteniéndose para besarla suavemente en los labios.

—Lo siento. Tengo que irme. Sean tiene problemas.

—¿Necesitas ayuda? —el corazón de Pru se detuvo.

—No, puedo encargarme yo. No es la primera vez, ha sucedido más de las que me gustaría recordar.

—Pero... —ella deslizó la mirada por el cuerpo de Finn, deteniéndose sobre el inconfundible bulto bajo la cremallera—. ¿Ahora?

—Sí —él le acarició la barbilla con el pulgar y volvió a besarla—. Gracias por el aperitivo —murmuró contra sus labios—. Ya tengo ganas de probar más.

Y sin más se marchó, dejándola allí sentada, con la boca abierta, parpadeando como un pez fuera del agua, contemplando la puerta por la que acababa de desaparecer.

—Yo también quiero más —contestó al vacío que Finn había dejado atrás. Miró a su alrededor—. Ni siquiera sé lo que acaba de suceder.

Aunque sí lo sabía. Acababa de complicar las cosas mucho más de lo que ya estaban. Y también de una manera irreversible.

¡Maldita fuera! Se suponía que debía introducirle a él a la diversión, no a sí misma.

CAPÍTULO 16

#MeaCulpa

Finn eligió las escaleras en lugar del ascensor, y luego atravesó el patio corriendo hasta el pub, el cuerpo vibrando, cargado de adrenalina.

Todavía oía los suaves y entrecortados gemidos jadeantes de Pru. Se había quedado paralizada al sentir sus caricias, como si temiera que aquello terminara demasiado pronto.

Incluso le había suplicado, «Por favor, Finn, no pares...».

De no haber sido por la llamada de Sean, habrían pasado a la cama y en esos momentos estarían inmersos en el segundo asalto.

Ni por una vez en los últimos ocho años, desde que su vida hubiera cambiado tan drásticamente, se había sentido tan salvajemente ardiente, tan locamente aventurero en el sexo. Y todo eso lo había despertado Pru. No podía negarse que cuando estaba con ella se sentía más vivo de lo que se había sentido en... mierda.

En mucho, mucho tiempo.

No había muchas oportunidades para divertirse cuando se trabajaba las veinticuatro horas de los siete días de la semana, al tiempo que intentaba mantener a Sean por el buen camino.

Pero Pru le había calado hondo y, al igual que ella, deseaba más. Muchísimo más. Quería conocer sus secretos, los que a veces dibujaban sombras en su mirada. Quería saber por qué tenía ese empeño en lograr que se divirtiera, mientras que daba la impresión de creer que ella misma no se lo merecía. Quería saber qué cosas le gustaban. Y, sobre todo, quería volver a disfrutar de su cuerpo.

De cada centímetro de su cuerpo.

Quería verla más, pero no sabía lo que le parecía a Pru. Por primera vez en a saber cuánto tiempo, pensaba en algo más que en el balance final de las cuentas del pub.

Por primera vez pensaba en un futuro con mujeres sexy, aventureras y cálidas de las que no poder hartarse.

Pasó como una exhalación por el abarrotado pub y se dirigió directamente al despacho mientras repasaba el correo electrónico en el móvil.

—¿Qué demonios puede ser tan importante como para...? —Finn se interrumpió al registrar su cerebro los sonidos que le llegaban.

Los suaves gemidos de una mujer experimentando placer.

Placer sexual.

Finn levantó la cabeza de golpe, contempló la escena sobre el sofá y se volvió hacia la puerta, que cerró de golpe. Rechinando los dientes, volvió a cruzar el patio hasta el pub y entró en el bar.

Scott, el camarero del turno de noche hizo amago de acercarse a él, pero Finn lo despidió con un gesto de la mano y tomó un vaso para servirse una copa.

Intentaba perderse en los alegres sonidos a su alrededor, mientras se servía un whisky doble, cuando Sean apareció, sin camisa, sin zapatos, abrochándose los pantalones.

Lo seguía una rubia alta y exuberante. Llevaba un pequeño vestido de verano, los cabellos revueltos y las sandalias de tacón colgando de la mano. Sonrió a Finn con ironía y, volviéndose hacia Sean, deslizó una mano por su torso hasta rodearle el cuello y lo besó prolongadamente.

—Gracias por este buen rato, amor —tras dedicarle otra mirada a Finn, la rubia se marchó.

—¡Joder! —exclamó Finn.

—Exactamente —Sean sonrió resplandeciente.

Finn sacudió la cabeza y se dirigió de regreso al despacho. Seguido por su hermano.

—¿Qué demonios te sucede? —le preguntó Finn.

—Absolutamente nada.

—Me estoy esforzando muchísimo por no estrellar este vaso en tu cabeza —gritó él—. Más te vale inventarte algo mejor, y hazlo rápido.

—¿Cuál es tu problema? —Sean parpadeó perplejo—. ¿Por qué me estás aguando la fiesta?

—¿Me preguntas cuál es mi problema? —Finn respiró hondo en un intento de calmarse. No funcionó—. Me enviaste un mensaje porque tenías una emergencia. Lo he dejado todo para venir aquí corriendo y te encuentro follando con una chica en el sofá de mi despacho.

—Ya te dije que tu despacho era mejor que el mío.

Finn se quedó mirando a su hermano. Una parte de su enfado, y la total ausencia de humor, al fin debió quedar registrada en su cerebro, porque Sean alzó las manos en el aire.

—Escucha, volviste antes de lo esperado, ¿de acuerdo? Y Ashley se pasó por aquí y… bueno, una cosa llevó a la otra.

Finn se bebió el whisky de un trago, sin apenas notar la quemazón en la garganta.

—Decías que se había producido una emergencia. Decías que me necesitabas. ¿Exactamente cuánto tiempo esperabas que tardara en venir?

—Desde luego más de sesenta segundos —contestó Sean—. Soy bueno, pero necesito al menos cinco minutos —la sonrisa era resplandeciente.

Finn resistió la tentación de estrangularlo. Apenas.

—Una emergencia hace pensar en muerte y destrucción, y caos —le explicó—. Como, digamos, nuestra última emergencia, cuando papá murió.

La sonrisa desapareció de un plumazo del rostro de su hermano, reemplazada por una expresión de sorpresa, luego de culpa y, por último vergüenza.

—Mierda —exclamó—. Mierda, no pensé...

—Ese es nuestro problema, Sean —asintió Finn—. Nunca piensas.

—No, ese no es realmente el problema —Sean hizo una mueca—. Oigámoslo de nuevo, ¿de acuerdo? Tú eres el adulto. Yo solo soy el estúpido crío problemático.

—Ya no eres un crío.

—Pero sigo siendo un problema —contestó su hermano—. Para ti siempre lo he sido.

—Chorradas —espetó Finn—. Deja de mirarte el ombligo y compadecerte de ti mismo. Y ahora, ¿qué emergencia era esa?

—Era más un asunto del pub —contestó Sean, sin mirar a Finn a los ojos.

—¿Qué hiciste? —Finn tenía una desagradable sensación en la boca del estómago.

—Es más bien lo que no hice...

—Suéltalo ya, Sean.

—De acuerdo, de acuerdo. Pero, antes de que se te salten los plomos, déjame explicarlo. No es tan malo como la última vez, cuando casi quemo el local por accidente. Tú no olvides ese detalle, ¿de acuerdo?

—¿Accidente? —preguntó Finn—. Abriste el pub fuera de horas para celebrar una fiesta con los idiotas de tus amigos y estabas quemando chupitos de gelatina cuando conseguiste incendiar la cocina. ¿En qué se parece eso a un accidente?

—¿Y cómo iba a saber yo que los chupitos de gelatina eran tan inflamables?

—Para ti todo esto no es más que un jodido chiste —él lo miró con desesperación—. Todo lo es.
—No es verdad.
—Sí lo es. Crees que soy el gilipollas que te obliga a acatar las normas. Intento darte un futuro aquí, Sean, un modo de ganarte la vida y salir adelante en caso de que algo me suceda.

Sean soltó una carcajada. Se rio descaradamente.
—Tú no eres papá, Finn. No necesito que me des un futuro. Soy capaz de hacerlo por mí mismo. En contra de la opinión generalizada, soy capaz de cuidar de mí mismo.
—¿Y dices eso por el gran trabajo que has hecho hasta ahora? —preguntó Finn.
—Que te jodan —exclamó Sean mientras salía del despacho.
—¿Cuál era la maldita emergencia? —le gritó él.

Pero Sean se había marchado.

Lo cual le obligó a permanecer en el pub toda la noche, en lugar de regresar al apartamento 3B, donde había dejado su cerebro y, seguramente, un buen pedazo de su corazón.

El día siguiente era domingo y, a pesar de ser fin de semana, Finn regresó al pub. Trabajaba en el interminable papeleo, que parecía multiplicarse cada día, cuando Sean apareció.
—¿Dónde has estado? —le preguntó, odiando el tono de abuelita entrometida que tenía su voz.
—Dormí en el tejado —Sean se mesó los cabellos revueltos.
—Apuesto a que se te congelaron las pelotas —él sacudió la cabeza.
—Casi —su hermano hizo una pausa—. No debería haberme largado anoche. Lo siento.
—Tú explícame cuál era la maldita emergencia.

Sean encajó la mandíbula, el músculo latiendo. Era una situación muy poco habitual en él, indicativo de que se sentía estresado, una característica de su hermano que Finn desconocía por completo.

—Ya sabes lo mucho que quería ayudarte con la parte administrativa del negocio —Sean sacó dos sobres del bolsillo trasero del pantalón—, y dijiste que tenía que empezar desde abajo, y yo te pregunté que si con la sala del correo. Y tú dijiste que no teníamos sala del correo, pero que sí, algo así.

—No era más que una broma —Finn suspiró—. Porque tú te crees que basta con subirte en marcha, pero primero hay que aprender. Por eso sugerí que empezaras por gestionar el correo y las nóminas. Y tú accediste a hacerlo, siempre que yo no estuviera vigilándote por encima del hombro.

—No necesitaba a papá vigilando mis pasos —Sean asintió.

—En realidad, si yo hubiera sido papá, habría utilizado los puños, o lo que tuviera más a mano, y te habría dado una paliza de muerte. ¿O ya lo has olvidado?

Sean miró furioso a su hermano mayor. Furioso y algo más, que logró disimular antes de que Finn lo identificara. Durante varios minutos permaneció callado, algo raro en él. Se limitó a quedarse allí parado, los puños apretados a los lados del cuerpo, la mandíbula encajada.

—¡Joder! ¡Joder! —exclamó al fin, volviéndose para marcharse—. No, ¿sabes qué te digo? Que te jodan.

—Madura.

Pero Sean no estaba para bromas, y señaló a Finn con un dedo.

—¿Crees que he olvidado con cuál de los dos se ensañaba papá? ¿Crees que no recuerdo, por las noches cuando cierro los ojos, que tú aguantabas todas las palizas por mí? ¿Crees que no sé que te interponías entre él y yo para protegerme? ¿Crees que no sé que sobreviví solo gracias a ti, que sigo sobreviviendo gracias a ti? ¿Crees que no soy consciente de que soy un fracasado que parece vivir una vida normal porque tú me la diste?

De modo que ese algo más en la mirada de Sean había sido dolor y recuerdos del horror. Y Finn no debería haber hecho una broma al respecto, el modo en el que se habían criado no era gracioso.

—No pretendía llevar esto tan lejos —contestó con calma—. Tú no eres un...

—Olvidé pagar la licencia de alcohol —el rostro de su hermano estaba tenso, sin expresión—. Lo olvidé y la fecha límite era hoy.

—Te lo recordé hace dos meses, cuando te hiciste cargo de las facturas —Finn se lo quedó mirando fijamente.

—El sobre cayó por detrás del escritorio y se perdió. Y no fue el único. El impuesto de bienes inmuebles de la casa también estaba ahí, y ya se ha pasado la fecha.

—¿Estás de broma?

—¿Tengo pinta de estar de broma? —Sean respiró hondo, extendió los brazos y sacudió la cabeza—. ¿Lo ves? Tenías razón. Soy un fracasado. Deberías degradarme a...

—¿A qué? ¿A chico de la limpieza? —Finn se sentía cada vez más furioso. No iba a permitir que su hermano cayera en su actividad preferida, la autodestrucción, solo porque era más fácil que madurar—. Tú quisiste hacerlo, Sean. Lo quisiste. Y ahora me dices que es demasiado difícil. ¿Tan ocupado estás divirtiéndote que no eres capaz de dejarte de tonterías y crecer un poco?

—Supongo —Sean entornó los ojos.

Finn lo miró fijamente, esperando un destello de remordimiento, una disculpa, cualquier cosa, pero no hubo nada. Su hermano permanecía con la vista baja, preparado para la pelea, el gesto huraño.

—De acuerdo —Finn sacudió la cabeza—. Tú ganas.

—¿Y eso qué significa?

—Significa que necesito tomar un poco el aire —se levantó y salió al patio.

Era ya bien entrada la mañana y hacía un calor inusual. El verano estaba en pleno apogeo, lo que en San Francisco normalmente implicaba llevar sudadera y mantener los dedos cruzados.

Sin embargo, en total contraste con su estado de ánimo, hacía mucho sol y calor, lo cual no le agradaba lo más mínimo.

No tenía un rumbo fijo, solo sabía que necesitaba ir a alguna parte, necesitaba descargarse de todo lo feo que albergaba su interior, de todo lo feo que su padre le había legado.

Podría ir al gimnasio. La emprendería con el saco de boxeo.

Pero, para hacer eso, tendría que pasar por delante de Pru, inmóvil, observándolo, con una expresión que le indicaba que lo había oído todo.

CAPÍTULO 17

#NoHayGalletasSuficientesEnElMundo

Pru se quedó mirando fijamente a Finn, deseando poder regresar al edificio, desaparecer antes de que él la viera o, si no fuera posible, al menos hacer algo para aliviar el dolor y la ira en su mirada.

—¿Lo has pillado todo o necesitas que te repita algo?

—No pretendía pillar nada —contestó ella—. Ha sido accidental.

Finn suspiró, sacudió la cabeza y fijó la mirada en la fuente.

Pru sintió un profundo remordimiento. No era la primera vez que la pillaban escuchando una conversación ajena, siempre de manera accidental. En una ocasión, siendo niña, había pillado a sus padres haciéndolo sobre la mesa del salón. Eran las diez de las noche y se había despertado de un profundo sueño porque tenía sed. No queriendo molestar a sus padres, se había dirigido ella sola a la cocina.

Al principio había sonreído, convencida de que su padre le estaba haciendo cosquillas a su madre. A su madre le encantaba que su padre le hiciera cosquillas, y se tocaban muy a menudo.

Pero nunca había visto a nadie haciendo cosquillas a otro estando desnudos…

Otro día, siendo ya adolescente, había regresado de la escuela y había encontrado a sus padres sentados a la mesa con su vecino, el señor Snyder, que también era su contable, hablando de algo llamado bancarrota. Su madre lloraba y su padre parecía horrorizado.

Y también una noche su abuelo había aparecido en la casa en la que se iba a quedar a dormir con unas amigas. Extraño, dado que a quien había pedido que fueran a buscarla era a sus padres, no a su abuelo. Había decidido no quedarse allí a dormir porque sus amigas habían invitado a algunos chicos y no se había sentido cómoda con uno de ellos que había intentado propasarse. Era un compañero de clase de matemáticas y siempre estaba apoyándose sobre su hombro, fingiendo mirar sus apuntes, cuando lo único que miraba eran sus pechos.

La otra razón por la que le había extrañado ver aparecer a su abuelo era porque hacía años que no lo veía. No desde que su padre y él se habían peleado por algún motivo que ella desconocía. Y, si su padre no se hablaba con el abuelo, Pru no podía hablar con él tampoco.

Entonces, ¿qué hacía en casa de su amiga?

La velada se había convertido en una pesadilla, una de esas de la que no quisieras despertar, cuando había oído a su abuelo explicarle a la mamá de su amiga que había ido a comunicarle a su nieta que sus padres habían muerto, que su padre conducía borracho. Se había saltado la mediana de la carretera y chocado de frente con otro coche, golpeado otro más, y también atropellando a varias personas que caminaban por la acera.

Pru se esforzaba por no recordar aquello, pero regresaba a su mente en los momentos más inesperados. Como el día en que estando en el centro comercial, había pasado frente a la sección de perfumería y olido la fragancia que su madre siempre había utilizado. O cuando en ocasiones por la noche, si había tormenta y se ponía nerviosa, rezaba para que su padre entrara en el dormitorio, como siempre hacía, se sentara en la cama y la abrazara mientras le cantaba alguna tontería a pleno pulmón para ahogar el sonido del viento.

Desde luego, escuchar a escondidas siempre le había ido mal. Y cuando había oído, a través de la ventana del despacho de Finn, a Sean y a Finn gritarse no había pretendido escuchar. Pero tampoco podía no oír lo que había oído. Lo que sí podía hacer era permanecer allí para ayudarlos. Porque todo ese asunto, la pelea, no tener padre, que Finn hubiera tenido que criar a Sean, todo ello era por culpa de su familia.

—Lo siento, Finn —se disculpó mientras tragaba nerviosamente.

—No ha sido culpa tuya —él se limitó a sacudir la cabeza. Saltaba a la vista lo furioso que estaba.

Quizás no fuera culpa suya, pero ella se sentía igualmente culpable. Sin embargo, confesarle la verdad en ese momento, cuando ya estaba furioso, no lo ayudaría. Le haría más daño.

Y eso era lo último que desearía hacerle.

—¿Qué tal te va? ¿Estás…? —ante el silencio de Pru, Finn fijó la mirada en ella.

—Estoy bien —contestó ella—. Los raspones ya se me están curando.

—Me alegro —un destello de diversión iluminó fugazmente la mirada de Finn—, pero en realidad me refería a…

—Eso también está bien —contestó Pru rápidamente y suspiró cuando fue obsequiada con una carcajada. Buscó alguna distracción a su alrededor y se fijó en un par de mujeres que hablaban de arrojar monedas a la fuente. Pru señaló hacia allá con la cabeza—. ¿Conoces la leyenda?

—Por supuesto. Esa leyenda nos trae más clientes que nuestro especial del día.

—¿Alguna vez…?

—¡Claro que no! —exclamó él.

—¿Qué te pasa? —ella sonrió—. ¿No crees en el amor verdadero?

—Intento no meterme en asuntos que no están hechos para mí —contestó él tras sostenerle la mirada durante un instante.

Pru no era capaz de imaginarse siquiera cómo había sido su vida de niño, ni el infierno por el que debía haber pasado, pero consiguió sonreír tímidamente.

—A lo mejor no deberías desechar las cosas antes de probarlas.

—¿Y tú lo has probado? —la desafió.

—Eh... —Pru soltó una risita nerviosa—. No exactamente. Estoy bastante segura de que eso tampoco es para mí.

La mirada de Finn se ensombreció nuevamente y, antes de iniciar una conversación que no tenía ninguna gana de mantener, Pru se apresuró a continuar.

—De verdad que no pretendía oír vuestra pelea. Tan solo me preguntaba si podía ayudar con lo que fuera que estuviera mal antes de irme al trabajo.

—Lo que está mal es que mi hermano es idiota.

—Por si sirve de algo, creo que se siente fatal —observó ella.

—Siempre lo hace.

—¿Lo hacéis muy a menudo? —el corazón de Pru lloraba por él al percibir la tensión en cada línea de su cuerpo—. ¿Pelearos así?

—A veces —Finn hundió las manos en los bolsillos—. No se nos da bien reprimirnos. Nunca conseguimos dominar el arte del silencio.

—Mi familia tampoco —contestó ella—. Éramos muy alborotadores.

—¿Había muchas peleas? —él sonrió fugazmente, totalmente desprovisto de su habitual energía.

—Mis padres se enamoraron en el instituto. Estuvieron juntos veinte años, la mayor parte de los cuales vivieron en un diminuto, aunque acogedor, bungaló en Santa Cruz, donde prácticamente teníamos que sentarnos uno encima del otro —Pru suspiró nostálgica. Echaba mucho de menos esa casa—. Una casa estupenda. Y lo cierto era que papá y mamá se comportaban casi todo el tiempo como hermanos, discutiendo por todo. Y el resto del tiempo, lo dedicaban a estar cada vez más enamorados el uno del otro.

El dolor por su pérdida había desaparecido, pero seguía apuñalándola como un hierro candente, sin previo aviso, cuando menos lo esperaba. Como en ese momento.

—Suena bastante bien —observó él.

—Y lo era.

«Te habría dado una paliza de muerte». Las palabras de Finn seguían angustiándola, al igual que su expresión rota, atormentada. Le dolía imaginárselo como un crío desvalido interponiéndose entre un adulto y su hermano pequeño, recibiendo el castigo destinado a Sean para evitarle el sufrimiento. Ante las imágenes que esa idea evocaba en su mente, tuvo que cerrar los ojos.

Sintió que alguien le tomaba la mano y abrió los ojos en el mismo instante en que Finn la atraía hacia él.

—¿Seguro que estás bien? —preguntó mientras le retiraba los cabellos del rostro.

Acababa de tener una enorme discusión con Sean y era por ella por quien se preocupaba.

—Eres tú… —Pru asintió mientras tragaba con dificultad.

—Yo estoy bien —Finn le tapó los labios con un dedo.

—¿Crees que es verdad? —preguntó una de las dos mujeres junto a la fuente—. ¿Crees que si deseamos un amor verdadero, llegará?

—No con una moneda de centavo —contestó la otra mientras contemplaba la mano de su amiga—. ¿Cuántas veces te he dicho que con las cosas importantes no se puede escatimar?

—Tengo una moneda de veinticinco —la mujer puso los ojos en blanco y rebuscó en el bolso—. ¿Bastará con eso?

—Es para conseguir amor, Izzy. ¡Amor! ¿Comprarías a un tipo en la sección de oportunidades? ¡Claro que no!

—Eh… yo nunca compraría a un tipo.

—¡Es una metáfora! Lo que quieres es que sea nuevo, brillante, y muy caro.

—Solo tengo un pavo con cincuenta en monedas —Izzy volvió a rebuscar en el bolso—. No tengo más. Tendrá que bastar —cerró los ojos, frunció el ceño en un gesto de concentración, abrió los ojos y arrojó las monedas.

Ambas mujeres permanecieron inmóviles durante unos segundos.

—Nada —anunció Izzy con expresión de desilusión—. Ya te lo dije.

Izzy se apartó de su amiga para marcharse y chocó con Sean que acababa de salir del pub.

Él la agarró por los brazos para impedir que cayera de culo y la miró con gesto de preocupación.

—¿Estás bien, cielo?

—Eh… —Izzy lo miró perpleja, aturdida.

—Sí —su amiga se interpuso entre ambos—. Está bien. Es que cuando está delante de un tipo sexy se queda sin habla. Sobre todo cuando es un tipo producto de su deseo.

—Trabajas en la floristería, ¿verdad? —Sean sonrió y devolvió su atención a Izzy.

Que asintió con entusiasmo.

—Pues pásate alguna vez por el pub y tómate algo.

Otro entusiasta asentimiento.

—Eso significaba que sí. Y gracias —tradujo su amiga mientras se llevaba a Izzy a rastras—. ¡Madre mía! ¡Esa fuente funciona de verdad!

Pru soltó una carcajada. La suerte te la tenías que trabajar, estaba convencida. Había deseado que Finn encontrara el amor, y seguía deseándolo, pero eso significaría tener que dejarlo marchar.

Tenía que dejarlo marchar.

—Necesito hablar contigo —Sean se dirigió a Finn.

Con gesto imperturbable, Finn asintió.

—Te espero dentro —insistió su hermano.

De nuevo Finn asintió.

Cuando Sean se hubo marchado, se volvió hacia Pru.

—El deber me llama —ella sonrió.

—Esa es la historia de mi vida —contestó él—. Sobre lo de anoche...

El corazón de Pru falló un latido.

—Habíamos encontrado algo.

—¿En serio? —ella sintió los pezones tensarse.

—Sí. Y a ti también te gustó.

—Puede que un poquito —Pru sintió arder las mejillas.

—¿Solo un poquito? Porque sigo teniendo la marca de tus uñas en mi cabeza —Finn sonreía abiertamente, una sonrisa traviesa que hizo temblar los muslos de Pru—. Tenía planes —añadió.

«¡Madre mía»!

—Puede que yo también los tuviera.

—¿En serio? —Finn le sujetó la cadera con una mano y deslizó la otra por su espalda para inmovilizarla—. Cuéntamelo. Toda la historia y sin omitir ni un detalle.

Ella soltó una carcajada y apoyó ambos puños en la camisa de Finn, pero, justo antes de que sus labios entraran en contacto, alguien carraspeó a sus espaldas.

—Maldita sea —susurró Pru contra los labios de Finn—. ¿Por qué no dejan de interrumpirnos?

—Esa es la cuestión —murmuró él.

Pru se volvió mientras emitía un suspiro.

—¡Jake! —saludó sorprendida—. ¿Qué haces aquí?

Sobre el regazo de Jake descansaba una caja, y sobre la caja descansaba Thor, una oreja arriba y la otra abajo, el desaliñado pelaje más fino y desaliñado que de costumbre.

—Te he traído la última caja —anunció Jake—. Nunca había visto a nadie alargar tanto una mudanza.

—Bueno, es que contratar a un profesional se salía del presupuesto —Pru tomó a Thor en brazos y lo besó en el hocico.

El animal jadeó feliz, retorciéndose para pegarse más a su dueña, agitando las patitas delanteras en el aire, haciéndole reír y consiguiendo otro abrazo.

—Voy a llevarle a la peluquería en el South Bark —explicó Jake—. Ya le hacía falta.

—También se sale de mi presupuesto —ella asintió y cambió a Thor por la caja—. Gracias.

—Te lo llevaré al trabajo cuando hayamos terminado.

Jake permaneció en el sitio.

Pru lo miró muy seria. Pero la foto de Jake aparecía en el diccionario, justo debajo de la entrada «obstinado», de modo que ni se inmutó.

—Vas a llegar tarde —la reprendió con voz autoritaria.

—He aceptado un servicio extra hoy, domingo —Pru suspiró y se volvió hacia Finn—. Tengo que irme. Que tengas un buen día.

—¿Por si acaso es el último, quieres decir?

—¿No crees que Sean vaya a pagar la licencia de alcohol mañana?

—Si quiere seguir vivo, lo hará —contestó Finn, pero con la atención puesta en Jake.

—Muy bien, parece que cada uno se retira a su rincón del ring —Pru se obligó a sonreír.

—Vete a trabajar —insistió su jefe.

—Eh...

—Está bien —Finn le apretó la mano—. A por ellos.

Sí. Desde luego. No pudiendo hacer otra cosa, ella tomó la caja y se alejó de los únicos dos hombres que se habían ganado un lugar en su corazón. Y rezó para que no se mataran el uno al otro.

CAPÍTULO 18

#TranspórtameScotty

Finn observó a Pru abrirse paso, cargando con la caja hacia el ascensor. A continuación se volvió hacia Jake.
Que, al igual que Thor, lo estaban mirando mirar a Pru.
—¿Qué está pasando aquí? —Jake enarcó las cejas, la viva imagen de la indiferencia.
—Poca cosa —contestó Finn.
—Tienes un brazo prodigioso —después de unos segundos, el otro hombre asintió—. La otra noche, en el partido, casi nos salvas el culo, y eso que hubiera sido imposible salvarnos.
—Jugué al béisbol en la universidad —él se encogió de hombros.
—¿Vas a seguir jugando con nosotros?
—Eso depende.
—¿De qué?
—De si este repentino interés en mi juego tiene algo que ver con la mujer que acaba de marcharse —contestó Finn.
—Más o menos en un noventa y nueve por ciento —Jake asintió.
Ese tipo, desde luego, era sincero.

—¿Por qué no me preguntas lo que quieres saber realmente? —sugirió Finn.

—No hay nada que quiera saber —contestó el otro hombre—. Lo que quiero es que sepas que, si le haces verter siquiera una sola lágrima, romperé cada hueso de tu cuerpo y luego le daré tus órganos a comer a las palomas. Es evidente que voy a tener que contratar a alguien para que lo haga, pero tengo buenos contactos, de modo que no creas que no lo haré.

—¿Te has olvidado de tomarte la medicación o algo así? —Finn lo miró perplejo.

—No.

—De acuerdo, entonces gracias por avisarme —Finn se volvió, dispuesto a marcharse.

—No pretendo joderte —Jake acompasó la silla a su paso.

—Eso también me alegra saberlo —Finn ladeó la cabeza—. Voy a jugármela y a adivinar que tú ya tuviste tu oportunidad con ella y la cagaste.

—¿Y por qué piensas eso?

—Porque acabas de amenazarme con la muerte y el descuartizamiento. Y la única razón para hacer algo así es que la hayas cagado de alguna manera.

Jake lo contempló detenidamente. Quizás estuviera confinado a una silla de ruedas, pero Finn tenía la sensación de que era muy capaz de defenderse.

—Puede que tengas algo de razón —reconoció el otro hombre a regañadientes.

—Podría decir algo ocurrente, como «nunca es tarde», o «todo tiene solución», porque lo cierto es que me gustas. Pero...

—Pero también te gusta ella —puntualizó Jake.

—Pero también me gusta ella —Finn asintió, no dispuesto a echarse atrás, sintiéndose un poco como Thor frente a sus galletas para perros—. Mucho más de lo que me gustas tú.

—No es buena idea —opinó Jake—. Tú y ella.

—Eso es algo que debemos decidir Pru y yo.

Thor saltó al suelo, se dirigió hacia Finn y levantó las patitas para que lo tomara en brazos, lo cual consiguió de inmediato.

—¡Qué demonios! —exclamó Jake—. ¿Le gustas a ese maldito perro?

Finn se limitó a encogerse de hombros y abrazó a Thor antes de depositarlo de nuevo en su regazo.

Jake murmuró algo que sonó a «se ha metido en más de lo que puede controlar», antes de girar la silla y marcharse.

—Sí —contestó Finn a sus espaldas.

—¿Sí qué?

—Sí, voy a seguir jugando en vuestro equipo. Pero quiero comprar jerséis nuevos.

—¿Por qué? —la silla de ruedas regresó.

«Porque haría feliz a Pru».

—¿Algún problema con ver SF TOURS escrito con grandes letras en las espaldas de los jugadores?

—En absoluto —Jake hizo una pausa—. Y supongo que también querrás ver O'RILEY'S, escrito en alguna parte.

—No estaría mal.

—El siguiente partido es mañana por la tarde —Jake asintió tras contemplar a Finn detenidamente una vez más. Parecía tener intención de marcharse, pero no lo hizo—. En cuanto a Pru y yo. Lo nuestro no funcionó por una razón muy sencilla.

—¿Cuál?

Jake miró hacia atrás para asegurarse de que Pru no estuviera cerca, lo cual, normalmente, habría hecho sonreír a Finn. Pero tenía demasiadas ganas de oír la respuesta a su pregunta.

—Cometí un error —el hombre hizo una mueca—. De acuerdo, más de un error, pero el único que necesitas conocer es que Pru es muy fuerte, resistente y lista, tanto que pensé que no necesitaba a nadie, y desde luego no a mí. Debió ser bastante evidente, porque me lo echó en cara. Dijo que ya no podíamos ser íntimos porque yo no estaba enamorado de ella y que ella tampoco de mí. Para mayor vergüenza mía, no me di cuenta del daño que le hice al mostrarme de acuerdo de inmediato, sin siquiera pararme a pensar en cómo le afectaba nuestra ruptura —hizo una pausa—. Pru no es capaz de mantener una relación casual. No puede. Su corazón es demasiado grande.

—¿Estás intentando espantarme?

—Sí —contestó Jake con franqueza—. Le hice daño —repitió de nuevo—. No hagas lo mismo, ni se te ocurra siquiera.

—¿O volvemos al asunto del descuartizamiento y muerte? —preguntó Finn, bromeando solo a medias.

Jake ni siquiera sonrió.

El lunes por la mañana, Pru aguardaba fuera del edificio de los juzgados, esperando encontrarse en el lugar y el momento adecuado. Al ver a Sean dirigirse a las escaleras, se apartó aliviada de la pared.

—Hola, Problemas —él se detuvo sorprendido al verla—. ¿Qué haces aquí?

—Ayudarte a solucionar este lío —ella sonrió ante la confusión del joven—. Has venido para arreglar lo de la licencia para la venta de alcohol, ¿verdad?

—Finn te ha contado que la cagué —él suspiró con aire de fastidio.

—No —contestó Pru con calma—. Él no haría algo así. Yo... oí vuestra discusión.

—Ya —Sean se frotó el rostro con una mano—. Lo siento. No soporto defraudarle.

—Si es así, ¿por qué se lo pones tan difícil?

—Es nuestra manera de mostrar afecto —él se encogió de hombros.

—Qué raros sois los chicos —Pru sacudió la cabeza y rio.

—Por lo menos no damos patadas, ni nos arañamos o nos arrancamos el pelo cuando nos peleamos.

—Si así crees que pelean las chicas, creo que conoces a las chicas equivocadas.

—¿Sabes qué? —Sean sonrió—. Me gustas, Pru. Y me gustas para Finn. Lo cuidas bien. Él te dirá que no necesita a nadie, pero se equivoca. Todos necesitamos a alguien. ¿Sabe que estás aquí?

—No, y no hace falta que lo sepa —contestó ella—. Sobre todo porque te voy a salvar el culo.

—¿A qué te refieres?

—Sígueme —Pru lo guio al interior del edificio, pasó frente a la zona de registro y saludó agitando una mano en el aire al tipo que estaba sentado detrás de la ventanilla de cristal.

Ese tipo era Kyle, el hermano de Jake.

Kyle asintió a modo de saludo y pulsó un botón que les abrió la puerta.

—Hola, guapa —saludó mientras contemplaba a Sean—. ¿Qué sucede?

—Mi amigo no abonó a tiempo la licencia para vender alcohol —le explicó ella—. ¿Podrías solucionarlo por mí?

—Primero, dile a tu amigo que es un idiota.

—Creo que es consciente de ello —Pru contempló el rostro tenso de Sean y sonrió.

—Y en segundo lugar, sentaos. Me debes una... chocolatinas de caramelo de Ghirardelli. Ya sabes cuáles.

—Hecho —Pru asintió.

Y diez minutos más tarde se encontraban de nuevo frente a la puerta del edificio.

—Eres una salvavidas —observó Sean maravillado—. Y toda una heroína.

—Añadiré ambas habilidades a mi currículo. Quizás consiga un aumento.

—Abandona a mi hermano y cásate conmigo —Sean rio y la abrazó.

Pru también rio. Ambos sabían que Sean no era de los que se casaba, al menos aún no.

Tiempo atrás hubiera dicho otro tanto sobre sí misma, pero era muy consciente de estar cambiando. Una parte de ella deseaba que el amor volviera a formar parte de su vida. Quizás incluso le gustaría formar una familia algún día.

Aterrador.

Finn llegó al partido de softball con mucho tiempo de antelación.

No sabía por qué tenía tantas ganas, tenía un millón de cosas que hacer. Pero ahí estaba. Se quitó las gafas de sol e inspeccionó el campo en busca de Pru.

—Aún no ha llegado —anunció Jake, situando la silla a su lado.

—¿Quién? —preguntó Finn, fingiendo indiferencia.

Aunque al parecer no lo suficiente, porque Jake soltó un bufido.

—¿Va a venir? —al fin se rindió y preguntó.

—No estoy al tanto de su agenda.

—Y una mierda.

—¿Celoso, O'Riley? —Jake sonrió.

—¿Debería estarlo?

La sonrisa de Jake se hizo más amplia.

«Mierda».

—Recibí los jerséis nuevos —anunció el otro hombre—. Eres rápido.

Finn se encogió de hombros como si no fuera para tanto. Solo le había costado un brazo, una pierna, y un enorme favor para que estuvieran hechos en un día.

—Me gusta lo de SF TOURS, en la espalda —continuó Jake.

—Me alegro.

—Aunque podríamos habérnoslas apañado sin el O'RILEY'S, en el pecho.

Finn sonrió. Se moría de ganas de leerlo sobre el pecho de Pru.

—¿Qué hay entre vosotros dos? —quiso saber Jake.

—¿Le has preguntado a ella?

—Pues claro que no. Me gustaría seguir vivo.

Finn sintió cierta satisfacción al comprobar que Pru se lo había guardado para sí misma. Pero también podría deberse a que ella consideraba que no había nada entre ellos.

—Lo que dije ayer iba en serio —insistió el otro hombre.

—¿Sobre lo de la muerte y el descuartizamiento?

—Sobre que no creo que lo vuestro sea buena idea.

De repente Finn lo sintió. Una descarga eléctrica que recorrió todo su cuerpo. Volviéndose, sus ojos se encontraron con los de Pru que, al verlo desde el otro extremo del campo, trastabilló.

Finn sonrió al leerle los labios. Pru estaba soltando juramentos mientras aceleraba para reunirse con ellos.

—¡Lo siento, llego tarde! —exclamó casi sin aliento.

En cuanto los había visto había echado a correr todo lo deprisa que había podido. Con una mano en el pecho y la otra sujetando la correa de Thor, miró a uno y a otro.

—¿Y bien... qué hay de nuevo?

Finn abrió la boca para contestar, pero Jake le ganó por la mano.

—El partido está a punto de empezar. Cara o cruz para elegir.

Pru lo miró fijamente y repitió el mismo gesto con Finn,

que hizo todo lo que pudo para fingir inocencia. Además, estaba bastante seguro de ser inocente, ya que no tenía ni idea de lo que estaba pasando, al menos no más que Pru.

—Cruz —anunció ella al fin—. Siempre cruz.

Salió cara.

Y les dieron una paliza como la vez anterior. No obstante, Kasey consiguió un doble, y Abby atrapó una pelota en el aire. Y Pru lanzamientos a la segunda base.

Y, al igual que la vez anterior, Finn se lo pasó en grande.

Finalizado el encuentro, se dirigieron todos a O'Riley's. Sean se llevó a su hermano a un lado de inmediato.

—Tu chica lleva tu apellido en el pecho. Bien hecho. Eres más rápido de lo que pensaba, abuelo.

—Todo el equipo lleva nuestro logo, no solo Pru.

—Interesante.

—¿El qué?

—No has dicho nada sobre lo de «tu chica» —observó Sean.

Finn no mordió el anzuelo y Sean suspiró.

—Lo sé, lo sé, sigues enfadado conmigo. Pues te diré una cosa, yo también estoy cabreado.

—Yo no te he fastidiado.

—Ya lo sé —contestó Sean—. Me refería a que estoy cabreado conmigo mismo. Por defraudarte.

—Sé que tu intención no era defraudarme —Finn sacudió la cabeza.

—Pero lo hice. Y no solo eso. Nos defraudé a ambos —Sean hizo una pausa—. Esta mañana, he solucionado el asunto de la licencia de alcohol con la ayuda de Pru.

Sean le relató la historia completa sobre cómo había encontrado a Pru esperándolo y había solucionado el tema.

Mientras Finn lo asimilaba todo, maravillándose por los esfuerzos que había realizado Pru para ayudar, sin decir nada ni esperar ningún reconocimiento, su hermano continuó.

—Después fui a pagar el impuesto de propiedades. Estaba en las oficinas a las diez, la hora de apertura.

—¡Vaya! —exclamó Finn—. Ni siquiera sabía que pudieras estar despierto a esas horas.

Su hermano hundió las manos en los bolsillos y lo miró con aire avergonzado.

—Sí, lo sé. Créeme, no fue divertido. Fue peor que tener que ir a la maldita oficina del departamento de tráfico. Llegué justo a tiempo y conseguí un número, el sesenta y nueve —Sean sonrió—. Sostuve el número en alto, pero a nadie más le pareció divertido. La vieja con el número setenta me hizo una peineta. Era una de esas ancianitas de aspecto dulce, y poco menos que me llama imbécil, ¿te lo puedes creer?

Finn no pudo evitar soltar una carcajada.

—Hombre, un poco imbécil sí eres.

—Lo sé. Soy un fracasado, ¿recuerdas?

—De acuerdo, te pido disculpas por eso y lo retiro.

Durante un instante, la expresión de Sean fue el puro reflejo del alivio, lo cual hizo que Finn se sintiera aún peor. Había momentos, muchos, en los que nada le gustaría más que rodear el cuello de Sean con sus manos y apretar bien fuerte.

Pero, sobre todo, lo que quería era no ser nunca como su padre. Nunca.

—¿Y bien…? ¿A cuánto asciende la multa y la penalización por retrasarnos en los impuestos?

—¿Te acuerdas de Jacklyn? —Sean hizo una mueca.

—¿La stripper con la que saliste todo un fin de semana el año pasado?

—Era una bailarina exótica. Y ya no se dedica a eso.

«Mierda».

—Sean, dime que ahora no se dedica a trabajar en la oficina de impuestos.

—Podría, pero sería mentira —otra mueca.

Sean había desplegado sus encantos frente a esa chica y luego le había hecho el numerito de «me voy a vivir a Islandia», aunque quizás había sido el de «no eres tú, soy yo». En cualquier caso, la había dejado tirada. El único motivo por el que Finn se acordaba de ella era porque Jacklyn se había vuelto loca.

Había acosado a Sean. Tampoco le había costado mucho, pues su hermano no tenía ningún sentido de la discreción y vivía su vida como un libro abierto. A la chica no le había costado ningún esfuerzo encontrarlo en el pub.

Había entrado en el local, subiéndose a una de las mesas, desnudándose y llorando al mismo tiempo, explicando a todo el mundo lo cabrón que era Sean.

El espectáculo había sido de una magnitud colosal.

—¿Qué pasó? —preguntó Finn—. ¿Se negó a permitirte ponerte al día?

—No exactamente.

—Entonces, ¿exactamente, qué?

Sean parecía... ¿avergonzado? Imposible. Él nunca se avergonzaba.

—Dijo que podía renovar el permiso con una condición. Que me subiera al mostrador y me desnudara, como había hecho ella en mi lugar de trabajo.

—Bueno, debes admitirlo —observó Finn—. Fue ingenioso.

—Diabólico, querrás decir.

—Como quieras, pero espero que tu siguiente frase sea «de modo que me subí a ese mostrador y le hice un numerito de striptease».

—¿He mencionado ya que el lugar estaba abarrotado? —preguntó Sean—. ¿Y que había ancianas? ¡Ancianas, Finn! Les eché un vistazo y... me encogí.

—¿Y?

—Y... ¡no quería quitarme la ropa teniéndolo todo encogido!

Finn presionó los ojos con las manos, pero no funcionó. El cerebro seguía perdiendo líquido, lenta y dolorosamente.

—De acuerdo, iré yo y hablaré con ella. Lo solucionaré.

—Porque eso es lo que tú haces —observó Sean—. Tú solucionas las cosas. Yo las jodo y tú llegas y lo limpias todo, ¿verdad?

—Sean...

—No. Ya estoy harto de esa mierda, Finn —lo interrumpió su hermano—. Estoy harto de ser el hermanito pequeño idiota que necesita que lo salven. Por una vez, por una jodida vez, quiero hacer lo correcto. Quiero salvarte yo a ti —sacudió la cabeza—. No, no me subí al mostrador. Pero me disculpé por haber sido un gilipollas. Y luego pagué la multa y el recargo, todo con el dinero de mi cuenta. El pago de nuestros impuestos está al día, y así será siempre. Esto no volverá a suceder.

—¡Vaya! —exclamó Finn—. Eso es estupendo. Y gracias —hizo una pausa—. ¿De tu cuenta privada?

—Sí, y no veas cómo ha dolido, tío —Sean se frotó el pecho, como si el dolor fuera físico—. Ha dolido mucho.

—Eso también es estupendo —Finn sonrió.

—Y ahora, a propósito de tu chica —Sean cambió de tercio.

Finn enarcó una ceja. Sabía que Sean estaba de pesca. Había lanzado el anzuelo y no iba a parar de referirse a ella como «tu chica», hasta que consiguiera hacerle saltar.

Pero eso no iba a suceder.

—Me gusta —añadió Sean con calma.

Una vez más, no era lo que había esperado oír Finn de su hermano pequeño. Haría cualquier cosa por él, ya lo había hecho. Pero no se creía capaz de renunciar a Pru.

Ni siquiera por su hermano.

—No es eso, tío —su hermano sacudió la cabeza—. Me refiero a que me gusta... para ti.

Lo que más le asustó fue que al fin se habían puesto de acuerdo en algo, pues a Finn también le gustaba Pru... para él. Tanto que al concluir la noche, hacia las tres de la madrugada, se encontró frente a su puerta. No queriendo asustarla llamando a esas horas, le envió un mensaje al móvil.

¿Estás despierta?

La respuesta llegó en menos de un minuto.

¿Buscas sexo?

Finn contempló la pantalla, sintiéndose como el mayor imbécil del planeta, y se dispuso a enviar una disculpa. Aún no había terminado de escribir el mensaje cuando recibió otro de ella.

Porque me gustaría que fuera así...

Aún sonreía cuando llegó el siguiente mensaje.

Hay una llave sobre el marco de la puerta.

Finn entró, se metió en la cama y la abrazó con fuerza.
—¿Finn? —murmuró ella, medio dormida y sin abrir los ojos.
¿Y quién si no?
—Calla —susurró él, deslizando la boca sobre su sien—. Duérmete otra vez.
—Pero es que hay un hombre en mi cama —Pru aún no había abierto los ojos, pero sí lo abrazó, apretándose contra él y deslizando una pierna entre las suyas—. Mmm... un hombre muy duro.
Y que endurecía más por momentos.

—No pretendía que pareciera que busco...
—¿Finn?
—¿Sí?
—Cierra el pico —Pru se movió contra él, de manera que su cálida humedad le frotara el muslo, tomando lo que deseaba de él.

A Finn le encantó sentir que la confianza y fe que tenía Pru en sí misma fuera tan sexy para él como el delicioso cuerpo.

—Mmm... —murmuró ella, moviéndose contra él con más fuerza—. No sé qué hacer con esto...

—Déjame sugerirte algo —Finn se colocó sobre ella y se hundió en su interior.

CAPÍTULO 19

#AsíDeFácil

A medida que avanzaba el verano, como siempre, San Francisco se llenaba de turistas y Pru acababa sepultada en trabajo. Las jornadas eran larguísimas, aunque no le impedían soñar despierta con un tal Finn O'Riley y su aspecto cuando estaba en su cama.

Ni lo que le hacía en esa cama...

—¿En qué piensas? —le preguntó Jake al concluir un turno y mientras ella se ocupaba del papeleo—. No paras de suspirar.

—Eh... —Pru se esforzó por decir algo que no fuera digno de una película porno—. Pensaba en lo mucho que te pareces a un explotador.

—Sí, claro —no había conseguido engañarle—. ¿Ya se lo has contado a Finn?

—Estoy en ello —contestó ella, el estómago encogido ante el pánico y la ansiedad que se le había despertado.

—Pru...

—Lo sé. ¡Lo sé! —volvió a suspirar—. No hace falta que me digas nada. Lo estoy demorando. Vaya novedad.

—Estás colada por él —la voz de Jake era suave, casi delicada.

Pru cerró los ojos y asintió.

—Te gustaría intentarlo con él —su jefe le tomó una mano y la apretó.

Ella volvió a asentir.

—Chica, para tener una oportunidad, tienes que contárselo antes de que se cierre la ventana de la oportunidad y las cosas vayan demasiado lejos —Jake aguardó hasta que ella lo miró—. Antes de acostarte con él o…

«¡Cielo santo!».

—Lo he entendido —lo interrumpió Pru—. Sé lo que hago.

Pero ambos sabían que ella no tenía ni idea de lo que estaba haciendo.

Aquella noche, Elle y Willa, arrastraron a Pru a otra «noche de chicas».

Sorprendiéndola, la llevaron a un encantador spa donde tomaron unos pequeños sándwiches acompañados de té, mientras decidían los tratamientos que iban a hacerse.

Pru contempló el programa del spa con creciente pánico ante todo ese lujo que no se podía permitir.

—Yo invito —le aclaró Elle mientras tapaba los precios con una mano—. Ha sido idea mía. Le debo a Willa su regalo de cumpleaños.

—Porque yo tampoco me lo puedo permitir —aclaró Willa.

—Pero no es mi cumpleaños —protestó Pru.

—Finge que lo es —insistió Elle—. Yo quiero manicura y pedicura, y unas ingles brasileñas, y no me gusta venir sola.

Y así fue como Pru acabó haciéndose la manicura, la pedicura y sus primeras ingles brasileñas.

Al día siguiente llovía a cántaros. Pru bromeó con Jake diciéndole que, después de ocho horas en el agua, y bajo el agua, se sentía como Noé.

—El dinero se gana ahora, chica —Jake no mostró ninguna piedad—. Luego llegará el invierno y estarás gimoteando como hace Thor cada vez que ve a ese chow chow del otro lado de la calle, el que pesa veinte kilos más que él y lo aplastaría como a una pasa si tuviera la oportunidad.

Y Pru continuó trabajando.

Al final de otro día de locos, se cambió el uniforme por un vestidito de verano y abandonó el muelle 39. Iba sin Thor. Después de un numerito en el que se había rebozado en caca de paloma por algún misterioso motivo que solo tenía sentido para él, Jake le había vuelto a llevar al South Bark Mutt Shop para que lo lavaran.

A Pru solo le apetecía llegar a su casa y meterse en la cama. Por primera vez estaba demasiado cansada incluso para soñar con Finn en su cama. No era capaz de levantar un dedo. Ni una lengua.

Aunque tampoco le importaría que él insistiera en hacer todo el trabajo…

Sin embargo, las fantasías iban a tener que esperar. Tenía una cosa que hacer antes de regresar a su casa, de ahí el vestidito de verano. Quería tener buen aspecto para su visita semanal.

Subió las escaleras de la residencia donde vivía su abuelo y anunció su visita.

Michelle, la recepcionista la saludó con la mano. Michelle llevaba toda la vida allí, y ya eran viejas amigas.

—¿Qué tal está hoy? —preguntó Pru.

—No voy a mentirte —la sonrisa de Michelle se esfumó—. Está mal, muy inquieto. No le gusta la comida, no le gusta el tiempo, no le gusta llevar pantalones, y la lista continúa. Está imposible. ¿Prefieres venir otro día?

Pero ambas sabían que, cada vez más, los días malos superaban a los buenos, de modo que no tenía mucho sentido esperar, o quizás no volvería a verlo.

—No importa.

—Grita si necesitas algo —Michelle asintió. Su mirada era cálida, pero su gesto era de preocupación.

Pru respiró hondo, saludó con una mano en el aire a Paul, el celador, en el pasillo, y entró en la habitación de su abuelo. Estaba viendo el programa *Jeopardy!*, gritando al televisor.

—¡Quién es la reina Victoria, gilipollas! —agarró el bastón y lo agitó hacia la pantalla—. ¡Quién es la reina Victoria!

—Hola, abuelo —saludó Pru.

—No me hacen caso —continuó el anciano que había soltado el bastón y agitaba los puños cerrados ante el televisor—. Nadie me escucha jamás.

Pru se colocó en su línea de visión y recogió el bastón del suelo, preguntándose si la reconocería.

—Soy yo, Pru...

—¡Tú! —espetó el hombre, entornando los ojos, arrebatándole el bastón de las manos—. Vaya cuajo tienes viniendo aquí, señorita, a mi casa.

—Me alegra verte, abuelo. Tienes buen aspecto. ¿Ya se te pasó el catarro de la semana pasada? ¿Cómo te encuentras?

—No voy a contarte una mierda. Eres muy mala influencia para mi hijo. Lo animaste a divertirse, a ir de fiestas, y sabías... —le amagó con el bastón—. Tú tienes la culpa de que esté muerto. Deberías avergonzarte de ti misma.

El golpe fue duro y doloroso, pero Pru se esforzó por ignorar las crueles palabras.

—Abuelo, soy Prudence —anunció, manteniendo el tono de voz bajo y tranquilo con la esperanza de que él hiciera lo propio.

No funcionó.

—Sé muy bien quién eres. Lo supe desde el primer día que te vi —insistía el anciano—. La primera vez que Steven te trajo a casa. Me dijo «esta es Vicky y la amo». Solo con mirarte a los ojos lo supe. Lo único que querías era divertirte sin importarte las consecuencias. Bueno, pues te diré una cosa, el negocio se fue a pique porque él solo quería estar contigo, aunque tú ni te diste cuenta. Nos arruinamos por tu culpa, porque te daba igual que tuviera que trabajar...

—Papá trabajaba —protestó Pru—. Trabajaba mucho. Mamá solo quería que siguiera disfrutando de la vida, precisamente porque trabajaba muchísimo...

—Eras un problema con mayúsculas —espetó él—. Y sigues siéndolo. Te lo dije entonces y te lo repito ahora. Eres un mayúsculo problema de la cabeza a los pies.

Pru se quedó paralizada. No tenía ni idea de que su abuelo se hubiera referido alguna vez a su madre de ese modo. Problemas. Que la consideraba una mala influencia para su padre porque había insistido en que tuviera una vida al margen del trabajo.

La ironía no se le escapó.

Lo que sí se le escapó fue el tiempo que debió permanecer allí, con la boca abierta, permitiendo que las viejas heridas se abrieran de nuevo y se infectaran. Porque de repente su abuelo agarró algo de la bandeja y lo arrojó contra ella.

Pru se agachó a tiempo, mientras el tenedor aterrizaba en el suelo.

—De acuerdo —ella alzó las manos—. Eso no ha sido agradable. Abuelo, yo no soy mamá. No soy Vicky. Soy tu nieta, Pru...

—¡Yo no tengo ninguna nieta! —un pedazo de tostada siguió al tenedor. También consiguió esquivarla—. Tú lo mataste, Vicky. Lo mataste. Ojalá te pudras en el infierno.

Las palabras salieron de su boca, crueles y duras. Pru quedó de nuevo paralizada, lo que la impidió agacharse a tiempo en la siguiente ocasión.

La taza la golpeó en la mejilla.

—¡Ay, maldita sea! —ella se irguió, llevándose una mano a la cara—. Tienes que escucharme... ¡yo no soy Vicky! —

colocó los brazos en jarras—. Abuelo, ya no tienes dos años, tienes que olvidarte de las rabietas.

—Es verdad —gritó el anciano—. No tengo dos años, tengo un millón dos años. Soy viejo y estoy solo, ¡y todo por tu culpa!

Hasta ese momento, Pru había conseguido mantenerse al margen de las palabras de su abuelo, pero de repente ya no pudo más. De repente no se sentía fuerte y a cargo de su vida. No era más que una cría que había perdido a sus padres, que tenía un abuelo que no andaba bien de la cabeza. Hacía lo que podía con los recursos de que disponía, pero no era suficiente.

Ella tampoco era suficiente, a juzgar por su récord de personas que la amaban lo bastante como para permanecer a su lado: cero. Y lo más terrorífico era que no sabía cómo mejorar.

—¡Fuera de aquí! —aulló el anciano.

Paul asomó por la puerta con expresión sobresaltada.

—¿Qué sucede aquí, Marvin?

—¡Lo que sucede es que la has dejado entrar! —y por si había alguna duda sobre a quién se refería, el hombre apuntó a su nieta con una cuchara.

—Muy bien, ahora vamos a relajarnos un poquito —Paul se colocó entre Pru y su abuelo—. Suelta eso, Marvin. Aquí no lanzamos cosas, ¿recuerdas?

Marvin parecía imposible de calmar.

—¡Es culpa suya! ¡Lárgate! —le gritó a Pru de nuevo—. ¡Márchate y no vuelvas, golfa! ¡Robahijos! ¡Inútil desvergonzada!

Michelle asomó la cabeza por la puerta.

—Paul, ¿necesitas ayuda?

—Estamos bien —contestó el celador—. ¿Verdad, Marvin?

—No, ¡yo no estoy bien! ¿Es que no la ves? Está ahí de

pie, escondida detrás de ti como una cobarde. ¡Lárgate! —gritó de nuevo a Pru—. ¡Y no vuelvas más!

—Vamos, cielo —Michelle entró en la habitación y tomó a Pru de la mano—. Vamos a dejarle solo un rato.

Pru se dejó conducir fuera de la habitación con el corazón destrozado, sintiéndose más sola que nunca. Su abuelo nunca había sido muy afable, pero al menos compartía su sangre, su historia... aunque ya no recordaba nada de eso y sus visitas no hacían más que alterarlo. Quizás debería dejar de ir a verlo. Pero entonces estaría completamente sola.

«Ya lo estás...».

Regresó caminando lentamente a su casa, a pesar de que caía una fina llovizna y solo llevaba puesto el vestidito de verano y unas sandalias. Le dolía el corazón. Pero frotárselo no consiguió aliviar el profundo dolor que le llegaba hasta el alma herida. Echaba de menos a su madre. Echaba de menos a su padre. Y, maldita fuera, no se sentía completa.

Echaba de menos sentirse necesitada. Deseada. Sentir que era importante, fundamental, en la vida de alguien. Una pieza del puzle de otra persona.

Y sin embargo solo era una planta rodadora azotada por el viento, sin raíz. No pertenecía a nadie.

Caminaba mirando al suelo, sus pensamientos aún más en el suelo, y casi chocó contra alguien. En realidad con dos alguien, abrazados, besándose como si no fueran a verse nunca más. El hombre abrazaba a la mujer y la miraba con expresión de amor y nostalgia crecientes a medida que se apartaba de ella, sin soltarle las manos.

¿Alguna vez la había mirado alguien así? De ser así lo había olvidado, y no creía que alguien fuera capaz de olvidar jamás el amor verdadero. Lo único que quería, lo único que había querido desde el día en que había perdido a sus padres, era encontrar a alguien que quisiera entrar en su vida y quedarse allí.

Sintió una opresión en el pecho y un ardiente nudo en la garganta, pero se negaba a ceder. Llorar no serviría de nada. Llorar nunca ayudaba. Lo único que conseguía con llorar era que se le corriera el rímel. Y dado que llevaba puesto uno muy caro, en un inútil intento de conseguir unas pestañas con volumen, no iba a desperdiciarlo sin más. «Contrólate», se ordenó a sí misma. «Contrólate y sigue así. Estás bien. Siempre estás bien...».

Pero las palabras de ánimo no funcionaron. La soledad seguía trepando por su garganta, ahogándola.

El hombre sonreía a la mujer, la mirada cargada del amor con el que Pru había soñado en secreto. Tomó la mano de su chica y se marcharon bajo la lluvia, los hombros encorvados, los cuerpos en sincronía.

Pru sintió que le afectaba mucho más de lo que debería. ¡Por el amor de Dios!, eran dos extraños. Pero verlos juntos la hizo sentirse fría. Vacía.

Un rayo cruzó el cielo. Ella dio un respingo y volvió a saltar ante el casi inmediato rugido del trueno, fuerte y demasiado cerca. Saltándose la entrada al patio, corrió directamente al interior del pub.

Una vez dentro se detuvo, los ojos posándose de inmediato sobre la barra.

Tras la cual estaba Finn, junto a Sean, que se dirigía a todos los presentes y recibía las miradas de todos.

Salvo la de Pru, cuyos ojos estaban puestos en Finn. De pie junto a su hermano pequeño, lucía su habitual gesto imperturbable. Aunque ella ya lo conocía bastante, o al menos estaba en ello, y sabía que los labios apretados y la mirada baja significaba que no se sentía en absoluto imperturbable.

—De modo que alzad vuestras copas —concluyó Sean mientras daba ejemplo con la suya—. Porque hoy, chicos, celebramos el primer aniversario de O'Riley's, decorado a imagen y semejanza del bar de nuestro querido, y ya fallecido, papá, el O'Riley's original. Le habría encantado este lugar —Sean se llevó una mano al pecho—. De seguir entre nosotros, que Dios bendiga su alma, estaría sentado en este bar con nosotros todas las noches.

La mención de la pérdida, normalmente, le habría partido el corazón a Pru, porque su familia había sido la causante de esa pérdida, y algo de eso sentía. Sin embargo, no había apartado la mirada de Finn. Él no aparentaba tristeza. Aparentaba fastidio. Y ella tenía bastante idea de por qué.

El padre de Finn y Sean no se había parecido en absoluto al suyo. No había abrazado a sus hijos cuando se raspaban una rodilla. No les había mostrado amor y adoración. No les había llevado subidos a los hombros, presumiendo de ellos a la menor oportunidad.

Pero, por algún motivo, Sean estaba contando otra historia. No tenía ni idea del porqué, pero era evidente lo que Finn sentía al respecto.

Aborrecía ese brindis.

—Lo echamos de menos cada día —continuó el pequeño de los hermanos antes de concluir con el saludo típico irlandés—. *Slainte!*

—*Slainte!* —corearon todos los presentes mientras apuraban sus copas.

Sean se volvió sonriente hacia Finn y le murmuró algo al oído. Sin embargo, Finn no respondió, pues su cabeza estaba girada, como si hubiese presentido la llegada de Pru. Sus miradas estaban fundidas.

Si la tormenta le había parecido una locura, no fue nada comparado con lo que sucedía entre ella y Finn cada vez que se miraban.

«Eres un problema con mayúsculas».

Las palabras de su abuelo flotaron en su mente, alterándola, alterando su corazón.

«Solo con mirarte a los ojos lo supe. Lo único que querías era divertirte sin importarte las consecuencias».

No podía hacerlo. Había creído estar haciendo lo correcto ayudando a Finn a llenar su vida de aventura y diversión, pero comprendió que no era así. Se sentía muy frágil, a punto de desmoronarse allí mismo. Y, al mismo tiempo, se sentía atraída, dolorosamente atraída, hacia la fuerza de la mirada de Finn, la calidez en sus ojos. Sabía muy bien que le bastaría con tocarla para que perdiera el frágil control que aún poseía sobre sus emociones.

«Vete. Márchate».

Era el único pensamiento claro en su cabeza. Se volvió para hacerlo, pero los cálidos y fuertes brazos de Finn la rodearon, obligándola a volverse hacia él.

La había atrapado.

—Estoy empapada —susurró ella.

—Ya lo veo —contestó Finn sin dejar de mirarle el rostro.

—Estoy… —«hecha un lío», estuvo a punto de decir.

Pero el nudo de emoción que le bloqueaba la garganta le impedía hablar. Horrorizada al sentir los ojos llenos de lágrimas, sacudió la cabeza e intentó soltarse.

—Pru —susurró él mientras deslizaba una mano hasta la nuca, entre los empapados cabellos.

Ignorante de los nudos, del nido de rata que era su pelo, la atrajo hacia sí y le besó suavemente la frente. Pru sentía su boca en la raíz de los cabellos mientras le susurraba palabras de consuelo que no conseguía entender.

Y Pru se derritió contra él. No había otra manera de definirlo. Finn era real, sólido, entero. Era todo lo que ella deseaba y no podía tener, por mucho que lo quisiera. Ya se había apartado del camino que se había trazado ella misma, un hecho que se estaba volviendo en su contra con fuerza porque…

Porque se estaba enamorando de él.

Y para terminar de empeorarlo todo, no solo lo quería en su vida, sino que también temía que lo necesitara a él.

Estuvo a punto de desmoronarse. A punto, aunque no llegó.

Pero parecía incapaz de dejarlo marchar.

Finn la abrazó con más fuerza, presionando la mejilla contra su cabeza.

—No pasa nada —susurró—. Pase lo que pase, se va a solucionar.

Pero no era así. Y Pru no sabía si alguna vez volvería a sentirse bien, de modo que hundió el rostro en el cuello de Finn y se concedió un minuto más. O dos.

O lo que él estuviera dispuesto a darle.

CAPÍTULO 20

#¿EhCómoVaEso?

Finn acunó a Pru contra su cuerpo, alarmado por su palidez, por la manera en que temblaba entre sus brazos, por las pequeñas sacudidas que indicaban que estaba luchando contra sus emociones. Y perdiendo. El vestido se había pegado a las deliciosas curvas, los largos y húmedos cabellos a su rostro y hombros.

Apartándose ligeramente, él le tomó una mano y la condujo hasta el bar para poder ofrecerle una toalla. Cuando se dispuso a secarle el rostro, comprendió que no era agua de lluvia. Eran lágrimas.

—Pru.

—No pasa nada, de verdad —insistió ella, la cabeza gacha, la temeraria hada de la felicidad.

—No es nada, claro...

—Es que... tengo que irme.

Sí, pues de eso ni hablar. Al menos no iba a irse sola. Finn se volvió y le hizo un gesto a su hermano, indicándole sin palabras que se ocupara él del bar.

Sean asintió y, tomando a Pru de una mano, Finn la condujo pasillo abajo, sin lamentar ni un poco dejar a su hermanito solo con todo el trabajo. Tras el brindis que había hecho, le estaba salvando la vida marchándose.

—Finn, en serio —insistió Pru—. De verdad que estoy bien. De verdad.

—Puede que, si lo repites una vez más, empiece a creerte.

—Pero es que estoy bien —ella suspiró.

No era verdad. No lo estaba, pero lo estaría. Ya se ocuparía él de que lo estuviera. Finn la guio hasta el despacho.

En cuanto entraron, Thor saltó del sofá donde había estado durmiendo, lanzándose a su imitación de un conejito. Salto, salto, salto, ladrido, ladrido, ladrido en un tono que podría hacer estallar los tímpanos a cualquiera.

—Thor —lo reprendió él—. Cállate.

El perro obedeció al instante y se quedó sentado sobre el diminuto trasero que se movía de un lado al otro cada vez que meneaba el rabo a una velocidad superior a la de la luz. Tenía todo el aspecto de un perro de juguete que funcionara a pilas.

Inflado de esteroides.

—¿Qué haces aquí, bebé? —Pru soltó una carcajada y lo tomó en brazos.

—Ya había terminado en el salón de belleza y Willa tenía que marcharse antes de que Jake pudiera regresar a buscarlo, de modo que me lo quedé yo hasta que vinieras.

—No es un salón de belleza —aclaró ella con el rostro enterrado en el pelaje del animal, haciendo un trabajo bárbaro fingiendo estar bien.

—Nena, es un salón de belleza —insistió él—. Cuando entré para recogerlo, Willa estaba presidiendo una boda entre dos caniches gigantes. El negro llevaba un vestido de novia de seda adornada con pedrería.

Pru lo miró de reojo. Gracias a Dios ya no había lágrimas, pero tenía la mirada perdida, atormentada, a pesar del esfuerzo que hacía por sonreír.

—¡Vaya! —exclamó.

—¿Impresionada por hasta dónde llega Willa en su negocio para ganar dinero? —preguntó él.

—No, lo que me impresiona es que seas capaz de reconocer la seda y la pedrería.

—¡Eh!, no tengo ninguna duda acerca de mi masculinidad —Finn tomó a Thor de manos de Pru y lo sujetó bajo un brazo, rodeándole la cintura con el otro—. Vamos.

—¿Adónde?

—Te acompaño a casa. Pareces agotada.

—Más que agotada —admitió ella.

No hablaron mientras atravesaban el patio, aunque Thor sí. Empezó a ladrar a un par de palomas y, ante la severa mirada de Finn, pasó a un rugido ronco.

—Son más grandes que tú —lo reprendió él—. Elige mejor a tus enemigos, tío.

El perro se mantuvo en silencio dentro del ascensor, pero solo porque subían en compañía de Max, que trabajaba en la segunda planta, en el despacho de Archer. Con su doberman, Carl.

En cuanto Max y Carl abandonaron el ascensor, Thor soltó un prolongado suspiro que evidenciaba el alivio que sentía. En otras circunstancias habría arrancado la carcajada de Finn.

—No sé si sabes que tu raza de chucho fue criada para matar dobermans... —le anunció al perro.

Thor parpadeó perplejo.

—Es verdad —insistió Finn—. Os quedáis atascados justo aquí... —se señaló la garganta.

—Finn —Pru casi se ahogó de la risa—, ¡eso ha sido horrible!

—Pero al menos te he hecho reír —él sonrió y le retiró un mechón de cabellos del rostro.

—Me he reído porque esa historia es horrible —insistió ella sin dejar de sonreír.

Y porque seguía sonriendo, Finn se inclinó y la besó con dulzura.

—Hola.

—Hola —susurró ella.

No estaba seguro de qué le podía pasar, pero le había bastado una mirada al expresivo rostro para saber que estaba desolada.

Y, dado el corte en la mejilla, también estaba herida.

Y ambas cosas lo enfurecían.

El ascensor abrió sus puertas y Finn tomó a Thor de la correa con una mano mientras que con la otra conducía a Pru fuera de la cabina. Estaban frente a la puerta de la casa de Pru cuando la puerta de la señora Winslow se abrió.

—¿Otra entrega especial? —preguntó Pru.

—No es para mí —contestó la anciana—. Es para ti.

—Eh... yo no consumo muchos brownies especiales —contestó ella—. Sin ánimo de ofender.

—No me he ofendido, cielo —la vecina sonrió—. Tan solo te comunico que hay algo para ti en el montacargas.

—¿Para mí? ¿Por qué?

—Por tu mal día —le explicó la señora Winslow.

—¿Cómo sabe que he tenido un mal día? —Pru la miró perpleja.

—Digamos que hay un pajarito que nos cuida a todos —le explicó la mujer—, y que me ha pedido que te cuente que no estás sola.

—¿Quién? —preguntó ella.

Pero la señora Winslow ya había desaparecido en el interior de su apartamento.

Finn y Pru entraron en el de ella. Él se agachó para soltar la correa de Thor y el perro trotó de inmediato hasta el cuenco de la comida.

Pru echó una medida de pienso en el cuenco, le dio una palmadita al animal en la cabeza y se dirigió al montacargas.

Finn se acercó al congelador. No había hielo, pero sí una bolsa de maíz congelado. Serviría.

Ante la exclamación de Pru se volvió. En sus manos había una cestita con muffins de la tienda de café. Los muffins de Tina, los mejores del planeta.

Él envolvió el maíz en un paño de cocina y lo aplicó con delicadeza a la mejilla herida antes de tomarle una mano y llevarla al rostro para que lo sujetara ella misma.

—Sujétatelo unos minutos —le indicó.

Y mientras ella lo hacía, Finn llevó la cestita de muffins a la mesa de la cocina donde, de inmediato, ambos empezaron a dar buena cuenta de ellos.

—Está bien tener amigos bien situados —observó él en lugar de preguntarle cómo se había hecho la herida.

Al ver cómo se relajaba visiblemente, supo que había hecho lo correcto.

Lo cual no significaba que se le hubieran pasado las ganas de patearle el culo a alguien. Le apetecía, y mucho.

—Pero mejor aún sería saber quiénes son esos amigos —observó Pru mirándolo a los ojos—. ¿Lo sabes tú?

Finn tenía una idea, pero no estaba seguro, de modo que sacudió la cabeza.

—El brindis de Sean en el pub te irritó —Pru tomó un muffin con pepitas de chocolate.

Sentado frente a ella, con Thor en el regazo, y mientras daba cuenta de un estupendo muffin de arándanos y plátano, Finn no tenía ninguna gana de hablar del brindis de su hermano. Prefería averiguar qué le pasaba a ella. Pero sabía que no se iba a sincerar con él.

A no ser que él se sincerara primero.

El problema era que él odiaba abrirse, a nadie.

—Siento que tu padre nunca llegara a ver el bar y lo bien que os va —continuó ella con calma.

—A mi padre no podría haberle importado menos lo que hacíamos con nuestras vidas de niños —Finn dejó el muffin sobre la mesa—. Tampoco le importaría lo que hacemos ahora.

—Pero Sean dijo...

—Sean está tan lleno de mierda que tiene los ojos marrones —le interrumpió él—. Mi padre nunca tuvo un pub. Demonios, si ni siquiera reconocía ser irlandés. Mi hermano perpetúa la mentira porque cree que los pubs irlandeses son un buen negocio, y no se equivoca. A nosotros nos ha ido bien, pero no porque seamos irlandeses, sino porque nos matamos a trabajar.

—Querrás decir que tú te matas a trabajar —puntualizó ella.

—Odio los engaños.

—No es un engaño si es verdad, aunque solo sea un poco —Pru alargó una mano y cubrió la de él—. Deja de sentirte culpable por algo que no es culpa tuya y que no le hace daño a nadie. Déjalo estar y disfruta del éxito en que has convertido este negocio, a pesar de tu padre.

—¿Cómo puedes ser a la vez bonita, sexy y más lista que cualquier otra chica que conozca?

—Es un don —ella sonrió.

Finn le rodeó una muñeca con los dedos y le apartó la bolsa de maíz del rostro. Con mucha delicadeza, le acarició la mejilla.

—¿Estás bien?

—Lo estaré.

—¿En serio? —su resiliencia le hizo sonreír—. ¿Y eso?

—Bueno —ella se encogió de hombros—, está lloviendo y a mí me encanta la lluvia. Alguien me ha enviado un cestito con muffins y a mí me encantan los muffins. Thor está limpio y seguirá así durante unos cuantos minutos. No tengo que volver a trabajar hasta mañana al mediodía. Y tengo compañía. —sonrió—. De la buena. Todo va bien —de nuevo se encogió de hombros.

Había sido un buen intento, y había tenido éxito. Así hacía ella las cosas, comprendió Finn. También comprendía otra cosa: que podría aprender un montón de esa mujer.

Pru se levantó de la silla y rodeó la mesa. Tomó a Thor y lo dejó en el suelo antes de sustituirlo, sentándose en el regazo de Finn y tomándole el rostro entre las manos ahuecadas.

Mientras él la abrazaba, una idea tomó forma en su cabeza. Nada podía ir mejor.

CAPÍTULO 21

#HundiéndoseEnElFango

Pru levantó la vista y miró a Finn a los ojos, sobresaltada por la repentina intensidad en la mirada verde. Una mirada que le decía que no estaba sola, que importaba mucho.

«Al menos no eres la única que se está enamorando...».

La idea fue como un trago de algo fresco que la aliviaba, seguido de inmediato por un chupito de ansiedad.

Porque no había sido su intención que sucediera aquello. Nada de lo que había sucedido. Su atención, su afecto, su lazo emocional... todo era para ella como un sueño hecho realidad.

Y al mismo tiempo todo era una pesadilla, porque ¿cómo se suponía que iba a acabar con todo? ¿Acabar con él?

Aunque, la cruda realidad era que no iba a tener que hacerlo. En cuanto le contara la verdad, sería él mismo quien la abandonaría.

Siempre había sabido que se dirigían hacia ese final. No le había pasado desapercibida la mirada que había dirigido a su mejilla, ni el brillo de ira que había asomado a sus ojos al hacerlo.

—Todo...

—No va bien. Ni te atrevas a repetir que todo va bien —le interrumpió él con voz dulce, pero firme.

—Mi abuelo está ingresado en una residencia —comenzó ella—. Lleva años allí. Voy a visitarlo todas las semanas, pero no siempre me reconoce.

—¿Te ha golpeado? —preguntó Finn, la voz tranquila, la mirada todo lo contrario.

—No —Pru sacudió la cabeza—. No exactamente.

—¿Entonces qué exactamente?

—Intentaba echarme de allí —le explicó ella—. Me arrojó las cosas que había sobre su bandeja de comida.

—¿Por qué? —él frunció el ceño.

—Es que a veces se cree que soy mi madre. No le caía bien.

Finn hundió las manos en sus cabellos, acariciándolos. Y Pru se sintió de inmediato más relajada.

—¿Por qué no? —preguntó con calma.

—Ella… —Pru cerró los ojos y hundió el rostro en el cuello de Finn—. Era una amante de la diversión. Le encantaba ir de juerga. Y a mi padre le gustaba ofrecerle diversiones. Pasábamos mucho tiempo en el mar y en los partidos de los Giants, sus dos distracciones preferidas.

—Y tú sigues navegando —él sonrió.

—Me ayuda a sentirme cerca de ellos —ella sonrió—. Solía decirle a mi padre que algún día sería capitán de barco. Seguramente debía sonar ridículo, pero él siempre me decía que podía ser lo que quisiera —hizo una pausa—. Los amaba, muchísimo, pero en muchos aspectos mi abuelo tenía razón. Mi madre animaba a mi padre. Lo cierto era que iban mucho de fiesta. Y bebían bastante…

—¿Es la razón por la que tú no bebes nunca?

—En gran medida —admitió Pru por primera vez en su vida—. ¿Te resulta extraño estar con alguien que no bebe?

—En absoluto —Finn le rodeó la nuca con una mano y esperó a que ella lo mirara.

—Papá solía decir que mamá era la luz de su oscuridad

—ella sonrió—. Le gustaba ese aspecto festivo que tenía. La amaba —sintió una opresión en el pecho al recordar cómo hacía reír a su padre—. Se amaban.

—Qué bonito que tengas esos recuerdos de tus padres juntos —observó él—. Es una mierda haberlos perdido, pero al menos pensar en ellos te hace sonreír.

Casi siempre, aunque no siempre. No, por ejemplo, cuando pensaba en cómo habían muerto.

O a quién se habían llevado con ellos…

—Siento que tú no tengas unos recuerdos así —susurró Pru.

—No lo sientas. Porque yo no tengo ni idea de qué me estoy perdiendo —la miró a los ojos—. Lo tuyo es peor. Tu vida era todo lo opuesto a la mía. Tú sí sabes lo que echas de menos.

—Finn… —de nuevo ella sintió la puñalada en las entrañas.

—No es culpa tuya, Pru. Nada de eso. Olvídalo.

Como si pudiera hacerlo.

—No vuelvas a ir sola a visitar a tu abuelo —él la abrazó con más fuerza—. Haz que te acompañe algún celador, o cualquier otra persona. Yo —sugirió—. Yo iré contigo. O quienquiera que elijas, pero no quiero que vuelvas a estar sola con él nunca más.

—No siempre es tan malo…

—Prométemelo —Finn le tomó el rostro entre las manos ahuecadas, con cuidado de no lastimarle la mejilla—. Entre nosotros no puede haber mentiras, ¿de acuerdo? No hay motivo para ello. Así que mírame a los ojos y prométemelo, Pru.

—Te lo prometo —susurró ella tras respirar hondo. Se sentía la más grande mentirosa de todo el planeta y se odiaba. Un poquito—. ¿Finn?

—¿Sí?

—¿Te acuerdas cuando me besaste para curar mis pupas? —ella se apretó contra él, mirándolo a los ojos.

—Después del primer partido de softball —Finn sonrió—. Sí, lo recuerdo. Para mí fue una revelación —sus ojos reflejaban ardor—. ¿Quieres que vuelva a hacerlo?

—No, ahora te toca a ti —Pru sacudió la cabeza—. Voy a besar tus pupas.

—¿En serio? —él se tensó visiblemente.

—Sí.

«Por favor, deséalo. Por favor necesita de mí que...».

Un sonido ronco escapó de labios de Finn, desolación y empatía. Y ella comprendió que había pronunciado las palabras en voz alta. Cerrando los ojos, intentó volverse, pero él la abrazó con más fuerza.

—Sí —respondió con voz ronca, casi con rabia—. Voy a demostrarte cuánto te necesito. Toda la noche.

Pru lo miró a los ojos, asimilando la fuerza de sus palabras, de su cuerpo. Permitiendo que su mirada le convenciera de que cada palabra era cierta.

—Toda la noche —repitió ella, buscando una confirmación.

—Durante el tiempo que necesites.

Dado que eso implicaba mucho pensar, Pru optó por aparcarlo en un rincón de su mente y hundir las manos en sus cabellos. Pero él le atrapó las manos y la hizo balancearse contra esa parte favorita de su cuerpo. Pru basculó las caderas, encantada con los gemidos que le arrancaba.

Finn le acarició los brazos, deslizando los tirantes del vestido por los hombros. El cuerpo del vestido era ligero y elástico, y seguía húmedo. Le costó muy poco esfuerzo deslizarlo hacia abajo para liberar los hermosos pechos.

De su garganta surgió un gemido ronco y masculino de apreciación, mientras las manos se deslizaban bajo el vestido hasta tomar el trasero y atraerla más hacia sí, para poder situar su boca a la altura de los pezones.

Cuando tomó uno entre sus labios, el cerebro de Pru dejó de funcionar. Por completo. Seguramente era mejor así, pues estaba a punto de hacer algunas cosas con él que se había jurado no volver a hacer jamás.

—Finn...

—Me encanta el sonido de mi nombre en tus labios —murmuró él tras otro ronco gemido.

A continuación chupó con fuerza el pezón mientras le deslizaba el vestido hacia arriba.

—¡No, no! —exclamó ella.

Con los dientes aún mordisqueando el pezón y las manos en el vestido, Finn se quedó helado.

—¿No? —repitió.

—No, en el sentido de que esta vez no voy a ser yo la primera en quedarse desnuda —le aclaró—. ¿Por qué soy siempre la primera?

—Porque estás preciosa desnuda. Te lo demostraré...

—Espera un poco —Pru rio, sintiéndose algo ebria de tanta lujuria—. ¡Por Dios, qué fuerte! —deslizó la camiseta por el torso de Finn y emitió un murmullo encantado al ver los atléticos músculos—. ¡Fuera! —le ordenó.

Finn apartó una mano del muslo de Pru y, agarrándose la camiseta a la altura de los omoplatos, se la arrancó de un tirón, sin apartar la mirada de ella y regresando de inmediato a la tarea de volverla loca de deseo.

Ella le acarició el torso y descendió hasta los abdominales, duros y marcados a pesar de que estaba sentado. No se veía ni gota de grasa. De no desearlo con tanta desesperación lo odiaría por tener ese cuerpo. Le bajó la cremallera del pantalón y una impresionante erección saltó directamente a sus manos.

No llevaba calzoncillos.

—Día de colada —se excusó él.

Pru lo miró antes de soltar una carcajada. Lo tenía, duro

y por completo entre sus manos, y ya se sentía ardiente y desesperadamente húmeda. Y estaba riendo.

—No está bien reírse de un hombre desnudo —Finn sonrió, en absoluto ofendido, el presuntuoso bastardo. Y lo que consiguió fue que ella riera aún más.

—Lo siento —consiguió decir medio ahogándose de la risa.

—Pues no parece que lo sientas —él se irguió y todos esos magníficos músculos ondularon.

—Estoy en ello —Pru le acarició la imponente masculinidad y sintió que el cuerpo le vibraba desde el interior.

Finn seguía deslizando el vestido hacia arriba.

Y Pru dejó de reír.

Sintió el aire fresco acariciarle la parte superior de los muslos. Las braguitas eran lo bastante diminutas para que Finn tocara piel al acariciarle el trasero.

—Mmm —murmuró él de modo apreciativo y mientras hundía los dedos, apretando el trasero, antes de deslizar las manos por debajo del raso—. Sujétalo.

Pru agarró el vestido y lo sostuvo a la altura de la cintura. Estaba ardiendo. Se moría. Desesperada. Ya estaba a horcajadas sobre él, pero las grandes manos de Finn le recolocaron las piernas para que ambos encajaran a la perfección, como dos piezas de un puzle.

—Sí —él asintió—. Así.

Echando a un lado la escasa tela de las braguitas, contempló detenidamente lo que acababa de dejar expuesto. Y se quedó paralizado

Y Pru recordó las inglés brasileñas.

—Fue culpa de Elle —balbució.

—¡Por Dios, Pru! —Finn le acarició casi con reverencia esa parte de su cuerpo totalmente expuesta.

—Nos llevó a Willa y a mí al spa y...

Él apartó la mano, tenía el dedo mojado y de sus labios escapó otro gemido.

—Y lo siguiente que supe fue... —Pru se interrumpió cuando, mirándola fijamente, Finn se introdujo el dedo mojado en la boca—. Entonces, ¿te gusta? —susurró.

—Me encanta.

Sujetándola por las caderas, la levantó y la sentó sobre la mesa de madera. Y con toda la calma del mundo, acercó la silla, apoyó las piernas de Pru sobre sus hombros, agachó la cabeza, y...

Oh. ¡Oh! El último pensamiento coherente de Pru fue que quizás Elle había dado en el clavo.

—Echaba de menos tu sabor —murmuró Finn minutos después, tras dejarla casi inane.

Pero casi enseguida, se apartó. Temiendo que fuera a marcharse, ella emitió un pequeño gemido de queja y se aferró a él.

Con una deslumbrante sonrisa, Finn hundió la mano en el bolsillo trasero del pantalón y sacó la billetera.

—¿No es un poco tarde para intercambiarse tarjetas de visita? —preguntó ella en un intento de aligerar la situación. Esa boca suya nunca sabía cuándo debía permanecer cerrada.

Finn extrajo un preservativo.

—De acuerdo —Pru asintió. Debería haber pensado que era eso.

El problema era que con el vestido enrollado alrededor de la cintura, dejando expuestas todas sus delicias, era incapaz de pensar.

—Me dejas sin respiración —le aseguró él, mirándola a los ojos mientras rasgaba el paquetito con los dientes y se colocaba el preservativo.

Pru no había visto nada más sexy en toda su vida.

Con lo que pareció un movimiento sencillo, Finn la tomó de nuevo en brazos para sentarla sobre él, controlando a la perfección la profundidad de la penetración que, por cierto, fue muy lenta. Al parecer le gustaba volverle loca muy despacito, arrancándole una exclamación de impaciencia. Él volvió a sonreír.

—¿Te parece divertido? —consiguió preguntar.

—Jadeas mi nombre, gimoteas pidiendo más y te estremeces por mí —Finn frotó su barba incipiente sobre un sensible pezón, provocándole un escalofrío—. Más que divertido, yo diría endemoniadamente sexy.

A Pru no le sorprendió darse cuenta de que ella también lo sentía así. Endemoniadamente sexy. La experiencia le era totalmente nueva y no sabía muy bien cómo controlar la situación. De modo que optó por no intentarlo siquiera. Lo que hizo fue explorar cada centímetro del masculino cuerpo, acariciándolo, besándolo. Hombros, cuello, garganta... por Dios, cómo le gustaba esa garganta. Pero, ¿qué era lo que le gustaba aún más? Los roncos y extremadamente eróticos sonidos que le conseguía arrancar.

—Levántate —le susurró él al oído, el cálido aliento quemándola.

Pero, en lugar de esperar a que lo hiciera, la guio, con las manos en sus caderas, mostrándole cómo colocarse de rodillas hasta casi salirse de ella, para a continuación hundirse de nuevo sobre él, tomándolo plenamente.

Ambos quedaron sin respiración mientras ella repetía el movimiento, animada por las masculinas manos, sin despegar las bocas, besándose con pasión. Cuando se les acabó el aire, él hundió una mano en sus cabellos y la obligó a echar la cabeza hacia atrás, chupándole el cuello mientras la otra mano permanecía posesivamente posada sobre el trasero.

Hasta que deslizó esa mano entre la cadera y la parte interna del muslo para acariciar con el pulgar el mismísimo centro del universo. Pru le sujetó por la muñeca, obligándolo a dejar la mano en ese lugar.

—¿Te gusta? —susurró él contra la oreja de nuevo.

—No te pares... —nunca.

Y Finn no lo hizo. Siguió deslizando el rugoso pulgar, describiendo círculos al ritmo preciso que ella necesitaba, arrancándole su nombre a gritos mientras llegaba violentamente.

Cuando al fin pudo abrir los ojos, se encontró con la ardiente y triunfal mirada verde.

—Te tocaba a ti primero —Pru le rodeó el cuello con los brazos.

—Siempre serás tú primero —contestó él, derritiéndole el corazón.

—No me parece justo.

—Claro que lo es —él sonrió—. Me encanta verte llegar por mí —le mordisqueó la barbilla—. Pronuncias mi nombre entrecortadamente, sin aliento, y me clavas las uñas. Es tan jodidamente sexy, Pru.

Ella soltó una tímida risa y hundió el rostro en el cuello de Fin.

—No deberías sentir vergüenza —insistió él—. Verte llegar hace girar mi mundo.

Las palabras hicieron que el cuerpo de Pru se tensara en torno a la masculinidad de Finn, que soltó un gemido.

—Te toca —susurró ella y volvió a repetir el gesto.

—¿En serio?

—Sí —sintiéndose poderosa, Pru le propinó un pequeño empujón para que se reclinara en la silla—. Tu quédate ahí sentado y tan guapo. Deja que yo haga el trabajo.

Finn le ofreció una sonrisa muy sexy, que casi le hizo llegar de nuevo, antes de echarse hacia atrás, visiblemente encantado con cederle las riendas y permitirle hacer todas las travesuras que quisiera con él.

Y Pru le dio todo lo que tenía. Al final, en el instante en que Finn la abrazaba, echó la cabeza hacia atrás, el rostro la viva imagen del placer mientras se vertía dentro de ella, Pru se sintió llegar de nuevo. Con él. Sobre él.

Y se sintió conmocionada. Un orgasmo simultáneo. Un orgasmo simultáneo sin ningún esfuerzo. No creía que existieran de verdad. Sinceramente estaba convencida de que era un mito. Como los unicornios, o los créditos bancarios.

Cuando al fin recuperó el aliento y el mundo dejó de dar vueltas sin control, miró a Finn. Tendido debajo de ella, la cabeza hacia atrás, los ojos cerrados, en su rostro una sonrisa.

—¡Maldita sea! —exclamó él—. Esto se pone cada vez mejor.

—No me había esperado nada como esto —perpleja, ella se puso de pie sobre sus temblorosas piernas y empezó a recolocarse el vestido.

—Mentirosa —Finn soltó una sexy carcajada.

Pru se detuvo y lo miró detenidamente.

—Admítelo —insistió él—. Me has deseado desde el instante en que me viste por primera vez. Yo, desde luego, te deseo desde entonces.

Riéndose ante la expresión de Pru, la volvió a sentar sobre el regazo, acunándola, besándole la cabeza.

—Piensas demasiado, Pru.

Eso era absolutamente cierto. Pru apoyó la cabeza contra el fuerte torso y escuchó el latido del corazón, fuerte y uniforme.

—Tengo algo que decirte —murmuró él, deslizando de nuevo las manos hasta el trasero, apretándolo.

Ella se retorció ligeramente, lo justo para oírle gemir y sentir las manos apretarle más fuerte. Pero, sin bien el cuerpo transmitía un mensaje, el que surgió de sus labios fue totalmente distinto.

—Ayudaste a Sean, y eso significa mucho para mí.

—¿Te lo contó? —ella se quedó helada, alzando el rostro para mirarlo—. No debería haberlo hecho.

—Pues me alegra que lo hiciera. Ya sabía que eras una persona cálida, sexy, divertida y lista, pero lo que hiciste, Pru, apoyándole de ese modo y, por extensión, a mí, eso me ha dicho todo lo que necesitaba saber de ti.

—Cualquiera habría... —ella sacudió la cabeza.

—No —insistió él—. Cualquiera no. Tengo a mi hermano y a un puñado selecto de amigos que haría cualquier cosa por mí, y ya está. Pero ahora también te tengo a ti. Y eso significa mucho para mí, Pru. Tú significas mucho para mí.

—Yo siento lo mismo —susurró Pru. «¡Dios santo!»—. Pero, Finn, tú no lo sabes todo de mí.

—Sé lo que necesito saber.

Ojalá fuera cierto...

—Finn...

Pero antes de que pudiera terminar la frase, esa en la que iba a contarle la verdad, la que sin duda lo cambiaría todo y acabaría con su amistad, confianza y... todo, alguien llamó a la puerta.

—No hagas caso —le ordenó Finn.

—Pru —del otro lado de la puerta llegaba una voz masculina.

Jake.

¡Por Dios! Jake.

Aquello pintaba mal. Muy mal. Si Jake encontraba allí a Finn, con esa mirada, no habría manera de contener la tormenta. Jake había insistido en que hablara con Finn antes de que las cosas fueran demasiado lejos, y cuando Jake insistía en que hicieras algo, lo hacías.

Pero ella no lo había hecho.

Y las cosas habían ido lejos con Finn. Tan lejos como podían ir las cosas entre un hombre y una mujer...

Estaba metida en un lío, y de los grandes. Uno de los problemas de tener como mejor amigo a un soldado de combate era que para él todo era un conflicto que había que solucionar. A Pru no le cabía duda de que una ojeada le bastaría para meter sus narices e informar él mismo de todo a Finn.

Y eso sería malo. Muy, muy malo. Pru se levantó de un salto y se estiró el vestido antes de volverse a Finn, que ya se había puesto los pantalones, aunque sin abrochárselos. Tampoco se había puesto la camiseta. Estaba sentado allí sin nada más que los pantalones, literalmente, los cabellos completamente revueltos por culpa de los dedos de Pru, y una inconfundible expresión de «me he saciado a gusto», por todo el rostro.

Pero no se movía.

—¿Qué haces? —ella agitó las manos en el aire hacia él—. ¡Vístete!

—Estoy en ello —Finn se estiró perezosamente, lentamente, como si tuviera todo el maldito tiempo del maldito mundo.

Jake volvió a llamar a la puerta, su irritación reflejándose en casa golpe contra la madera. Jake poseía muchas buenas cualidades, pero la paciencia no era una de ellas.

—Pru, ¿qué demonios estás haciendo ahí dentro? Mejor será que no sea por Finn —añadió.

Pru tenía las manos posadas sobre el torso del aludido, lista para propinarle otro empujón. Por tanto lo tenía enfrente y pudo ver claramente cómo se enarcaban sus cejas.

Mierda.

De repente, desde el otro lado de la puerta les llegó el inconfundible sonido de unas llaves, recordándole a Pru el desafortunado día de la mudanza, cuando le había dado a Jake una copia de las malditas llaves. ¿En qué había estado pensando?

—¡Tienes que esconderte! —susurró ella histérica.

—¿Y por qué demonios iba a hacerlo?

Pru soltó una exclamación de exasperación y se volvió, haciendo un barrido visual por su casa en busca de potenciales escondites.

Tenía muy pocos muebles.

—¡Maldita sea! —sus ojos se posaron en el montacargas. Perfecto—. Allí —señaló mientras abría la portezuela y empujaba a Finn hacia ella—. Necesito que te metas ahí unos segunditos...

Finn, todo músculo, toda fuerza, ni se movió ante el empujón. ¿Qué le pasaba con sus enormes machos alfa que solo se movían cuando les daba la gana?

Él la miró a los ojos y pareció comprender el pánico que la invadía, porque sacudió ligeramente la cabeza.

—¡Qué locura!

—¡Sí! Por fin lo entiendes. Estoy completamente loca, pero, para serte sincera, hace tiempo que lo estoy.

—Me refiero a mí, nena —le aclaró Finn—, es que estoy tan loco por ti que esos ojos tuyos hacen que siempre me derrita, tanto que estoy dispuesto a hacer cualquier cosa por ti.

—Bien —contestó ella apresuradamente—. Pues hazlo, por favor. Ahora no te lo puedo explicar, pero necesito que te escondas, solo un momento. Te lo prometo.

Finn sacudió la cabeza y murmuró algo que sonó a «eres un auténtico gilipollas, O'Riley», pero entonces, que Dios lo bendijera, plegó su cuerpo alto y delgado en el montacargas.

—Solo será un minuto —repitió ella antes de cerrar la portezuela de golpe en su preciosa, aunque irritada, cara.

Volvió a la cocina y se topó con los zapatos y la camiseta de Finn. «¡Mierda!». Lo recogió todo, corrió de vuelta al montacargas, abrió la portezuela y se lo lanzó a Finn antes de volver a dar otro portazo.

En el mismísimo instante en que la silla de Jake entraba rodando en la cocina.

Finn se quedó en el montacargas, entre irritado y estupefacto. Y quizás también un poco excitado. Todo lo cual no hacía más que demostrar el lío que tenía en la cabeza.

Nadie lo manejaba a él. Nunca. Y, sin embargo, era lo que acababa de hacer Pru. Como una campeona.

Y allí estaba, espachurrado en el montacargas, vestido únicamente con unos vaqueros desabrochados, la camiseta en una mano y los zapatos en la otra. Pensando, «¿!Qué coño!?».

Intentó pensar en un solo motivo por el que, si Pru y Jake no eran pareja, tuviera que convertirse en su sucio secretito. Pero no pudo.

Y toda sensación de diversión lo abandonó.

Porque eso era en esos momento. El sucio secretito de Pru y, si bien la idea podía haber resultado atractiva en sus fantasías, no se sostenía en absoluto en la realidad.

Ni siquiera se acercaba.

Se inclinó un poco hacia delante para intentar ver lo que pudiera de la cocina de Pru.

—¿Por qué jadeas como una loca? —preguntó Jake—. Además, estás roja. ¿Estás mala?

Por mucho que lo intento, Finn no oyó la respuesta de Pru.

Pero no tuvo ningún problema para oír la siguiente frase de Jake.

—¿Por qué hay un par de calcetines de hombre en el suelo?

Y ese fue el instante en el que el montacargas se puso en marcha, y Finn inició su descenso.

CAPÍTULO 22

#HayQueSerTonto

—¡Mierda! —Finn no pudo hacer otra cosa salvo sujetarse mientras el montacargas empezaba a moverse.

Pasó por el segundo piso, el primero, y directo hasta el sótano. A su mente regresaron los recuerdos de la última vez que había hecho ese trayecto.

Antes de poder recuperar el aliento, la portezuela del montacargas se abrió y ahí estaba, en el sótano. Y, al igual que en la ocasión anterior, tenía público. Luis, el portero, Trudy, la jefa de limpieza, el viejo Eddie, Elle, Spence y los dos amiguetes de Spence: Joe y Caleb, todos sentados en torno a una mesa jugando al póquer y fumando puros.

Y todos se quedaron mirando fijamente a Finn, que seguía con la camiseta y los zapatos en la mano, con diferentes grados de sorpresa e impresión.

Luis ni siquiera pestañeó, pero, claro, ese tipo había perdido una pierna en Vietnam y pocas cosas lo alteraban.

—Algunas personas nunca aprenden —opinó mientras sacudía la cabeza.

Trudy había estado casada con Luis, en tres ocasiones. Recientemente habían celebrado su tercer divorcio, lo cual significaba que ya volvían a acostarse juntos y a pensar en su cuarta boda. Trudy se fijó en la vestimenta de Finn, o más bien en su falta de vestimenta, y el puro se le cayó de la boca.

—¡Diablos! —exclamó con la voz ronca típica de quien llevaba treinta años fumando—. No sabía que los hombres de verdad pudieran estar hechos así.

Joe, de veinticuatro años, el más joven de quienes se encontraban allí, y que, en la universidad, había practicado artes marciales por dinero, se levantó la camiseta para mostrar su tableta.

—¡Eh! Yo también tengo de eso.

Spence soltó un bufido.

—Estás babeando —le indicó Elle a Trudy mientras lanzaba unas monedas al centro de la mesa sin siquiera mirar a Finn.

Finn no se lo tomó como algo personal. Todo el mundo sabía que Elle estaba por Archer. Bueno, todo el mundo menos la propia Elle. Y el propio Archer.

—¿Llevas la cartera en alguna parte, chico? —preguntó Eddie tras contemplar a Finn y sacarse el puro de la boca.

—Sí —contestó él. Solo faltaba el preservativo de emergencia...

—Pues únete a nosotros —lo invitó el sintecho—. Puedes meterte en la siguiente baza.

Finn se miró y pensó en la velada que acababa de disfrutar, en cómo había comenzado de una manera impresionante, y en cómo había acabado con un descenso a los infiernos.

Literalmente.

—Subo treinta —anunció Elle, la mente puesta en el juego, concentrada en el póquer.

—¿Estás segura? —preguntó Spence.

—¿Y por qué no iba a estarlo? —ella entornó los ojos.

Spence se limitó a mirarla. No le gustaba malgastar sus palabras y, siendo uno de los tipos más listos que Finn hubiera conocido jamás, a menudo ni siquiera las necesitaba.

—¿Te acuerdas de la última vez que jugamos? —sin embargo, a Caleb no le importaba derrochar palabras.

—Sí ya lo sé —Elle suspiró—. La última vez que subí la apuesta acabé legándole a Spence mi primer hijo. Menos mal que no voy a tener críos —soltó otro suspiró y claudicó—. Tienes razón.

—¿Qué? —Spence fingió no haber oído bien.

—¡He dicho que tienes razón! —espetó ella.

—Ya te he oído —Spence sonrió—. Pero quería volvértelo a oír. ¿Me lo puedes poner por escrito para que quede constancia?

Elle le mandó a paseo.

Y Spence sonrió aún más.

—No cambiarás jamás...

—¿Y qué te parecería perder a lo grande? —lo interrumpió ella—. ¿Eso sí te haría daño? —miró a su alrededor—. ¿Qué demonios tiene que hacer una chica para que le rellenen la copa y que la partida siga adelante?

Joe se puso de pie de un salto y le sirvió una copa con gesto enamorado. Elle le dio una palmadita en la cabeza y devolvió su atención a las cartas.

—¿Entras o no? —le preguntó a Finn.

Así era ella. Finn se encogió de hombros y arrojó al suelo la camiseta y los zapatos. ¡Qué narices!

—Entro.

Ya eran las tres de la madrugada cuando Finn se arrastró hasta su casa y se metió en la cama, donde permaneció con la mirada fija en el techo.

Había perdido hasta el culo, maldita Elle. Esa mujer tenía los huevos de acero. Después había acudido al pub para echar una ojeada. La noche había sido ajetreada, demasiado para mantener la atención en la puerta por si entraba cierta belleza de ojos marrones.

Que no había aparecido.

Ni Jake tampoco.

Y por eso, rechinando los dientes hasta casi deshacerlos, se preguntó si se la habían jugado. O si estaba exagerando. O si era un completo idiota.

No podía dejar de pensar en cómo se había hundido dentro de Pru, tanto que no había podido sentir remordimiento ni dolor. Solo había sentido el dulce cuerpo envolviéndole, el húmedo calor ordeñándolo hasta dejarlo seco, esa boca aferrada a la suya como si nunca hubiera estado con alguien como él. Jamás.

—Mierda —murmuró mientras se daba la vuelta en la cama, obligándose a cerrar los ojos.

Pru había intentado ocultar lo que habían hecho. ¿Y qué? Se lo había pasado en grande con ella y no necesitaba nada más.

Había llegado la hora de regresar al mundo real.

Casi se había convencido a sí mismo de que se lo creía cuando alguien llamó a la puerta.

Por su experiencia, cuando alguien llamaba a tu puerta después de medianoche, nunca era para algo bueno. En el pasado había significado que su padre había muerto, o que Sean necesitaba que pagaran su fianza. O que la cocina del pub estaba en llamas.

Arrojando la colcha a un lado, se puso los vaqueros, que había dejado tirados en el suelo, y se dirigió a la puerta mientras se enfundaba la camiseta. Antes de abrir se asomó a la mirilla.

Eso no se lo había esperado.

En lugar de la policía había una mujer. La única con capacidad para sacudirlo y volverle del revés. Vestía vaqueros y una camiseta. Y su gesto era de inquietud y ansiedad. Finn dio un paso atrás y se quedó mirando la puerta.

—No me obligues a suplicar —se oyó la voz de Pru al otro lado de la puerta.

Resistiendo el impulso de golpear la cabeza contra el marco, Finn quitó el cerrojo y la abrió.

Pru lo contempló detenidamente, entornando los ojos, escudriñando entre los mechones de cabellos que se habían soltado y le cubrían la cara.

—Te marchaste —observó.

—Me metiste en el montacargas.

—Te marchaste —repitió ella.

Finn se cruzó de brazos, negándose a repetir la respuesta. Esa mujer lo había metido en el montacargas para que no tuviera que explicarle a Jake lo que habían estado haciendo sobre la mesa de la cocina. Le había costado un buen rato decidir archivar ese recuerdo en su mente, en una carpeta con la etiqueta COSAS QUE APESTAN. Y había tirado la llave.

Pero, al parecer, antes de tirarla, había olvidado girar la llave en la cerradura.

—¿Puedo pasar? —Pru cerró los ojos.

—¿Para qué?

—Quiero disculparme —ella abrió los ojos y lo taladró con esa calidez que emanaba de ellos.

—De acuerdo. ¿Algo más?

—Sí —ella suspiró—. Sé que esto no tiene buena pinta, Finn, pero no es lo que crees.

—¿Y qué crees que creo, Pru? —él se apoyó contra el quicio de la puerta.

Pru apoyó las manos en el fuerte torso y empujó suavemente. Como buen imbécil que era, Finn permitió que ella se colara al interior de la casa por el escaso hueco que había dejado. Eso sí, se deleitó con el olor que desprendía. Olía a él.

Pru se dirigió al dormitorio y él no pudo hacer otra cosa que seguirla. Llegados a ese punto no era más que el perro de Pavlov.

Ella echó una ojeada a la habitación, la cama deshecha, la luz de la luna colándose por la ventana, tiñendo el colchón de grises y azules. Cuando lo sintió acercarse a sus espaldas, se volvió y se descalzó.

—Ambos sabemos lo que pensaste —empezó—. Pero Jake y yo no somos pareja. No te estaba ocultando, al menos no en ese sentido.

—Entonces, ¿en qué sentido lo hacías?

—No siempre utilizo el cerebro —tras un prolongado silencio, Pru al fin contestó—. A veces solo me guío por el corazón, sin pensar en las consecuencias. Jake es mi jefe y mi amigo. Y me cuida.

—¿Y cree que te he lastimado?

—No —ella apartó la mirada—. En realidad, lo que cree es que voy a lastimarte yo a ti. Y seguramente tiene razón.

—¿Vas a romperme el corazón, Pru? —preguntó Finn con delicadeza, medio en broma, porque sabía algo que ella no: si se lo proponía lo destrozaría por completo.

—En realidad —continuó ella con calma—, estoy segura de que será al revés —alargó las manos y le quitó la camiseta, arrojándola al suelo.

—¿Qué haces? —preguntó él.

—¿A ti qué te parece? —Pru deslizó los dedos por su pecho y abdominales, deteniéndose en el botón de los vaqueros.

—Intentas desnudarme.

—Sí —contestó ella—. ¿Vas a ayudarme?

Buena pregunta. Sin embargo, lo primero era lo primero. Tomándole ambas manos con una de las suyas y apoyando la otra en su mejilla, la obligó a levantar el rostro hacia él.

—Jake y tú…

—No —insistió ella con firmeza.

—No más escondites, Pru —seguramente lo lamentaría, pero la creía—. No seré el sucio secretito de nadie, ni siquiera el tuyo.

—Lo sé —Pru se soltó y volvió a acariciarle el pecho—. Aún no hemos acabado.

—¿No?

—A no ser... —ella sacudió la cabeza y deslizó los dedos hacia abajo—, que tú hayas terminado conmigo.

Ni de lejos.

—Llevas demasiada ropa —Finn procedió a desnudarla.

Tiró de la camiseta y se la arrancó por la cabeza. Le siguió el sujetador y los pechos, suaves y calientes, cayeron en su mano para mayor deleite suyo, arrancándole un gemido gutural.

Las manos y la boca de Pru no estaban ociosas, se deslizaban por cualquier parte del cuerpo de Finn que pudieran alcanzar. En ese momento, en concreto, estaba mordisqueándole el cuello mientras le desabrochaba los vaqueros.

No tardando mucho en perder el control, él se agachó frente a Pru y le deslizó los pantalones y las braguitas hasta el suelo de un fuerte tirón, encontrándose frente a frente con una de las partes que más prefería de su cuerpo. Sujetándole las caderas con ambas manos, la atrajo hacia sí.

—¡Oh! —exclamó ella, hundiendo las manos en sus cabellos para sujetarse.

Aunque no hacía falta, pues ya la sujetaba él. Y no la iba a dejar caer. Apenas podía creerse la suerte que tenía. Se había enamorado profundamente. El corazón se le encogió al pensar en ello. Se echó un poco más hacia delante y posó su boca sobre ella.

—Finn... —Pru casi se quedó sin aire.

Finn lamió, frotó y chupó. Y todo mientras los suaves jadeos, desesperados gemidos y súplicas sin palabras de Pru se abrían paso por sus oídos, directos a sus venas, hasta que ya no supo dónde terminaba él y empezaba ella.

Cuando Pru llegó, lo hizo con violencia y gritando su nombre. Y Finn sintió de nuevo la familiar satisfacción y sensación de triunfo. Las rodillas de Pru cedieron y él la tomó en brazos, sintiéndose un superhéroe mientras la arrojaba sobre la cama.

Y de inmediato se lanzó sobre ella, quizás con un poco más de brusquedad de la esperada a juzgar por la reacción de Pru, que parpadeó perpleja al sentirse aplastada contra el colchón.

—¿Qué haces? —le preguntó con voz algo ronca.

—Te voy a dar lo que has venido a buscar.

—¿Y qué pasa si lo que yo quiero es sentarme en el asiento del conductor?

—Montacargas —fue la única respuesta de Finn.

—¿Esto es una... venganza?

Él le sujetó ambas manos y las inmovilizó sobre la almohada, una a cada lado de la cabeza.

—Sí —se abrió paso entre los muslos, acomodándose—. Pero luego podrás hacerme lo que quieras. Más tarde —inclinó la cabeza y comenzó a dibujar un rastro húmedo con la lengua desde el cuello. ¡Dios, que sabor tan dulce!—. Mucho más tarde.

Su idea había sido hacerlo despacio, saboreando cada centímetro de su piel, pero en cuanto la sintió relajarse debajo de él, rodearle la cintura con las piernas, de repente ya no le apetecía ir lento. La sentía, ardiente y húmeda. Preparada. Y, cuando se hundió profundamente en su interior, ambos quedaron sin aliento antes de entrar en combustión a la primera y fuerte embestida.

CAPÍTULO 23

#CafeínaObligatoria

Más tarde, ya en el trabajo, Pru repasaba el cuadrante del día cuando Nick asomó la cabeza por la puerta.
—Hola —saludó—. ¿Tienes un momento?
Había sido Pru quien le había conseguido el trabajo como empleado de Jake, pero normalmente estaban tan ocupados que casi nunca tenían tiempo para charlar.
—Te concedo exactamente un minuto —le contestó ella sonriente tras consultar la hora—. ¿Qué hay? ¿Cómo está tu madre? ¿Y Tim? Hablé con él hará un par de semanas o así.
—Mamá está bien —Nick sonrió—. Y Tim consiguió el apartamento —añadió—. Gracias a ti. ¿Sabe Jake que tiene a una santa entre sus empleados?
—Créeme —Pru soltó una incómoda risa—. No soy ninguna santa. Y Jake no necesita que le convenzan de lo contrario.
—¿Por qué? A lo mejor te sube el sueldo.
—¿Por ser una santa? No. Claro que, si consiguiera clonarme a mí misma, quizás mostraría una mejor disposición.
Nick la abrazó con fuerza.
—¿Y eso a qué viene? —preguntó ella.

—Por todo.

Y sin más se marchó. Al rato, Pru recibió un mensaje de Elle que la dejó boquiabierta.

No sé cómo ni por qué, pero gracias por alegrarnos la velada de póquer anoche.

Horrorizada, ella contempló la pantalla. No podía creerse lo que le había hecho a Finn.

«Y no es lo único que le has hecho».

Había permitido que sus emociones la dominaran. Y eso era un error, pero, ¡cielo santo!, que error más delicioso, sexy, impactante y maravilloso.

Respondió a Elle con otro mensaje en el que solo aparecía un signo de interrogación. Aún tenía la esperanza de haber saltado precipitadamente a conclusiones equivocadas. Pero Elle se mostró encantada de hacerle partícipe de todos los detalles:

La partida quincenal de póquer en el sótano se convirtió en un espectáculo de striptease cuando Finn apareció en el montacargas, medio desnudo. Vas a tener que explicar unas cuantas cosas.

A Pru le dolía el estómago. Su plan para conseguir que Finn se divirtiera viviendo una pequeña aventura mientras la fuente le mostraba a su amor verdadero, había parecido tan sencillo... Diversión y aventura, y quizás un pequeño paseo por el lado salvaje. Sinceramente no había sido su intención hacerlo en la cama.

O sobre la mesa de la cocina.

O en la ducha...

¡Cielo santo! Todo eso era malo. Muy, muy malo. Y, a pesar de ello, al mismo tiempo había resultado tan impresionantemente bueno que se encontró regodeándose con las situaciones más extrañas, el cerebro desconectado mientras repasaba los recuerdos eróticos y sensuales como un diaporama en su cabeza. En las imágenes aparecía Finn inclinado sobre ella en la cama, la boca y la oreja susurrando ardientes y sensuales tonterías mientras la sacaba de sus inhibiciones, su cuerpo duro contra el suyo.

Dentro de ella...

Pru soltó temblorosamente el aire. Eran unos pensamientos muy peligrosos. Porque estaba siendo egoísta, y no iba a volver a repetirlo.

En absoluto.

Al menos, lo iba a intentar.

Frustrada, se dio una palmada en la frente. «Vuelve a tu cuadrante», se ordenó a sí misma, sin darse la oportunidad de intervenir. Se acabaron los momentos sexys por deliciosamente exigente que fuera ese hombre en la cama. Y en esa ocasión, lo decía en serio. Al cien por cien. O al menos al setenta y cinco por ciento.

Desde luego no menos del cincuenta por ciento...

Por suerte, el trabajo era una locura y la ayudó a mantener la mente apartada de cuestiones relacionadas con Finn. El tiempo era cálido, y eso significaba que todo el mundo quería salir. Querían navegar, ver Alcatraz, la isla del tesoro, los leones marinos del muelle 39...

Estaba haciendo el segundo servicio del día cuando un tipo intentó declararse a su chica. Desgraciadamente para él, no había consultado su página de Pinterest, donde la chica había colgado imágenes de lo que para ella eran anillos aceptables. La declaración fue bien hasta que abrió la cajita negra. Acabó fatal, sobre todo porque él había elegido los primeros cinco minutos de un recorrido de dos horas, y había tenido que soportar el resto del viaje en medio de un gélido silencio.

En el último recorrido, Pru llevó a una pandilla de universitarios que no habían parado de hacer bromas, preguntándole si también era capitán bajo cubierta, codazo, codazo, guiño, guiño, si alguna vez jugaba a los piratas con los pasajeros, porque no les importaría participar en pillajes y saqueos. Al final ella sacó el bate de béisbol que guardaba bajo la silla del capitán y preguntó si alguien necesitaba que le recolocaran las pelotas, o si preferían sentarse y cerrar el pico durante el resto del trayecto.

Todos habían optado por sentarse y cerrar el pico.

En el instante en que desembarcaba el último de los pasajeros había recibido una llamada de Jake.

—Si tienes problemas con los pasajeros, déjame a mí patearles el culo, no hace falta que lo hagas tú —le advirtió—. No estás sola ahí fuera, siempre estoy en tu oreja.

Y era literal. Cuando Pru navegaba, estaban en constante comunicación.

—Puede que en alguna ocasión me apetezca patear a mí —objetó ella.

—Lo que quiero decirte es que no te hace falta.

—Es una buena manera de aliviar el estrés.

—Es verdad. ¿Y también lo es acostarte con el tipo con el que no has sido sincera y luego empujarle medio desnudo al interior del montacargas para engañar a tu ex, tu jefe y tu mejor amigo?

—¿Quién te lo ha contado? —Pru sintió que los pulmones se le vaciaban de aire.

—Eddie se chivaría de su madre por comida o unas pocas monedas. Ya lo sabes.

—¿Y cómo lo sabía Eddie? —preguntó ella—. ¡Yo no se lo he contado a nadie!

—No hizo falta. Eddie estaba en el sótano participando de una intensa partida de póquer con unos cuantos elegidos cuando el montacargas se abrió y tu chico salió a trompicones, los pantalones en la mano.

—¡La camiseta! —gritó Pru—. Lo que tenía en la mano era la camiseta. Los pantalones los llevaba puestos.

—Dime que se lo contaste.

—Estoy en ello.

—Maldita sea, Pru, parece que tuvieras ganas de dinamitar tu propia felicidad. Prométeme que no volverás a hacer algo tan estúpido hasta que se lo cuentes.

Ella cerró los ojos. Jake tenía razón. No soportaba que tuviera razón.

—Pru...

—Te he oído —contestó ella.

—Prométemelo. Sé que nunca rompes una promesa, de modo que aquí y ahora quiero que me prometas que...

—Te lo prometo —le interrumpió ella—. Siempre tuve la intención de contárselo, y lo haré. Soy consciente de que han pasado dos semanas, pero estoy trabajando en ello, ¿de acuerdo? En cuanto encuentre el momento adecuado se lo contaré.

—Lo único que te digo es que no dejes pasar la ventana de oportunidades, chica.

—Ya te he oído.

Colgaron el teléfono y Pru cerró los ojos. No era sencillo fingir que no había sucedido nada cuando todo el mundo estaba al corriente.

En contra de lo habitual en ella, no se demoró tras la jornada.

Lo que hizo fue salir pitando de allí. Necesitaba aclararse y optó por caminar con Thor. Bueno, ella caminó mientras que Thor se cansó a medio camino. Plantó el diminuto trasero en la acera y se negó en redondo a dar otro paso.

—Te vas a poner gordo —lo regañó ella.

Thor apartó la cabeza de su dueña.

—Vamos —intentó animarlo—. Quiero salir del muelle del parque acuático y ver cómo cambia el cielo de color a medida que se pone el sol.

Thor soltó un estornudo y ella hubiera jurado que le había oído decir «paparruchas». Y lo triste era que su perro tenía más cerebro que ella, porque tenía razón.

Estaba demorando el regreso a su casa. Se había acostumbrado a contar con la compañía de Finn. Demasiado. Él le hacía sonreír. Le hacía desear. Le hacía querer cosas, cosas que siempre le había dado miedo querer. Le hacía sentir... demasiado.

Thor ni se había movido, de modo que lo tomó en brazos y cargó con él hasta el final del largo y curvo muelle. Contempló el agua y pensó que quizás aquello no fuera tan malo. Cierto que había cometido un error. Se había acostado con Finn unas cuantas veces.

¿Y qué?

Otras personas, gente normal, se acostaban con gente todo el tiempo y no veía que nadie se angustiara por ello. Por lo que ella sabía, Finn no le había dedicado ni un segundo de sus pensamientos y, sin duda, se reiría de sus preocupaciones.

Pero lo cierto era que se había acostado con él, dormido con él, literalmente, acurrucada en sus brazos durante toda la noche. Y eso era un acto más íntimo que cualquier otro, y lo cambiaba todo para ella.

—A lo mejor simplemente estoy siendo una tonta —le anunció esperanzada a Thor.

Thor, perezoso donde los hubiera, pero incondicionalmente leal, le lamió la mejilla.

—Siempre te tendré a ti —ella lo abrazó—. Tú nunca me abandonarás...

Y sin embargo, el perro se retorcía con tal desesperación por bajarse de sus brazos, que eso fue exactamente lo que hizo. Abandonarla.

—Pero ¿qué mosca te ha picado? —Pru se paró en seco al verlo acercarse a saltitos a otro perro.

Una pequeña, delicada, perfectamente acicalada shih-tzu. La perrita se detuvo ante la llegada de Thor y le permitió olisquearle el culo antes de devolverle el favor mientras Pru pedía disculpas con la mirada a la dueña de la perrita.

La mujer, de treinta y tantos años, llevaba puestas unas mallas para correr y un pequeño top, de la marca que Pru ni siquiera se podía permitir mirar.

—Baby —llamó la mujer—. ¿Qué te tengo dicho? Eres de pura raza, no un asqueroso chucho.

—Él no es asqueroso, solo... —Pru se interrumpió cuando Thor levantó una pata y se meó sobre Baby.

Para cuando Pru regresó al edificio, Thor se había quedado dormido en sus brazos, que casi se le habían dormido también a ella. Nada parecía privarle de su siesta reparadora. Ni los perritos finolis con sus dueños finolis y, desde luego, no los gritos de esos dueños de perritos finolis señalando lo que le había costado la peluquería canina y cómo Pru había permitido que su bestia arruinara a Baby.

Una niebla baja se unió al ocaso mientras entraba en el patio. Pru permaneció cerca del muro trasero. No quería que la viera nadie.

La temperatura había descendido y no le sorprendió ver encendida la hoguera. Sí se sorprendió ver a Eddie manejándola. Agitó una mano hacia ella a modo de saludo.

De repente le pareció que todo el patio olía a mofeta. Al acercarse a Eddie, sacó una parte de la comida, sushi, que no se había terminado y se lo ofreció.

—Gracias, hermana —el sintecho se metió la bolsa de la comida en el bolsillo de la sudadera y atizó el fuego con un palo.

—Se te está apagando —le advirtió ella.

—Lo sé. Preparé un fuego vivo a propósito, necesitaba deshacerme de algunas cosas.

—¿Cosas? ¿Cosas que tienen que ver con ese olor a mofeta?

El anciano se limitó a sonreír.

Pasaron unos minutos hasta que Pru fue consciente de que seguía allí de pie, con una sonrisa bobalicona en los labios.

—Me muero de hambre.

—Yo también —anunció Willa, pegada a Pru.

—¿Cuándo has llegado? —ella parpadeó perpleja.

—Hace un rato —Willa la miró a los ojos y sonrió—. Estás fumada.

—¿Qué? ¡Pues claro que no! —protestó Pru.

—Y además, por contacto —insistió la otra mujer mientras miraba a Eddie, que tuvo la vergüenza de poner cara de inocencia.

—Tenía que deshacerme de unas plantitas muertas —explicó el hombre—. Es más rápido quemarlas.

—¡Pero no puedes quemarlas aquí fuera! —exclamó Willa—. ¿Verdad que no, Pru?

—Necesito comer —era evidente que Pru estaba muy distraída—. Patatas, galletas, bollos y tartas.

—Y pizza —añadió Willa—. Y patatas.

—Yo ya he dicho patatas.

—¡Pues doble de patatas! —gritó la otra mujer a todo el patio, como si se lo estuviera pidiendo a algún camarero invisible.

—Yo no soy la que está fumada —Pru rio—. Eres tú.

—No, eres tú.

—No —Pru hundió el dedo en el brazo de su amiga—. Tú.

—Las dos lo estáis —de repente, Archer se materializó delante de ellas.

—¡Ay! —gritó Willa—. ¡La policía! ¡Corred!

Archer la sujetó con fuerza de la mano para mantenerla a su lado. Frunció el ceño y clavó la mirada en Pru.

Que hizo todo lo que pudo por parecer inocente, aunque se sentía muy, muy culpable. ¿Por qué? No tenía ni idea.

—Mierda —el expolicía se volvió hacia Eddie—. Las has noqueado a las dos. ¿Qué demonios te dije hace una hora?

—Dijiste que si no apagaba la hoguera me harías arrestar. Estoy en ello. Ya casi está apagada, tío.

Archer encajó la mandíbula. Willa apoyó la cabeza en su hombro y lo miró con una sonrisa somnolienta.

—Elle tiene razón —murmuró, parpadeando a velocidad de vértigo—. Estás muy sexy cuando te excitas.

—¡Yo no me he excitado…! —él se interrumpió y la miró fijamente—. ¿Elle dice que soy sexy?

—Cuando te excitas. Cuando estás tranquilo, opina que eres un tipo aburrido.

Archer sacudió la cabeza y sacó el móvil del bolsillo.

—Elle, las chicas te necesitan en el patio. Ahora mismo —contempló de nuevo a Willa y a Pru antes de reanudar la conversación—. Vas a tener que darles de comer. Ah, ¿Elle?, recuérdame que tenemos un asunto pendiente que discutir.

—¡No puedes decirle que te conté que me dijo que te encuentra sexy! —Willa le sacudió una palmada en el brazo.

Archer le hizo una señal de advertencia con el dedo mientras seguía con el móvil pegado a la oreja.

—Sí, Elle, esa era Willa.

La siguiente palmada de Willa fue contra su propia frente.

—¡Me va a matar!

Archer colgó la llamada y las señaló a ambas.

—Ni se os ocurra moveros de aquí hasta que ella venga a por vosotras. ¿Entendido?

—Entendido —contestó Pru con la mirada fija en el pub.

Las puertas que daban a la calle y al patio estaban abiertas. El local estaba abarrotado y se oía música y risas provenientes del interior.

Tras la barra del bar, Sean y Finn trabajaban codo con codo. Finn mezclaba en la coctelera y reía ante el comentario de una mujer.

Elle apareció vestida de una forma muy sexy, con un ajustado vestido rojo. Los zapatos negros de tacón no hacían más que reforzar el mensaje.

—¿Qué pasa aquí? —preguntó con los brazos en jarras—. Archer me ha sacado de una reunión de la administración del edificio...

—¿Está el dueño ahí dentro? —preguntó Willa antes de posar su mirada en Pru—. Nadie conoce al dueño. Es muy exclusivo.

—Esquivo —le corrigió Elle, mirándolas con los ojos entornados antes de fijarse en Eddie.

Quien, a diferencia de cuando había estado hablando con Archer, se encogió físicamente, avergonzado.

—No me di cuenta —se excusó.

—¡Por el amor de Dios! —Elle respiró hondo y, de inmediato, pareció menos tensa. Otra inspiración más y suspiró—. Necesito comer pizza.

—¿A que sí? —Willa sonrió.

—Contad conmigo —Haley acababa de salir del ascensor con la bata puesta, muy formal.

—Estás atendiendo —observó Willa.

—No —la otra mujer sacudió la cabeza y se quitó la bata—. El humo y el jaleo me atrajeron hasta aquí, pero por hoy ya he terminado. Afortunadamente, porque ha sido un día muy ocupado.

—¿Ya ha ido Spence a buscar sus gafas? —preguntó Elle.

—Lo he visto, sí —Haley se mordió el labio.

—¿Y? —insistió la otra mujer—. ¿Su vista es tan mala?

—Lo siento, pero no puedo dar esa información. Si lo hago, los del seguro médico me matarían. Tendrá que contártelo él mismo.

—Sí. Eso quiere decir que necesita gafas —Elle la miró a los ojos y sonrió.

—¡Maldita sea! —exclamó Haley—. No soporto que hagas eso.

—Lee la mente —le explicó Willa a Pru.

—¿Como los magos?

—No es magia —intervino Elle—. Es que todas parecéis un libro abierto.

—¡Mírate, querida! —la señora Winslow se dirigió a Pru—. Estás impresionante.

—Eh… —Pru se miró. Aún llevaba el uniforme del trabajo: blusa blanca, pantalones marineros y botas—. ¿Gracias?

—Debe ser la actividad sexual con Finn —continuó la anciana—. Los orgasmos hacen maravillas con la piel.

Con aire horrorizado, Willa estuvo a punto de tragarse la lengua. Rápidamente se volvió hacia Elle, que se encogió de hombros.

—¿Tú lo sabías? —le preguntó Willa.

—¿Cuándo vas a enterarte? Yo siempre lo sé.

Pru admiraba a las mujeres que siempre tenían respuesta para todo. Y esperaba sinceramente que Elle compartiera alguna de esas respuestas, porque no le irían mal en esos momentos.

—¡Hamburguesa y perritos calientes! —gritó un tipo que entraba en el patio. Era Jay, el dueño del food truck que solía estar aparcado frente al edificio. Llevaba una bandeja colgada del cuello y voceaba a izquierda y derecha, como si se estuviera paseando por las gradas durante un partido de béisbol—. ¡Llevo hamburguesas de ternera y quince centímetros de salchichas! ¡Llevadlas que están calentitas!

—Los quince centímetros me vendrían muy bien —observó la señora Winslow—. No sabría qué hacer con dieciocho o veinte.

«Pues prueba con casi veintitrés», pensó Pru mientras se tapaba la boca con una mano para evitar decirlo en voz alta.

—¿Hay algo que quieras compartir con tus compañeros de clase? —preguntó Haley.

Desde luego que no, pero los buitres habían olido a carroña y revoloteaban en círculo.

—Ya hablará —anunció Elle, sin apartar la mirada de los ojos de Pru—. En cuanto le pongamos delante una tarta y una botella de vino. Chicas, vamos a ello.

Y sin más se marchó.

—Es fantástica —susurró Willa mientras la seguía con la mirada—. Fíjate en ese vestido. Es increíble. ¿Y ese culo? ¡No es justo!

—Te he oído —gritó Elle sin volverse y antes de chasquear los dedos—. ¡En marcha!

Pru, Willa y Haley la siguieron como cachorritos sujetos a una correa.

CAPÍTULO 24

#Póntelo

Pru no tenía ni idea de cómo lo hacía Elle, pero, para cuando salieron a la calle, había un coche esperándolas.

—A la pizzería Lefty's —le indicó al conductor.

—Creía que estabas a dieta —observó Haley, subiéndose al coche.

—Hay días en que comes ensaladas y acudes al gimnasio —puntualizó Elle—, y otros en que comes pizza y te vistes con pantalones de yoga. A eso se le llama «equilibrio».

—Yo siempre como pizza y llevo pantalones de yoga —anunció Willa antes de dar un respingo—. ¿Me convierte eso en una desequilibrada?

—No, en realidad te convierte en una chica más lista que yo —Elle sonrió tímidamente.

—O puede que simplemente haya abandonado la esperanza de encontrar a un hombre —Willa suspiró.

—Es que hasta ahora solo has salido con ranas —insistió su amiga.

—Una manera muy amable de decir que tengo un imán para los perdedores. Y tampoco fui capaz de deshacerme de la última rana. Aún le debo una a Archer por intervenir y fingir ser mi novio para que se marchara.

—No se marchó por eso —le explicó Elle—. Se marchó porque Archer amenazó con castrarlo si volvía a ponerse en contacto contigo.

—¿Eso hizo? —Willa se quedó boquiabierta—. Me preguntaba cómo había podido resultarle tan fácil.

—Tú también puedes hacer que parezca fácil —añadió Elle—. La próxima vez que quieras deshacerte de un tipo, dile «te quiero, quiero casarme contigo, y tener hijos enseguida». Corren tan rápido que dejan huellas de derrapes en el asfalto.

—Lo tendré en cuenta —la otra mujer bufó.

Treinta minutos después estaban sentadas en un reservado, habían vaciado una botella de vino y la siguiente estaba ya a punto de caer. La enorme pizza casi había desaparecido. A Pru le dolía el estómago, pero eso no le había impedido comer como la que más.

—¿Alguna ha estado en esa tienda de libros usados que ha abierto calle abajo? —Willa sacó un libro del bolso.

—Yo me descargo los libros directamente al móvil —les explicó Elle—. Así puedo leer mientras finjo estar atendiendo en alguna reunión.

—¿A tu jefe no le importa? —preguntó Pru.

—Mi jefe lo sabe todo —contestó ella—. Y una de las cosas que sabe es que, si yo hago lo mío, él puede hacer lo suyo.

Seguramente tenía sentido.

—Además, yo sé dónde oculta los cadáveres —añadió.

Seguramente bromeaba.

—Pues a mí me gusta la sensación de tener un libro en las manos —insistió Willa mientras miraba a Pru.

—A mí me van las dos cosas —contestó Pru, sonrojándose cuando todas se echaron a reír—. Ya sabéis a lo que me refiero.

—Lo sé —Willa le pasó el libro—. Por eso te he comprado este.

Al leer el título, Pru casi se atragantó con un pedazo de pizza. Willa tuvo que darle varias palmadas en la espalda mientras ella se tomaba una copa de vino para intentar calmar su ardiente garganta. Pero no funcionó.

—¿*Orgasmos en solitario*? —consiguió leer en voz alta.

Willa asintió.

—Eh… ¿Gracias?

—Te lo compré después de que nos dijeras que hacía tiempo que no habías salido con nadie, pero antes de saber lo del montacargas, por lo que…

—O sea que todo el mundo sabe lo del montacargas —Pru suspiró.

—Un poco —contestó Haley—. Lo que no conocemos son los detalles.

Elle señaló a Pru con un dedo.

—Tú. Finn. Adelante.

—Es… una larga historia.

—Me encantan las historias largas —contestó Willa.

Elle se limitó a enarcar una ceja. No le gustaba tener que esperar.

—Más vale que empieces a hablar —la animó Haley—. Al final siempre se sale con la suya. Lo mejor es ceder enseguida. Además, estoy cansada —la afirmación fue acompañada de un enorme bostezo.

—Quizás deberíamos aplazarlo para otro día —Pru se frotó el estómago. Empezaba a encontrarse realmente mal—. Cuando no me haya comido mi peso en pizza.

Elle no interrumpió el contacto visual. No movió un músculo, ni siquiera para pestañear.

—Muy bien —Pru suspiró—. Puede que haya sucedido algo entre Finn y yo, pero no volverá a pasar.

—Entonces sí te acostaste con él —Willa sonrió.

—Eso es, en pasado —contestó ella, cautiva aún de la mirada de Elle—. Aunque ojalá no lo hubiera hecho. ¿De dónde has sacado ese superpoder? —exigió saber—. Lo necesito.

—Te lo contaría, pero... —Elle sonrió.

—Pero entonces tendría que matarte —concluyó Willa la frase con una carcajada—. Me encanta cuando dices eso.

—Salvo que nunca me dejas terminar la frase —señaló Elle.

—De verdad que no me encuentro bien —el estómago de Pru dio un salto mortal.

—Porque te estás guardando la información sobre tu nuevo mejor amigo —insistió Willa.

—Me gustas para Finn —opinó Elle—. Hace mucho que no elige a nadie. Me alegra que seas tú.

—¡No, no! Esa es la cuestión —protestó Pru—. No soy yo. Quiero decir que fue estupendo. Él es estupendo. Y cuando estuve con él, me sentí... —cerró los ojos, la mente inundada de recuerdos—. Realmente estupendo.

Todavía oía la voz gutural, sexy, susurrándole al oído lo que le iba a hacer, y el cuerpo aún más sexy haciéndolo, llevándola a lugares a los que hacía tanto que no iba que casi había olvidado cómo era estar en brazos de un hombre y perderse.

—Entonces, ¿por qué ha terminado? —preguntó Haley—. ¿Te das cuenta de lo difícil que es encontrar a alguien «realmente estupendo»? Hace tanto que no estoy con nadie «realmente estupendo», que no sé si sería capaz de reconocerlo.

—Lo reconocerás —le aseguró Elle mientras miraba a Pru, esperando una respuesta.

Pero Pru no respondió. No podía. Porque odiaba la respuesta.

—Es... complicado.

—Cielo —continuó Elle con sorprendente dulzura y

nostalgia—. Las mejores cosas siempre lo son —hizo una pausa—. Serías estupenda para él.

Ella no solía decir cosas como esa si no hablaba en serio, de modo que Pru se sintió de inmediato invadida por una gran calidez. Aunque no fuera cierto. Pero ella no era buena para Finn. Y, cuando averiguara la verdad sobre ella y quién era, se convertiría en muy mala para él.

—No ha salido con nadie desde Mellie —recordó Willa con gesto pensativo—. Y resultó ser...

—Willa... —le advirtió Elle.

—Lo siento —se disculpó ella, aunque no parecía que lo sintiera en absoluto—. Pero la odio por lo que le hizo. A él y a Sean.

—Eso fue hace mucho tiempo —sentenció Elle.

—Un año. A Finn le gustaba esa chica, mucho. Y le hizo daño —continuó Willa—. Y tú también la odiaste por ello, admítelo.

—Me hubiera gustado matarla —Elle asintió y habló en un tono totalmente impersonal, como si estuviera hablando del tiempo.

—Y eso lo cambió —insistió la otra mujer mientras se volvía hacia Pru—. Mellie tuvo esa elegante tienda de ropa aquí, en el edificio, antes de venderla. Era salvaje, divertida y sociable, y era buena para Finn. Al principio. Hasta...

—Willa —Elle la miró con severidad—. Estás cotilleando. Te va a matar.

—Solo si tú te chivas —contestó Willa—. Pru necesita saber a qué se enfrenta.

—¿A qué me enfrento? —susurró ella sin poder evitarlo. Necesitaba saberlo.

—Una noche, Mellie y Sean bebieron. Y... —la mujer hizo una mueca de desagrado.

—¡No! —Pru contuvo el aliento—. ¿Se acostó con su hermano?

—Bueno, al parecer, cuando Finn los descubrió aún no habían llegado a la meta, pero sí lo bastante cerca.

—¿Finn los descubrió? —preguntó ella, horrorizada, intentando imaginárselo. No tenía hermanos, pero, en sus fantasías, de haber tenido una hermana, o hermano, siempre estarían de su parte. Siempre—. Qué horrible.

—Tuvieron una enorme bronca —Willa asintió—, pero eso es normal entre ellos. Sean había bebido muchísimo aquella noche, estaba realmente borracho. Y después, insistía una y otra vez que, de haber estado en sus cabales, nunca se le habría insinuado. Pero Mellie no estaba borracha. Sabía muy bien lo que hacía.

—Pero ¿por qué iba a hacerle algo así a Finn? —preguntó Pru.

—Porque ella buscaba un compromiso. Por aquel entonces, él aún estaba terminando la carrera de empresariales. Ella no soportaba que fuera a clase a primera hora de la mañana, luego estudiara y por último se encargara de la parte empresarial de O'Riley's. Además, a menudo tenía que trabajar toda la noche en el pub. Cuando no se mataba a trabajar, estaba profundamente dormido. Se entregaba al cien por cien a todo lo que hacía, incluso a ella, pero no bastaba. Ella se sentía sola y aburrida, dos cosas que no soportaba.

—¿Crees que te dará las gracias por airear sus trapos sucios? —Elle taladró a Willa con una severa mirada.

—No, creo que me daría una paliza —contestó la aludida—, pero no lo va a saber. Estoy ayudando a nuestra amiga, explicándole algunas cosas sobre su hombre que él mismo, sin duda, no le va a contar.

—No es mi hombre —protestó Pru.

—No se lo va a contar —le insistió Willa a Elle, como si Pru no hubiese hablado—, porque cree que el pasado debe permanecer en el pasado.

—No es mi hombre —repitió Pru, sujetándose la tripa, que la estaba matando.

—Es que el pasado debería permanecer en el pasado —sentenció Elle. Su tono de voz indicaba que para ella era casi un mantra.

Willa cerró los ojos un instante y tomó la mano de Elle, compartiendo con ella un momento que Pru no entendió. Se conocían desde hacía tiempo, eso sí lo comprendía. Eran amigas íntimas, y era evidente que aún desconocía muchas cosas sobre ellas. Por ejemplo, qué había pasado en la vida de Elle para que pusiera tanto empeño en que el pasado permaneciera enterrado.

Pru no contaba con muchas personas en su vida. Y todo por culpa suya, pues no permitía la entrada a casi nadie. No hacía falta ser psiquiatra para imaginarse el motivo. Había perdido a sus padres siendo muy joven. Su único pariente vivo a menudo la confundía con un engendro diabólico. Mantenía contacto ocasional con algunas amistades del colegio, y tenía a sus compañeros de trabajo. Y a Jake.

Pero sería estupendo incorporar a Willa y a Elle.

Sintió un nuevo y doloroso calambre en el estómago, que ignoró cuando Willa le tomó una mano.

—¿Sabes por qué te estoy confiando esta información, Pru?

Incapaz de imaginarse el motivo, ella sacudió la cabeza.

—Porque ahora eres una de nosotros —contestó antes de mirar a Elle—. ¿Verdad?

Elle miró a Pru a los ojos, analizándola detenidamente durante largo rato antes de asentir despacio.

—¡No te lo pierdas! —Willa sonrió—. Puede que no lo sepas, pero no hay mucha gente que le guste a Elle.

La aludida soltó un bufido.

—Es que da miedo —intervino Haley antes de apurar lo que quedaba de vino.

—Pero si estoy aquí tan quietecita —protestó Elle mientras se contemplaba las uñas.

Que, por supuesto, eran perfectas.

Willa no parecía en absoluto asustada, y se limitó a sonreír.

—Pero hay una cosa de ella: nunca dice nada que no sienta de verdad. Y en cuanto te conviertes en su amiga, lo eres para siempre —hizo una pausa y miró a Elle.

Que se encogió de hombros.

Willa la taladró con la mirada.

—Amigas para siempre —Elle puso los ojos en blanco, aunque sonrió—. O hasta que me fastidies. Así que no me fastidies.

Pru se sintió invadida de una gran calidez y en su garganta se formó un nudo.

—Gracias —susurró.

—No te echarás a llorar, ¿verdad? —Elle entornó los ojos—. Durante las veladas de pizza no se llora.

—Es que se me ha metido algo en los ojos —Pru moqueó y se pasó una mano bajo los ojos.

—Escucha —la otra mujer suspiró y le ofreció un pañuelo—, sé que soy una hija de perra, pero Willa tiene razón, ahora eres una de nosotros. Y nosotros somos tuyos. Por eso te hemos confiado lo de Finn. Porque él también es uno de nosotros, y significa mucho para todos.

—No podéis confiarme lo de Finn —exclamó Pru—. Quiero decir que... —sacudió la cabeza—. Es que yo no soy... nosotros no somos pareja realmente.

—Qué graciosa —Willa le dio una palmadita en la mano—. Pero os he visto juntos.

Pru abrió la boca para quejarse, pero en ese momento llegó el postre que habían pedido, una galleta gigante cubierta de helado. Toda conversación cesó mientras se llenaban la boca.

Cuando Pru ya no pudo más, de repente lo sintió de nuevo. El estómago le dio otro vuelco, pero en esa ocasión una náusea ascendió por su garganta.

Oh, oh.

La buena noticia era que ya sabía cuál era el problema. La mala que estaba a punto de vomitar. Rebuscó en su mente qué había comido que le hubiera podido sentar mal y dio un respingo.

Sushi.

Lo cual significaba que Eddie seguramente también estaba malo.

—Tengo que irme —anunció bruscamente.

La última vez que se había intoxicado con pescado, había permanecido sentada en el cuarto de baño durante dos días enteros.

Y para esa clase de cosas hacía falta intimidad, mucha intimidad. Poniéndose de pie sobre unas piernas algo flojas, sacó dinero del bolso y lo dejó sobre la mesa.

—Lo siento... —llevándose una mano al estómago, sacudió la cabeza—. Después.

Optó por tomar un taxi, pero el atasco y las continuas frenadas y arrancadas casi la mataron. Se bajó una manzana antes y corrió todo lo deprisa que pudo. Al atravesar el patio de su edificio, miró de soslayo hacia el pub. «Por favor que no esté, por favor que no esté...».

Pero la suerte, el destino o el karma, quienquiera que estuviera a cargo de cosas como la humillación, debía haberse tomado un descanso porque las puertas del pub seguían abiertas. Finn estaba cerca de la entrada que daba al patio, charlando con algunos clientes. Y como un faro en la noche, se volvió hacia ella.

Pru no se paró, una mano sobre la boca, como si eso pudiera evitarle vomitar en público. De haber podido vender su alma al diablo para lograrlo, lo habría hecho.

Pero al parecer ni el mismísimo diablo tenía el poder suficiente para alterar su curso en la historia. Llegados a ese punto se estaba muriendo, atravesada por terribles punzadas de dolor que la hacían gemir a cada paso que daba. Intentar contener la cena le hacía sudar a chorros.

—Pru —llamó la insoportablemente familiar voz de Finn.

—Lo siento —consiguió contestar ella, sin detener el paso—. No puedo...

—Tenemos que hablar.

Esas eran, probablemente, las únicas tres palabras capaces de provocarle un ataque de pánico. ¿Hablar? ¿Quería hablar? Quizás cuando estuviera muerta. Y, a juzgar por las punzadas de dolor, no tardaría mucho. Aun así, y solo por si acaso, aceleró el paso.

—Pru.

A Pru le apetecía decir algo así como, «Escucha, estoy a punto de vomitar media pizza gigante, seguramente junto con los intestinos, y me gustas, me gustas tanto que si me ves vomitar media pizza gigante voy a tener que suicidarme».

Lo cual, seguramente, no sería necesario dado que estaba a punto de morir.

—Pru, párate —él le agarró una mano.

—No me encuentro bien —lo cierto era que cuanto más demorara lo inevitable, peor sería—. Tengo que irme.

—¿Qué te pasa? —la voz de Finn se volvió inmediatamente seria—. ¿Qué necesitas?

Lo que necesitaba era la intimidad de su cuarto de baño. Abrió la boca para decirlo, pero lo único que surgió de ella fue un miserable gemido.

—¿Necesitas un médico? —preguntó él.

Sí. Necesitaba un médico para que le practicara una lobotomía.

Con el cuerpo cubierto de sudor, corrió hacia el ascensor, rezando para que estuviera parado en la planta baja y que nadie más quisiera montar con ella.

Por supuesto, el ascensor no se encontraba en la planta baja.

Con otro miserable gemido, se dirigió a las escaleras, subiendo lo más deprisa que pudo con el estómago lanzándole bolas de fuego al cerebro y las piernas debilitadas por la necesidad de devolver.

Y, qué suerte tenía, Finn la seguía de cerca, justo a su lado.

Lo cual no hizo más que aumentar su sensación de pánico porque, sinceramente, estaba en plena cuenta atrás. Faltaban sesenta segundos y no habría nada capaz de contenerla.

—¡Estoy bien! —exclamó con voz débil—. Por favor, déjame sola.

Alargó una mano para empujarlo y disponer de un poco más de espacio en caso de no poder aguantar más.

Una posibilidad muy real.

Pero ese hombre, que tan en sintonía estaba con su cuerpo, al parecer aún no dominaba el arte de leerle la mente.

—No voy a dejarte sola estando así —insistió.

Ella volvió a empujarlo, sacando las fuerzas del puro pánico, porque estaba a punto de protagonizar su propio espectáculo de terror y no quería testigos.

—¡Tienes que irte! —puede que gritara mientras, por fin, llegaban a la tercera planta.

La señora Winslow asomó la cabeza por la puerta y miró a Pru con gesto de desaprobación.

—Puede que se vuelva a acostar contigo, pero dejará de hacerlo si sigues hablando así a tu hombre. Sobre todo después de empujarlo al interior del montacargas la otra noche.

¡Por el amor de Dios!

¿Cómo podían estar todos enterados?

Desde luego no sería ella quien lo preguntara.

No podía.

Deteniéndose ante su puerta, hundió la mano en el bolso en busca de las llaves, antes de dejarlo caer al suelo para arañar la puerta como si la estuvieran secuestrando y torturando.

Finn se agachó a sus pies para recoger el bolso y volver a meter todo lo que se había salido. En una mano tenía un tampón y en la otra el libro que le había regalado Willa, *Orgasmos en solitario*. Debería haber tenido un aspecto absolutamente ridículo. Pero el aspecto de Finn era absolutamente perfecto.

—Pru, ¿podrías explicarme qué te sucede?

—Creo que está sufriendo un ataque —sugirió la señora Winslow en un intento de ayudar—. Cielo, tienes aspecto de estar un poco estreñida. Te recomiendo echarte un buen pedo. A mí siempre me funciona.

Pru no sabía cómo explicarle que estaba a punto de soltar algo, pero que no sería tan limpio como un pedo. Por obra de algún milagro consiguió entrar en su casa. Para cuando se tambaleó hacia el baño, sin siquiera quitar la llave de la cerradura, y cerrando la puerta de golpe, sudaba copiosamente.

Apenas habían aterrizado las rodillas en el suelo cuando empezó a vomitar.

Desde lo que le pareció el otro extremo de un largo y estrecho túnel, a través de la espesa niebla de su cerebro y su propia desgracia, lo oyó.

—Pru —volvió a llamar él, la voz grave, cargada de preocupación.

Justo.

Al otro lado.

De la puerta.

Del cuarto de baño.

—Voy a entrar —le anunció.

Y ella no podía dejar de vomitar para gritarle que se largara. Que se salvara.

CAPÍTULO 25

#UnMalDíaEnLaOficina

Pru sintió cómo una de las manos de Finn le sujetaba los cabellos hacia atrás, mientras la otra le agarraba el estómago. Estaba arrodillado detrás de ella, su atlético cuerpo sujetándola.

—Te tengo —le aseguró.

Nadie le había dicho algo así en su vida y a Pru le habría gustado deleitarse en esas palabras, quizás incluso obsesionarse un poco con ellas, pero su estómago tenía otra idea. De modo que cerró los ojos y fingió que estaba sola en una isla desierta con el Kindle completamente cargado. Quizás también con Netflix. Cada vez que disponía de unos segundos para respirar, se llevaba una temblorosa mano a la cabeza, que le latía endemoniadamente, como si tuviera un martillo hidráulico encendido en su interior, taladrando el poco cerebro que le quedaba.

Finn la rodeó con ambos brazos para impedir que se deslizara al suelo y la apoyó contra su cuerpo con suavidad.

—Lo siento —consiguió disculparse ella, horrorizada por haber vomitado delante del hombre más sexy con el que hubiera tenido el privilegio de acostarse, aunque fuera por accidente.

—Respira, Pru. Te pondrás bien.

—Por favor, déjame aquí para que me muera —gimió Pru con voz ronca en cuanto tuvo ocasión y mientras se soltaba—. Sal de aquí y finge que nunca sucedió. Jamás volveremos a hablar de ello.

Al fin renunció a aparentar una fortaleza que no tenía y se dejó caer como una muñeca de trapo al suelo del cuarto de baño. Le ardía el cuerpo y estaba cubierta de sudor. Incapaz de reunir la energía suficiente para tenerse erguida, apoyó la ardiente mejilla contra el frío azulejo y cerró los ojos.

Oyó el grifo del agua y apretó los ojos con más fuerza, pero solo consiguió sentirse más mareada. Un paño, deliciosamente fresco, le cubrió la frente. Pru abrió un ojo y vio a Finn.

—Maldita sea, nunca escuchas lo que te dicen.

—Siempre escucho, pero no siempre estoy de acuerdo.

Finn le frotó la espalda con movimientos circulares y a ella se le ocurrió que, si no dejaba de hacerlo, jamás volvería a moverse de allí.

—¿Por qué no te marchas?

Ante la falta de respuesta, Pru volvió a abrir un ojo. La seguía mirando con gesto de preocupación, pero no como si la viera a las puertas de la muerte. Pero, si no se estaba muriendo, eso significaba que iba a tener que vivir con ello, recordando que la había visto tirada en el suelo, con pinta de animal atropellado.

—¿Crees que podrías moverte? —preguntó él

—Negativo —no pensaba moverse. Jamás. Lo oyó hablar por teléfono, diciéndole a alguien que necesitaba algún líquido con electrolitos.

—Tampoco soy capaz de beber nada —le advirtió ella. El estómago se le revolvió solo de pensarlo.

Finn se levantó y, por fin, la dejó sola. Cuando regresó unos segundos después, Pru había vuelto a adorar al dios de la porcelana mientras se esforzaba por respirar.

—¿Mejor? —preguntó él cuando hubo terminado.

Pru no podía hablar. No podía hacer nada.

Él la apartó del retrete y la acomodó en su regazo, apoyando su cabeza contra el hombro y rodeándola con sus brazos.

—Intenta respirar hondo. Despacito.

Ella lo intentó, pero temblaba tan violentamente que temió romperse los dientes. Finn le retiró los sudados cabellos del rostro y le aplicó el paño frío a la nuca.

Era como estar en el paraíso.

A continuación abrió una botella de agua con electrolitos. Sabor a lima.

—¿De dónde has sacado eso? —preguntó ella.

—Willa. Las vende en la tienda. Se lo da a los perros cuando vomitan por los nervios.

—¿Le contaste a Willa que estaba devolviendo?

—Está en la cocina preparándote una sopa para que te tomes mañana, cuando te encuentres mejor. Elle le va a traer algunos ingredientes que le faltaban.

—No quiero que nadie me vea así —Pru gimoteó.

—¿Eres consciente de que a tus amigos les da exactamente igual el aspecto que tengas? —preguntó Finn—. Toma un sorbito, Pru.

Ella sacudió la cabeza. Se sentía incapaz de tragar nada.

—Solo un traguito. Confía en mí, te ayudará.

Confiaba en él. Pero sabía que, si bebía algo, el desastre iba a ser de enormes proporciones.

Finn la recolocó, utilizando el hombro para sujetarle la cabeza hacia delante. O tomaba un trago o se ahogaba.

Y tomó un trago.

—Buena chica —susurró él, permitiéndole apoyarse de nuevo contra su cuerpo.

Permanecieron sentados en silencio durante lo que le parecieron varios días. Lentamente, su estómago dejó de practicar saltos mortales hacia atrás.

—¿Cómo te encuentras? —preguntó Finn después de un rato.

Pru no tenía ni idea.

Al ver que no le respondía, él le retiró el paño de la nuca, lo dobló de nuevo y se lo apoyó contra la frente.

—¡Eddie! —exclamó ella con voz ronca—. Puede que también esté enfermo…

—Ya lo tengo controlado. Spence está con él, pero ese viejo tiene un estómago de hierro y no parece estar afectado.

Pru asintió con dificultad, los ojos aún cerrados. Debió quedarse dormida porque al abrirlos de nuevo la luz del baño había cambiado, como si hubiese pasado bastante tiempo.

Finn seguía sentado en el suelo con ella, pero se había quitado la camisa. Solo llevaba los vaqueros.

Claro. Ya se acordaba. Había vomitado un montón de veces más. Tenía las manos enroscadas alrededor del cuello de Finn, como si fuera un salvavidas.

Y lo era. Sin poder evitarlo, contempló el fuerte torso. Por muchas veces que viera esa tableta, siempre le despertaba deseos de darle un lametón.

Y la cosa no se quedaba ahí.

No. Quería lamerlo hasta el cuello y luego deslizar la lengua hacia abajo. Quería ponerse de rodillas, lentamente bajarle los pantalones y…

—¿Estás bien? —preguntó él—. Acabas de gemir.

Eh… sí. A lo mejor al final iba a sobrevivir. Apoyó la espalda contra la de él. Finn tenía los cabellos revueltos, una barba incipiente le cubría la mandíbula, pero seguía siendo muy sexy.

Y lo odiaba.

—Deberías marcharte —insistió, consciente de que tendría que trabajar, o dormir.

—Hace un par de horas que no vomitas —él sacudió la cabeza y le besó tiernamente la frente—. Toma un poco más de agua.

El estómago estaba mucho más tranquilo, pero la cabeza martilleaba como un tambor. Sentía claramente los latidos.

—Estás deshidratada —insistió Finn—. Necesitas beber para que se te quite la fiebre y el dolor de cabeza.

Demasiado dolorida para discutir, Pru asintió. Consiguió tomar unos pocos sorbos. De repente, su cuerpo se hizo con el mando y exigió más.

—Con cuidado —le advirtió él, apartándole la botella a medida que ella intentaba beber con más ansia—. Veamos primero qué tal te sienta.

—¿Thor?

—Está aquí, durmiendo sobre mi pie. ¿Lo quieres?

Sí. Pero se encontraba tan mal que sin duda no controlaría la fuerza con la que lo abrazaría. La última vez que había hecho algo así, el animalito se había asustado y la había mordido. De momento se conformaría solo con Finn. Estaba bastante segura de que él solo mordía cuando estaba desnudo. O en ocasiones muy especiales.

Pru se quedó dormida de nuevo apoyada sobre él y despertó mucho más tarde. En su cama. Willa la estaba ayudando a cambiarse.

—Ese hombre se ha desvivido por ti —murmuró mientras arropaba a Pru.

—Es la maldita fuente —Pru mantuvo los ojos cerrados, incluso cuando Willa se detuvo.

—¿Fuente? —preguntó.

De no estar a punto de fallecer, a lo mejor no le habría contestado.

—Pedí un deseo —le explicó—. Pedí un amor para Finn, pero la fuente lo entendió mal y me trajo el amor a mí en su lugar. Estúpida fuente. Él es el que se merece encontrar el amor.

—Cielo —susurró Willa—. Todos merecemos amor.

A Pru le hubiera gustado que fuera cierto. Por Dios, cómo le habría gustado...

—¿Y cómo sabes que la fuente no acertó? —insistió su amiga—. A lo mejor eres tú su amor verdadero.

Pru se quedó dormida con esa terrorífica idea en la cabeza.

—Tómate un poco de esto.

Era Elle, sentada al costado de Pru en la cama, ofreciéndole una taza.

—¿Qué es eso? —preguntó Pru.

—Solo un poco del mejor té del planeta. Pruébalo.

—No tengo sed...

—Pruébalo —insistió la otra mujer—. Estás casi translúcida. Necesitas líquido.

De modo que Pru tomó un sorbo.

—Y ahora —continuó Elle con calma—, ¿qué es eso que he oído sobre una fuente y un deseo mal entendido?

Pru se atragantó con el sorbo de té.

Elle puso los ojos en blanco, se inclinó hacia delante y le dio unas palmaditas en la espalda.

—Willa te lo ha contado —ella suspiró.

—Sí. Es un encanto, pero incapaz de mantener un secreto. No pretende hacer ningún daño, te lo aseguro. No tiene un átomo de maldad en todo el cuerpo. Básicamente está preocupada por ti y pensó que yo podría meterte algo de sentido común, aunque fuera a golpes.

Pru parpadeó perpleja.

—Metafóricamente —continuó la otra mujer—. Además, quería pedirme prestadas unas monedas para formular un deseo, viendo lo bien que te había ido a ti.

—¡El deseo era para Finn!

—Sí, claro.

—¡Lo era!

—Bueno, pues entonces yo diría que has conseguido un dos por uno.

C A P Í T U L O 26

#EncerarYLustrar

La siguiente ocasión en que Pru abrió los ojos, la luz del pasillo le permitió ver que había alguien tirado en la silla junto a la cama. Alguien que se levantó en cuanto ella se movió y se sentó en el borde del colchón.

—¿Qué tal estás? —preguntó Finn.

Ella parpadeó perpleja por la luz del amanecer que empezaba a entrar entre las persianas, bañando todo en un brumoso brillo dorado. Desde el otro lado de la ventana llegaba el tempranero parloteo de los pájaros, odiosamente fuerte y alegre.

—Nunca sé si están contentos porque ha amanecido o si se quejan por ello —Pru gimió.

—Voto por la queja —él sonrió.

Ella opinaba lo mismo. No pudo evitar fijarse en que Finn se había cambiado de ropa. Los vaqueros eran distintos y los acompañaba de una arrugada camiseta negra. Los cabellos seguían revueltos y no se había afeitado. Tenía cara de sueño y, sin lugar a dudas, era la cosa más sexy que ella hubiera visto jamás. Lo cual ya le decía algo.

No había muerto.

Él la ayudó a incorporarse y le ató los horribles cabellos hacia atrás antes de ofrecerle una tostada. Cortada en diagonal. ¿Sería un sueño producto de la fiebre?

Pru lo miró perpleja.

—Dime la verdad —murmuró ella con voz ronca y signos de cansancio—. Eres un espejismo producto de la fiebre, ¿verdad?

Finn frunció el ceño y se inclinó sobre ella, una mano apoyada en el colchón, la otra en su frente. La arruga del entrecejo se hizo más profunda y él se acercó aún más, hasta que pudo olerlo.

Desprendía un aroma celestial.

Ella, en cambio, olía como un animal atropellado en la carretera, vuelto a atropellar, embestido marcha atrás, y vuelto a atropellar. Y todo ello dos veces.

Pero Finn no. Pru se apretó contra él y hundió el rostro en su cuello en el mismo instante en que él le besaba la frente.

—Ya no pareces tener fiebre —murmuró.

—No. Es lo que pasa en los espejismos. De hecho, la pasada noche jamás sucedió.

—Entonces supongo que no te acuerdas de nada —él se apartó y la miró a los ojos.

—De nada —asintió ella rápidamente—. ¿Cómo iba a acordarme? No sucedió nada.

—Buen intento —los labios de Finn se curvaron en un amago de sonrisa.

—Gracias.

—Háblame de la fuente —tras una nueva sonrisa, la bomba cayó.

—Pensándolo mejor —comenzó Pru—. A lo mejor al final sí me he muerto. Muerta y enterrada…

—Inténtalo otra vez.

Ella lo miró a los ojos, intentando decidir si sabía la verdad sobre el deseo, en cuyo caso iba a tener que estrangular a Willa y a Elle, o si solo estaba intentando sonsacarla.

—Bueno, se construyó en la época en que Cow Hollow estaba llena de ganado. Y...

—No me refiero a la historia de la fuente, listilla —le interrumpió él—. Me refería a por qué hablabas de la fuente cuando te subía la fiebre.

Ah. A lo mejor al final no iba a tener que estrangular a Willa y a Elle.

—Tenía fiebre y deliraba —le explicó—. Debes olvidar todo lo que oíste. Y viste —añadió.

—¿Le pediste a la fuente un amor? —insistió él en tono de incredulidad.

—¿Y qué más da si tú, de todos modos, no crees en la leyenda? ¿Recuerdas?

—Esa no es una respuesta.

—Yo tampoco creo en la leyenda —concluyó Pru.

Finn, aparentemente, se conformó y dejó el tema.

En lugar de insistir, le acercó la tostada.

—Come. Y bebe. Necesitas hidratarte.

—Hablas como una madre.

—Mientras no me llames «abuelo»... —él se levantó, pero Pru le tomó una mano.

—Eh, anoche te excediste en tus desvelos. No era necesario.

—Lo sé.

—Gracias por cuidar de mí —a Pru le costaba mucho sostener su mirada.

—No hay de qué —contestó Finn tras lo que pareció una eternidad.

Al día siguiente, Pru se había recuperado totalmente de la intoxicación por pescado y regresó al trabajo, una decisión estupenda por varios motivos. Para empezar, Jake la necesitaba desesperadamente.

Y en segundo lugar, ella necesitaba superar la escenita de haber vomitado delante de Finn. A falta de un cepillo que barriera los recuerdos, trabajar hasta matarse era la única manera de conseguirlo. De modo que se lanzó a ello, prohibiéndose los recuerdos de Finn, fortaleciendo su sistema inmune frente al sensual carisma de ese hombre.

Le funcionó durante dos días, pero a partir del tercero sus esfuerzos fueron en vano. En cuanto él apareció en el almacén.

La estaba esperando entre dos servicios, apoyado contra una columna en la zona de espera donde los turistas remoloneaban antes de embarcar y después de desembarcar.

—¿Qué haces aquí? —preguntó ella, sorprendida.

—Necesito verte un minuto —le tomó una mano y la arrastró fuera de allí.

Llevaba unos vaqueros de corte bajo y una camiseta henley verde oscura, exactamente del mismo color que sus ojos. Los cabellos, en el mejor de los casos, habían sido peinados con los dedos y no se había afeitado. La más que incipiente barba frotada contra su piel, y lo sabía por experiencia propia, contribuiría a que el sexo fuera extraordinario.

—Me has estado evitando —se quejó Finn.

—No, yo...

Él le tapó los labios con un dedo, el cuerpo tan pegado al suyo que Pru sentía el calor que desprendía y que ejerció el efecto de un imán sobre ella.

«Cuerpo malo», se reprendió a sí misma.

—Cuidado —le advirtió él con calma mientras agachaba la cabeza, acercando los labios a los de ella—. Estás a punto de soltar una mentirijilla y, en cuanto lo hagas, todo habrá cambiado.

Pru intentó asimilar las palabras y, agarrándole la muñeca, apartó su dedo de la boca.

—¿Todo?

—Los sentimientos —continuó él sin apartar la mirada de sus ojos.

Cualquier rastro de humor que hubiera flotado entre ambos desapareció, porque ella sabía muy bien de qué le estaba hablando. No le gustaban las mentiras. Ni las medias verdades. Ni las mentirijillas... y si pensara que ella era la clase de mujer a quien sí le gustaban esas cosas, sus sentimientos hacia ella cambiarían.

Lo había sabido desde el principio, por supuesto. Lo que no sabía era lo mucho que afectaría a su relación.

Porque Finn desconocía un detalle de capital importancia.

Le había estado mintiendo desde el comienzo. Había tejido una tela de araña, construido un muro, creado esa pesadilla, y no tenía ni idea de qué hacer al respecto.

—De acuerdo, te he estado evitando un poquito —admitió Pru, empezando por algo con lo que sí sabía qué hacer.

—¿Por qué?

Ella lo miró detenidamente. La verdad salió disparada de su corazón y aterrizó en la punta de la lengua. Quería contárselo. Quería sacarlo a la luz de la peor manera. Guardárselo no hacía más que provocarle fuertes y dolorosas punzadas de culpabilidad. Sin embargo, hacía tan solo unas pocas semanas que se conocían. Necesitaba un poco más de tiempo, para seducirlo. Para conseguir de él lo que no había conseguido de nadie: que se enamorara de ella tan perdidamente que decidiera permanecer a su lado.

Por enorme que hubiera sido el error. Necesitaba llevarlo a ese terreno, lentamente.

—Estas cosas no se me dan bien —respondió con calma. Menuda frasecita.

—Voy a tener que pedirte que seas más concreta.

—No se me da bien... lo de después —«y tantas otras cosas...».

—Lo de después —repitió él—. ¿Estás hablando de la intoxicación por pescado? Pru, ¿a quién se le da bien eso?

—Hablaba de lo de dormir con alguien.

—De modo que el sexo no te supone ningún problema —Finn parecía estupefacto, y también algo divertido—. El problema es haber dormido juntos.

A pesar de ser consciente de lo ridículo que sonaba aquello, ella asintió.

Esperaba que él hiciera un chiste al respecto, pero no sucedió. Lo que hizo Finn fue tomarle una mano y sonreír de soslayo.

—Supongo que eso nos convierte en un ciego guiando a otro ciego. Yo tampoco sé gran cosa sobre despertar junto a alguien, Pru.

—Pero sí has mantenido ya alguna relación prolongada —contestó ella—. Con Mellie.

Finn se tensó visiblemente.

—Alguien se ha ido de la lengua.

—Pero es cierto, ¿no?

—¿En realidad qué es lo que me estás preguntando, Pru?

Era evidente que Finn no tenía ganas de hablar de Mellie. Lo había pillado. Lo había entendido. Ella misma tenía un montón de cosas sobre las que no le apetecía hablar.

—Intento explicarte que no solo no se me da bien lo de despertar junto a alguien... es que nunca lo he hecho —se mordió el labio. ¡Qué patética resultaba! Decidió intentarlo de nuevo—. Es más bien que eres el primero y, de momento, el único —no, eso no ayudaba. Lo estaba empeorando—. De acuerdo, ¿sabes qué? Da igual —se dio media vuelta para marcharse—. Tengo que volver al trabajo.

—Espera un momento —Finn la agarró y la obligó a volverse.

—No puedo —protestó ella—. Tengo...

—Pru —la voz de Finn encerraba una terrorífica ternura mientras le tomaba el rostro entre las manos ahuecadas—. Intentas decirme que nunca has...

—No, claro que sí lo he hecho —Pru cerró los ojos—. Pero es que ha pasado ya un tiempo desde que Jake... y él no fue un revolcón de una noche. Ni siquiera de dos. Fue un revolcón de una semana —se tapó la boca con una mano—. ¡Dios mío! ¡Por favor, oblígame a dejar de hablar!

—¿Jake y tú estuvisteis juntos una semana? —Finn le apartó la mano de la boca con suavidad.

—Sí.

—Y antes de él, ¿no habías estado con nadie?

—Tuve un novio en el instituto —le ilustró ella, casi a la defensiva.

—Pero...

—Pero me abandonó después de la muerte de mis padres —admitió Pru—. Yo estaba hecha una auténtica ruina, y...

—No debería haberte sucedido —le interrumpió él mientras le acariciaba un brazo, su cálida mano llegando muy dentro, caldeándole un lugar de su ser que ella ni siquiera había sido consciente de que tenía congelado—. Eso no debería sucederle a nadie —le susurró con dulzura—. Y, aparte del imbécil de tu novio del instituto y una semana con Jake, ¿no ha habido nadie más?

Pru no recordaba haberse sentido nunca tan vulnerable ni expuesta. Aquello le resultaba tremendamente vergonzoso, airear su vida sexual, o más bien la falta de, junto con la avalancha de inseguridades que ello le generaba. Sacudió la cabeza y fijó la mirada en la garganta de Finn para no mirarle a los ojos. Así era más fácil. Porque tenía una garganta muy sexy y...

—Pru, nena, mírame.

A regañadientes, ella alzó la vista.

—Creo que empiezo a entender un poco lo que está pasando aquí.

Estupendo. Pues a lo mejor entonces podría explicárselo. Le sería de una inestimable ayuda.

—Lo que sucedió entre nosotros —continuó explicándole Finn—. Nunca se me ocurrió que pudieras pensar que se trataba de un revolcón de una noche.

—¿No? —ella lo miró perpleja.

—Desde luego que no —contestó él—. Con nuestra química, no. Desde el primero momento supe que una noche no sería suficiente. Ni dos. Ni diez. Pensé que tú también lo tenías claro.

Pru tragó nerviosamente. Sí lo sabía. Ese no era el problema. No, el problema era que el tiempo que ya habían pasado juntos... tendría que bastar. Era todo lo que podía permitirse—. No me permití pensar en ello. Finn...

—Escucha, sé que he hecho algunas cosas mal, pero quiero enmendarlas —Finn sonrió—. Sal conmigo esta noche.

—Como... ¿en una cita? —Pru lo miró perpleja.

—Exactamente, como en un cita.

—Pero...

—Di, «sí, Finn» —le susurró él al oído.

—Sí, Finn —se escapó de labios de Pru antes de poder evitarlo.

Esa boca suya debería encontrarse alguna vez con el cerebro. Lo cierto era que necesitaba aquello. Lo necesitaba a él. Necesitaba ese momento y deseaba disfrutarlo. Por egoísta que resultara, por una vez en su vida iba a pensar en ella misma, solo por esa noche. Además, pensar estaba sobrevalorado.

—No haces que me resulte fácil pensar —protestó ella.

Lo sintió sonreír contra su piel.

—Pru, voy a ser tan bueno para ti esta noche que no te hará falta pensar más.

Afortunadamente, pensar estaba sobrevalorado.

Fue a buscarla a las seis de la tarde. Pru lo esperaba, hecha un manojo de nervios. Menuda tontería. Era Finn. Y no era más que una cita.

—Estás muy guapa —parados en un semáforo en rojo, Finn se volvió hacia ella y sonrió.

Llevaba un sencillo vestido de verano y sandalias planas. Los cabellos sueltos.

—Ya habías visto este vestido antes —contestó ella.

La mirada de Finn se caldeó. Era evidente que recordaba que ese era el vestido que le había pedido que sujetara a la altura de la cintura mientras se alegraba la vida con ella.

—Lo sé —murmuró él—. Me encanta ese vestido.

Pru se sonrojó y Finn rio por lo bajo.

—¿Adónde vamos? —preguntó ella. Necesitaba hablar de otra cosa.

—¿Nerviosa?

Sí.

—No.

—Es una sorpresa —él la miró con expresión misteriosa.

Y eso preocupaba a Pru. Sin embargo, al comprender cuál era su destino, sonrió resplandeciente.

—¿Vamos a un partido de los Giants?

—Sí —él aparcó frente al estadio y la ayudó a bajar del coche mientras le daba un beso—. ¿Te parece bien?

¿Bromeaba? Por un instante todos sus problemas desaparecieron.

—Me parece estupendo —Pru sonrió resplandeciente.

Finn se llevó la mano de Pru a la boca y sonrió entre los dedos entrelazados.

Y Pru se sintió derretir.

La alimentó con todo lo que pudiera desear, perritos calientes y cerveza. Ambos gritaron y animaron a su equipo hasta desgañitarse.

Estaban sentados junto a una pareja muy afín a los Giants, vestidos únicamente con pantalones cortos, aunque la chica también llevaba puesta la parte superior de un bikini. Cada centímetro de piel que quedaba al descubierto iba pintado del rojo de los Giants.

El tipo se declaró entre la segunda y la tercera entrada, nada que ver con la declaración que había tenido lugar a bordo de su barco. Cuando se abrazaron y besaron, había amor en cada caricia, aunque el logotipo de los Giants, tan cuidadosamente pintado, se emborronó. La pintura roja y blanca se fundió hasta convertirse en rosa, haciéndoles parecer un anuncio andante de una conocida marca de antiácidos.

Al final de la cuarta entrada, la cámara de los besos hizo un barrido entre el público que se volvió loco. Se detuvo en una pareja algo mayor que se dio un fugaz piquito. Después en dos hombres que mostraron sus anillos de compromiso antes de besarse.

Todo el mundo les vitoreaba cuando la cámara de los besos se detuvo en Pru y en Finn. Pru se volvió a él, riéndose, y Finn la tomó en brazos y le regaló un beso que de inmediato le derritió los sesos. Casi toda la entrada pasó antes de que ella consiguiera recuperar el cerebro y lograr que empezara a procesar de nuevo.

Sin duda era la cita más divertida que había tenido desde...

Jamás.

Después del partido, Finn acompañó a Pru hasta su casa. Ella se sentía algo achispada, de modo que le tomó la mano, sonriendo mientras la oía cantar una canción que tenía en la cabeza y que solo ella podía oír.

El costado derecho lucía una enorme mancha de color rojo, allí donde la mujer del estadio le había estado rozando durante el partido. Hacia la octava entrada había empezado a lloviznar y los cabellos de Pru se habían convertido en una encrespada masa ondulada.

Finn tenía ganas de hundir las manos en esa salvaje maraña, empujar a Pru contra la puerta y besarla hasta dejarla sin sentido. Después la tomaría en brazos para que ella pudiera rodearle la cintura con sus largas piernas.

La deseaba. Duro y rápido. Lento y dulce. Sobre el sofá. En la ducha. Su cama.

En cualquier sitio en que pudiera tenerla.

No era solo físico. Le había dejado bien claro que no pensaba que el amor fuera para él, pero se había equivocado. Al menos eso pensaba a tenor de cómo su corazón se aceleraba y dejaba en evidencia sus partes más nobles cada vez que ella lo miraba. Quería reclamarla, marcarla. Por dentro. En su corazón y en su alma.

Pero era evidente que Pru no estaba preparada. Iba muy por detrás de él y lo sabía. Lo que había entre ellos le asustaba, y no solo un poco. Necesitaba tiempo, y eso sí podía darle. Iba a dárselo.

Aunque eso supusiera marcharse a su casa, a pesar de la sonrisa de Pru, del brillo en su mirada, de las mejillas sonrojadas. De su expresión feliz. Cálida.

Dispuesta.

—Buenas noches —susurró—. Cierra con llave.

—Espera —ella parpadeó perpleja, lentamente, como un búho. Un búho achispado—. ¿Te... vas?

—Sí.

—Pero... —ella se acercó un poco más y deslizó las manos por su torso—. ¿No vamos a...?

Él enarcó las cejas, obligándola a ser más clara.

—Pensé que tú y yo entraríamos y... ya sabes —susurró Pru, los dedos acariciándole la barbilla.

—No —Finn le tomó la mano y le besó dulcemente la palma—. Esta noche no.

—Pero... ¿cuándo?

—Cuando estés preparada para sustituir «ya sabes», por las palabras correspondientes.

Ella permaneció boquiabierta, el ceño ligeramente fruncido, con aspecto perplejo, excitada y algo más que un poco descolocada.

A lo mejor no iba tan detrás de él como había supuesto Finn.

—Buenas noches —insistió, tomándole el rostro entre las manos ahuecadas para besarla dulcemente.

Marcharse era una de las cosas más difíciles que hubiera hecho en su vida.

Cuando la puerta de Pru se hubo cerrado, otra se abrió. La señora Winslow asomó la cabeza.

—¿Estás seguro de lo que haces? —preguntó.

Pues claro que no. No tenía ni idea de qué estaba haciendo.

—Desde luego no sabes mucho de mujeres —la anciana sacudió la cabeza—. No puedes dejarla ahí sola pensando si te necesita o no. Y lo sabes.

Finn sacudió la cabeza.

—Porque una mujer solo actúa impulsivamente un instante. Es por toda la testosterona y feromonas que desprendéis los hombres. Sin ti justo enfrente de ella, esa magia desaparece y no le resultará muy difícil recordar que no te necesita en su vida.

—Pues espero sinceramente que no sea así —observó él.

—Puedes esperar todo lo que quieras, pero estarás esperando solo y en una cama vacía.

CAPÍTULO 27

#UnaChicaMuyLista

A última hora de la tarde del día siguiente, Pru estaba en el trabajo, deseando estar en cualquier otro sitio. Se encontraba en medio de una discusión con un tipo que había comprado un billete para él y su hijo la semana anterior, pero que no había aparecido. En esos momentos exigía que le devolvieran el importe pagado.

Ella se había sentado en la taquilla únicamente para hacerle un favor a una compañera que había tenido que marcharse temprano. Ese tipo era el último cliente al que tenía que enfrentarse antes de irse a su casa. Pru había consultado el programa del ordenador, pero el hombre pensaba que le estaba tomando el pelo.

—Escuche —había espetado el individuo—, no voy a tratar con una tía con tendencias homicidas provocadas por las hormonas, víctima del síndrome premenstrual a la que le importa todo una mierda. Quiero hablar con el encargado. Avísele.

—En realidad —contestó ella—. Tiene al encargado justo delante. Y no tiene que preocuparse de nada. La semana pasada sí tenía tendencias homicidas provocadas por las hormonas. Esta semana estoy bien. Es más, estoy siendo muy agradable, si me lo pregunta.

—Quiero que me devuelvan el dinero —plantado ante ella con los brazos en jarras, el hombre no sonreía.

La mirada de Pru se desvió hacia la persona que acababa de colocarse detrás del cliente. Finn. Estaba tranquilo, aunque no pasivo, observando. Pru devolvió su atención al malhumorado cliente y señaló el enorme cartel sobre su cabeza.

«No se admiten devoluciones».

—¿Tiene idea de quién soy? —el tipo se acercó a ella. Demasiado.

«¿Un gilipollas?», estuvo tentada de preguntar Pru. Finn había cambiado de postura, colocándose a su izquierda, indicando con su lenguaje corporal que, si bien estaba tranquilo, sería capaz de reaccionar a la velocidad del rayo si fuera necesario.

Había pensado mucho en él durante todo el día. Muchísimo. La noche anterior, tras su marcha, había estado a punto de llamarlo una docena de veces. Si lo que quería eran palabras, ella las tenía. Se moría de ganas de decirle, «por favor, vuelve y hazme el amor».

Porque, si había una cosa que tenía clara era que lo que habían hecho no era simplemente practicar sexo.

¡Mierda!

El cliente quejica seguía allí, su mirada reflejaba ganas de pelea.

—Soy el encargado del presupuesto del departamento de promociones y publicidad del ayuntamiento —le explicaba—. Nos aseguramos de que esta empresa figure en las guías de cosas que hacer en San Francisco. Sin mí, estaría fregando retretes.

—Escuche —ahí se había pasado un poco—, daría igual que fuera el mismísimo presidente. No se devuelve el dinero. Puedo reservarle otro viaje, pero tendrá que tener un poco de paciencia mientras busco cómo…

El hombre golpeó con fuerza el mostrador, pero ella ni se movió. Había tenido que tratar con imbéciles mayores que ese a lo largo de su vida. No obstante, antes de poder siquiera sugerirle que se marchara, Finn intervino.

Se movió con tal rapidez que Pru ni lo vio cuando se interpuso entre ella y ese tipo.

—Ya ha dejado bien claro que no se devuelve el dinero, y le ha ofrecido un cambio de fecha —le explicó—. O lo toma o lo deja.

—Lo dejo —espetó el hombre.

—Como quiera —Finn se encogió de hombros—. Pero, a no ser que tenga algo más que decir, y más vale que sea algo parecido a «que tenga un buen día», ahora tendrá que marcharse.

El hombre contempló a Finn durante unos segundos, seguramente el tiempo que necesitó para decidir que le gustaría conservar su cara tal y como estaba. Sin decir una palabra más, se dio media vuelta y se marchó.

—¿De qué iba eso? —preguntó Pru.

—¿El qué? —Finn hundió las manos en los bolsillos.

—Tenía la situación bajo control.

—De nada —él se limitó a mirarla.

—Lo estaba haciendo muy bien —Pru rio brevemente.

Siempre se manejaba bien ella sola. Habiendo estado sola tanto tiempo, no sabía hacerlo de otro modo.

Y aun así, ahí estaba Finn. Cuando se sentía sola, cuando se sentía triste, cuando se ponía malísima.

Siempre que lo necesitaba.

—Pru —Finn interrumpió sus pensamientos—. Ese tipo buscaba pelea. ¿Dónde demonios está Jake?

—Es su día libre, y no me hacía falta que estuviera aquí. Ese hombre no iba a pegarme ni nada de eso. Lo único que hacía era lanzar improperios.

—De acuerdo, reconozco mi error.

—¿Y?

—¿Y qué?

—¿Y lamentas haberte inmiscuido y ocupado de mi discusión?

Él se limitó a contemplarla fijamente.

Desde luego no parecía lamentar haber intervenido. Bueno saberlo. Pru le devolvió la mirada y comprendió por su expresión que, no solo no lo lamentaba, estaba visiblemente enfadado. No era la primera vez que lo veía así y reconoció la mirada airada, la mandíbula encajada y el lenguaje corporal cargado de tensión.

—¿Has tenido un buen día?

Finn se encogió de hombros.

—¿Estás bien? —ella alargó una mano y la posó sobre un brazo sumamente tenso—. Porque no lo pareces.

—Estoy bien.

Pru enarcó una ceja.

—Es que odio a los abusones —Finn volvió a encogerse de hombros—. Esos que se creen que pueden mandar sobre todos los demás para conseguir lo que desean.

—¿Por tu padre? —ella volvió a mirarlo fijamente y recordó que no era la única en esa relación-que-no-estaba-teniendo-lugar que lidiaba con sus demonios.

—Puede que sí —admitió él—. O puede que simplemente pasara una buena parte de mi juventud protegiendo a Sean. Era un niño pequeño y enfermizo, pero con una boca muy grande. No era fácil vigilarlo y mantenerlo a salvo, porque tenía un imán para los matones y los gilipollas —se frotó el rostro con una mano—. Supongo que es algo instintivo. En cuanto vi a ese tipo ponerse agresivo contigo, sentí ganas de…

—Protegerme —le interrumpió ella con dulzura.

—Sí —Finn le ofreció una sonrisa torcida—. Sé que puedes hacerlo tú sola, pero las emociones no son siempre racionales.

Pru le agarraba la camisa con ambas manos y dio un pequeño tirón para que él se agachara lo bastante para poder besarlo con dulzura. Y luego con un poco menos de dulzura.

—Lo sé —susurró antes de volverlo a besar.

—¿Y eso a qué ha venido? —preguntó él, la voz un sexy y ronco susurro, cuando ella se apartó.

—Por ser un tío capaz de admitir que tiene emociones.

—Pero tampoco hace falta contárselo a nadie, ¿de acuerdo? —Finn le tomó el rostro entre las manos ahuecadas.

—Será nuestro secreto —Pru sonrió.

Sin embargo, la sonrisa se esfumó enseguida. Los secretos no se le daban bien.

O quizás se le daban demasiado bien...

—No soy una damisela desvalida —le aclaró—. Quiero que lo sepas.

—Ya lo sé —él hizo una pausa, la expresión algo irritada—. Más o menos.

—Bien —ella asintió—. Ahora que lo hemos aclarado, debo advertirte que el numerito de macho cavernícola que acabas de montar... me ha excitado un poco.

—¿En serio?

—Sí.

Finn la sujetó por las caderas y, con expresión menos feroz, la atrajo hacia sí.

«¿Qué demonios estás haciendo?», se preguntó Pru a sí misma. Era más que evidente que no estaba equipada para ser fuerte, pero ¿quién podría? Ese tipo era demasiado potente. Demasiado visceral. Testosterona y feromonas exudaban de su cuerpo a chorros. Sin remedio, apoyó la cabeza contra su pecho.

—Estás siendo... tú.

—¿Y en cristiano?

—Todo esto es culpa tuya.

—No. Eso tampoco ha sido cristiano.

—Eres sexy, todo sensualidad, maldito seas —le explicó ella mientras se golpeaba la cabeza contra el fuerte torso—. Y yo no parezco ser capaz de... evitar fijarme en ello.

—Me deseas de nuevo —Finn sonrió.

¿De nuevo? Más bien todavía. Pru alzó las manos al aire en un gesto de desesperación.

—Eres un hombre anuncio de sensualidad y ni siquiera pareces darte cuenta.

—Lo único que tienes que hacer, nena, es decir la palabra —él sonrió resplandeciente—. O más bien palabras. Se admiten guarradas.

Ella suspiró y Finn soltó una carcajada.

—Eres realmente incapaz de decirlo, ¿verdad?

El muy idiota parecía hasta divertirse.

—Qué mona —él la rodeó con un brazo.

¿Mona? Eso le generaba emociones mezcladas. Por un lado, preferiría que la encontrara irresistiblemente sexy. Pero, por otro, ese hombre ya era más de lo que se sentía capaz de manejar. Quizás «mona», estuviera bien.

Encerrándose en sí misma, Pru le propinó un empujón para apartarse de él.

Pero él la siguió, la expresión petulante, esperando pacientemente.

—¿Adónde quieres ir? —preguntó al fin.

—¿Y quién ha dicho que voy a ir a algún sitio contigo?

—Tu cuerpo.

—¿No trabajas esta noche? —Pru se encontró de nuevo pegada al fornido torso.

—Más tarde. He trabajado todo el día y he dejado allí a toda la plantilla. Se las arreglarán bien ellos solos durante unas horas.

¡Cielo santo! ¿Cómo iba a poder resistirse?

—¿Vas a llevarme a algún sitio para volver a dejarme tirada ante la puerta de mi casa?

—Eso depende.
—¿De qué?
Finn se limitó a sonreír misteriosamente y a hundir los dedos en sus cabellos mientras los pulgares le acariciaban los labios hasta hacerla morir de deseo por un beso.
Un beso suyo.
Finn quería que le dijera las palabras. Unas palabras que ella conocía de sobra. «Hazme el amor…».
—Puedes elegir —continuó él—. Puedes elegir tú el sitio, o dejar que te sorprenda.
Su cama. Pru eligió su cama.
Tras recoger a Thor que dormía en el despacho de Jake, Finn les hizo subir al coche. Las manos estaban tanto tiempo sobre el volante como sobre su cuerpo.
«¡Deja de mirar sus manos!».
La invitó a una copa en un coqueto bar de la Marina, sentados a una mesita en la acera, con Thor, felizmente tumbado a sus pies observando la vida pasar.
Finn invitó. Siempre pagaba él. Y con suma rapidez. Antes de que se diera cuenta, el cheque ya estaba firmado.
A continuación se dirigieron a Lands End, un parque cerca de la costa más azotada por el viento, junto al final del puente Golden Gate.
Los tres caminaron por un sendero, junto a las antiguas vías, hasta los rocosos acantilados que ofrecían una impresionante vista panorámica de la bahía. El océano, de un vigoroso color azul, estaba moteado de espuma blanca, gracias al fuerte oleaje de la tarde.
—¡Madre mía! —susurró Pru—. Esto hace que te des cuenta de que el mundo no gira alrededor de tus sueños y esperanzas.
—¿Y cuáles son tus sueños y esperanzas? —preguntó Finn sin apartar la mirada del paisaje.
Ella lo miró sobresaltada.

—Sé que te encanta ser capitán de barco —comenzó él—. Pero ¿qué más deseas para ti misma? ¿Tener tu propia compañía de barcos de recreo? ¿Tener una familia?

—Es verdad que adoro mi trabajo —contestó ella con sinceridad, pues sabía que Finn lo preguntaba muy en serio—, pero no tengo aspiraciones de dirigir un imperio ni nada de eso. Soy feliz haciendo lo que hago. Y… —el corazón se le aceleró de repente—, es verdad que quiero una familia —y como los ojos verdes parecían un espejo para su alma, desvió la mirada hacia el agua—. Algún día —susurró.

Finn le tomó la mano y apretó con fuerza.

—¿Y tú? —preguntó Pru sin soltar la cálida mano y después de inspirar varias veces.

—Yo también adoro mi trabajo —contestó él—. Y quiero seguir en el pub mientras funcione. Pero no quiero vivir para siempre en la ciudad. Yo también quiero una familia, y prefiero tener un jardín y una calle en la que puedan montar en bicicleta, y tener amigos cerca…

—¿Estás pensando en una valla blanca de madera, Finn? —ella sonrió.

—No hace falta que sea blanca —contestó él, provocándole una carcajada.

Y deseo.

Thor se estaba divirtiendo mucho persiguiendo ardillas hasta que una de ellas se volvió contra él y lo persiguió hasta los brazos de Pru.

—Algo le pasa a este perro —Finn sacudió la cabeza.

—No tiene el gen asesino —admitió ella mientras abrazaba a su chucho.

—Yo pensaba más bien en pelotas… —sin embargo, tomó a Thor y lo llevó en brazos, el perro acurrucado en su cuello.

Pru puso los ojos en blanco, aunque en el fondo a ella también le gustaría acurrucarse allí.

—Mira —él le tomó la mano y, sin soltarla, señaló hacia

la colina repleta de cipreses y florecillas silvestres de todos los colores que brillaban bajo el sol.

—¡Vaya! —susurró ella —. Qué preciosidad.

—Sí —pero Finn la estaba mirando a ella.

—Eso es una cursilada —Pru rio.

—Pero te ha gustado —él sonrió.

—No, no es verdad.

Finn la miró por encima de las gafas de sol, deslizando la mirada por todo su rostro.

Pru siguió su mirada y comprendió que tenía los pezones erectos, presionando ansiosos contra la fina tela de algodón de su camiseta.

—Es que tengo frío —le aclaró mientras cruzaba los brazos sobre el pecho.

—Estamos a más de veintitrés grados —él soltó una carcajada.

—Un frío que pela —insistió ella con gesto altanero.

Sonriendo, Finn la atrajo hacia sí y, a pesar de las protestas de Thor, la besó hasta casi dejarla sin sentido.

Y luego la condujo por el sendero hacia las épicas ruinas de Sutro Baths.

Pru nunca había estado allí. Y lo mejor de todo era que estaban solos. No tenía ni idea de por qué. Quizás porque estaban a mitad de semana, o porque era lo bastante tarde, pero disponían de todo el lugar para ellos.

Caminaron por las ruinas y Finn le enseñó una pequeña cueva rocosa. En el interior se estaba fresco. Y tranquilo.

A continuación la condujo hasta una pequeña apertura que le permitió ver la playa rocosa. Allí de pie en el interior de la cueva, rodeada de la roca cavernosa, y junto a un hombre excesivamente sexy, no solo veía el agua, la sentía en la fresca bruma que soplaba en el interior de la cueva y le revolvía los cabellos.

Thor se retorció para soltarse, y Finn lo depositó en el

suelo. Lo primero que hizo fue subirse a un montón de piedras para explorar.

—Debo reconocer una cosa —Finn la atrajo hacia sí, susurrándole al oído—. Estar aquí solos me está dando ideas.

Pru se mordió el labio. ¡Ella también las tenía!

Él soltó una carcajada al ver su expresión. Le agarró un mechón de cabellos con una mano, mientras deslizaba la otra hasta su trasero.

—¿Tú también?

De acuerdo, a lo mejor había tenido alguna que otra fantasía con hacerlo en algún sitio en el que pudieran pillarles, pero desde luego no estaba dispuesta a admitirlo en voz alta. Desde luego que no.

—Tengo una fantasía secreta en la que lo hacemos en algún sitio donde podrían pillarnos.

¡Maldita boca suya!

La sonrisa de Finn fue amplia y traviesa, asegurándole que estaba más que dispuesto a aceptar el desafío. Ella rio de nuevo, nerviosa.

—Estoy bastante segura de que no es más que una fantasía —se apresuró a aclararle, apoyando las manos sobre su pecho para mantenerlo a una distancia prudencial.

O para no apartarlo demasiado. No estaba muy segura.

La mano que tenía posada en el trasero ascendió un poco por la espalda, deslizándose en el interior de la braguita.

—¿Cómo de seguro es bastante segura? —preguntó él sin dejar de acariciarla por dentro de las braguitas.

Pero, antes de poder avanzar un paso más, ella soltó otra carcajada y se apartó.

—Bastante, bastante segura —contestó con voz algo temblorosa.

—Supongo que vuelves a tener frío —Finn deslizó la mirada por todo su cuerpo.

Consciente de que sus glotones pezones amenazaban con

atravesar la tela de la blusa, tomó a Thor en brazos y lo abrazó contra su pecho.

El perro le dirigió una mirada que hablaba por sí sola: «Por favor, no me obliguéis a esperar mientras vosotros dos hacéis guarradas».

—No te preocupes —le murmuró ella al animal—. Tengo la situación bien agarrada por el mango.

—Pues yo tengo algo aquí que no me importaría que agarraras —observó Finn.

—Muy flojo —Pru puso los ojos en blanco.

—Te aseguro que no tiene nada de flojo.

—Ya me acuerdo —ella rio.

—Bueno, pues si no vamos a hacer realidad nuestras fantasías, ¿qué te parece una cena?

Allí se planteaba un gran dilema. Pru no podía invitarlo a su casa, porque se volvería a acostar con él.

—Pizza —decidió.

Un abarrotado local italiano sería lo bastante seguro.

—Adjudicado —él asintió.

Abandonaron la cueva y caminaron por la playa rocosa durante unos minutos. La marea estaba baja y el agua se había retirado unos noventa metros o más. Pru tropezó con una piedra y soltó la correa de Thor para recuperar el equilibrio. Naturalmente, el perro salió corriendo hacia las olas a la velocidad de la luz y sin dejar de ladrar.

—¡Thor! —gritó ella—. No sabe nadar —le informó a Finn—. Se hunde como una piedra.

—Confía en mí, si no tiene más remedio, nadará.

Pru no conseguía mantener la calma. Su bebé corría a toda velocidad hacia las olas y ella echó a correr tras él, aunque mucho más despacio, pues tenía que tener cuidado con las piedras.

—No te preocupes —insistió él—. En cuanto se le mojen las patas dará media vuelta.

Sin embargo, Thor llegó al agua y continuó de frente, directo hacia una ola. Y el peor escenario posible se materializó. Desapareció.

—¡Oh, Dios mío! —Pru echó a correr por la playa rocosa hacia el lugar en el que Thor había desaparecido. Quitándose las sandalias, se metió en el agua.

La siguiente ola se estrelló contra su cabeza y la hizo aterrizar con la cara contra la arena. Jadeando, se levantó y se quitó la arena del rostro. Y vio...

A Thor sentado en la orilla, mirándola, meneando el rabo, una enorme sonrisa en la boca, orgulloso de sí mismo. Chorreando agua, ladró dos veces.

—Ha sido divertido, ¿a que sí?

Pru juraría que le oyó pronunciar esas palabras.

Finn rio y tomó al perro en brazos. El animal se retorció para soltarse, pero él sujetó al empapado y orgulloso perro bajo un brazo mientras alargaba el otro para ayudar a Pru. En su rostro lucía una enorme sonrisa.

—¿Te estás riendo de mí? —ella apoyó las manos en las caderas—. Será mejor que no te rías de mí.

—Jamás se me ocurriría tal cosa.

Pru entornó los ojos.

—Supongo que ahora sí tendrás frío de verdad, sin necesidad de fingirlo —la carcajada de Finn la envolvió entera.

Pru bajó la vista hacia el pecho y, sí, la camiseta estaba pegada a su cuerpo, prácticamente transparente. Parecía más desnuda que si no llevara ropa. De nuevo entornó los ojos y miró a Finn, que seguía sonriendo.

Así pues optó por dar un paso hacia él y abrazarlo con fuerza hasta que estuviera tan empapado como ella.

—No nos volvamos locos... —Finn la esquivó y alzó una mano en el aire.

Pero ella se arrojó contra él. Dio un salto y se lanzó.

Por suerte, él fue lo bastante listo para agarrarla y, a pesar del hecho de que eso significaba empaparse de agua salada, la tomó en brazos y la sujetó contra su cuerpo.

—Te tengo —anunció, consiguiendo con esas sencillas palabras que ella se derritiera y su enfado desapareciera.

Porque ese hombre siempre parecía tenerla, ya fuera para reconfortarla después de que ella lo hubiera atravesado con un dardo, o cuando se había disgustado con su abuelo, o cuando se había intoxicado con el pescado... él la tenía. Siempre.

Tan sencillo y terrorífico como eso.

CAPÍTULO 28

#UnaRaciónDeHumildad

Finn metió al empapado perro, y a la aún más empapada mujer, en el coche. Sacó una manta térmica del kit de emergencia y los envolvió con ella.

—E-estoy-bi-bien —le aseguró Pru entre el castañeteo de sus dientes. Tenía los labios azules.

Sí, claro. En otras palabras, «lárgate, Finn». Cosa poco probable. A Finn, sin embargo, no le sorprendió el intento de Pru. Cada vez que se acercaban demasiado, ella parecía lamentar el tiempo que habían pasado juntos.

En cambio él no lamentaba nada. Ni la sensación al tenerla en sus brazos, ni la sensación al estar en los suyos. Desde el primer día había habido una sorprendente cercanía entre ambos que, al principio, le había sorprendido, aunque lo había superado rápidamente.

Deseaba aún más, pero era lo bastante listo como para reconocer a una mujer reticente cuando la veía. Pru seguía estando muy insegura. Necesitaba más tiempo.

Y él ya había tomado la decisión de concedérselo.

—Se te van a salir los dientes por la cabeza —observó Finn, encendiendo la calefacción del coche.

Totalmente congelada, Pru no pronunció una sola palabra de queja. Parecía mucho más preocupada por perderse la pizza prometida.

—Hacen falta calorías para conservar el calor —aseguró—. Calorías como las de los pimientos con queso. Un montón.

—Llamaré para que la entreguen mientras te duchas —sugirió él.

—¡No! —Pru hizo una pausa, buscando una razón para deshacerse de él—. Lefty's no entrega a domicilio.

—Pues entonces la encargaremos en Mozza's.

—En Mozza's no hacen verdaderas pizzas —entre dos escalofríos, ella consiguió soltar un bufido.

—De acuerdo —Finn aparcó en la parte trasera de Lefty's—. Quédate aquí, intentaré regresar lo antes posible.

Pero Pru lo siguió pisándole los talones, aún envuelta en la manta térmica.

—¿No te fías de mí para elegir bien la pizza? —en la cola, él se volvió.

—Ni un poquito.

El propio Lefty estaba anotando los pedidos. Adoraba al público. Al ver a Pru le dedicó una enorme sonrisa.

—Hola, preciosa. ¿Te has caído por la borda? No es un buen día para salir a nadar. Hace fresco.

—No me había dado cuenta —murmuró ella—. Tuve que salvar a Thor. Una situación de vida o muerte.

Finn sonrió y Pru lo miró con gesto severo, retándole a contradecir su versión.

Al final él alzó las manos en gesto de rendición.

—Aquí hay una buena historia —Lefty enarcó las cejas—. Más vale que alguien empiece a hablar.

—Me encantaría —se excusó Pru—, pero tienes mucha gente esperando y...

—Esperarán —Lefty apoyó los codos sobre el mostrador

y se inclinó hacia delante—. ¿Es tan buena como la historia de cuando intentaste matar a tu chico con un dardo?

—¡Eso fue un accidente! —ella se volvió hacia Finn—. ¿Le has estado contando a la gente que intenté matarte?

—No —Lefty soltó una carcajada—. Él no dijo ni una palabra. Nunca lo hace. Fue Willa. Ah, y los chicos de Archer, Max y ese otro de aspecto terrorífico con el tatuaje en el cráneo.

—¿Cómo puede ser que la gente de nuestro edificio chismorreen más que un puñado de tipos en el parque de bomberos? —Pru se dio una palmada en la frente.

—¿No querrás decir más bien que un puñado de chicas de instituto? —preguntó Lefty.

—No —rugió ella—. Las chicas ni se acercan a los hombres a la hora de chismorrear —miró de nuevo a Finn con gesto severo, desafiante.

—Totalmente cierto —él asintió mientras pagaba la comida.

Dada la falta de entusiasmo de Pru para que fueran a su casa, llevó a Thor y a su dueña a la suya.

Mientras se bajaban del coche, ella murmuró algo que sonó mucho a «déjate la ropa puesta y todo irá bien».

—¿Algún problema? —preguntó Finn mientras se esforzaba por no sonreír.

—Tengo hambre, eso es todo.

Abrió la puerta en el instante en que su móvil empezó a sonar. Era Sean.

—Utiliza mi ducha para calentarte.

En cuanto ella se hubo encerrado en el baño, Finn contestó la llamada.

—Estamos al máximo del aforo —anunció su hermano.

—Eso es estupendo. ¿Y?

—Y —Sean parecía irritado—. Te necesitamos.

—La plantilla está al completo. El pub no me necesita.

Durante una prolongada pausa, Finn oyó claramente a su hermano rechinar los dientes.

—De acuerdo, yo te necesito —admitió al fin con evidente fastidio—. Se está celebrando una despedida de soltera y las damas de honor, te lo juro, tío, se han vuelto locas. Ya me han pellizcado el culo dos veces. Otro grupo está celebrando una fiesta de cumpleaños de un tipo que parece tener cien años y que ha venido con sus colegas. Están tomando chupitos. ¿Y si uno de ellos la palma? Por no mencionar que Rosa se ha puesto enferma y ha tenido que marcharse. Descifrando el mensaje en clave, significa que su novio no trabaja esta noche y quiere estar con él.

Finn oía la ducha al otro lado del pasillo. No había tenido a una mujer en su casa desde... nunca. Ni una sola vez. Las relaciones que había mantenido a lo largo de su vida siempre habían sido breves, y todas lejos de su casa. Solía mantener la vida personal apartada de la sexual.

Y la vida personal no había sido una prioridad en ningún aspecto. Su hermano y el pub constituían su mundo entero desde hacía mucho tiempo. Lo cual significaba que Pru había estado en lo cierto al asegurarle, aquella primera noche en el bar, que no estaba viviendo su vida. Su vida le había estado gobernando a él.

Y ya era hora de cambiar eso. Quería todo aquello que se había estado perdiendo. Quería una relación.

Y la quería con Pru.

—¿Me estás escuchando siquiera? —preguntó Sean, claramente molesto—. Necesito que arrastres tu culo hasta aquí y me ayudes con toda esta mierda.

—No —contestó Finn—. Tú estás a cargo.

—Pero...

—Invéntate algo —le interrumpió él antes de colgar.

Llenó un cuenco de agua para Thor y, dado que parecía seguir empapado, lo envolvió con una manta y lo acomodó sobre el sofá.

Thor lamió la mejilla de Finn y cerró los ojos. Treinta segundos más tarde se oían claramente sus ronquidos.

—Ojalá tu dueña fuera tan fácil de contentar —observó él.

El perro sonrió en sueños y soltó un pedo.

Pru permaneció bajo la celestial ducha de Finn hasta que consiguió descongelarse. A continuación se envolvió en una de las enormes y esponjosas toallas y fue en su busca con la esperanza de que pudiera prestarle una sudadera para ponerse mientras se le secaba la ropa.

Encontró a Thor durmiendo en el acogedor sofá. La puerta corredera estaba abierta, de modo que dejó dormir a su mascota y asomó la cabeza. La terraza era pequeña y acogedora, y completamente aislada gracias a las dos paredes laterales de estuco.

La decoración consistía en una mesita, dos sillas, y una impresionante vista de Cow Hollow y, más allá, del puente Golden Gate y la bahía.

Finn salió a la terraza y ella lo oyó colocar la pizza y la bebida sobre la mesa antes de acercarse a ella, que estaba contemplando las vistas con las manos apoyadas en la barandilla. Sus manos cubrieron las suyas y, de inmediato, sintió el calor del fornido cuerpo inundarla. Y algo más. Hambre. Deseo. Eran sensaciones que Finn siempre evocaba en ella, entre otras muchas.

—Esperaba que pudieras prestarme algo de ropa —consiguió proponerle.

—Sírvete.

La mantenía acorralada. Y le encantaba. Cuando agachó la cabeza para hundir la nariz en un lado del cuello, Pru estuvo a punto de transformarse en un gatito y empezar a ronronear.

—Me gustas así —murmuró él—. Una mujer cálida, suave, deliciosa, desnuda y envuelta en mi toalla.

—¿Y cómo sabes que, debajo de la toalla, estoy desnuda? —se oyó a sí misma preguntar en tono desafiante.

Y Finn aceptó el desafío. Deslizó una mano por el muslo de Pru y soltó una sensual carcajada cuando ella gritó.

—Ropa —exigió Pru.

—Claro.

Pero, en lugar de apartarse, él señaló con una mano hacia Fisherman's Wharf, donde, esforzándose mucho, ella consiguió ver el edificio de Jake.

—A veces me pongo aquí y te busco.

Pru cerró los ojos y permitió que su cuerpo persiguiera sus deseos, lo cual implicaba apoyar la cabeza contra el pecho de Finn.

Él le retiró los cabellos de la nuca y deslizó la boca por la sensible piel, provocándole un estremecimiento de primera clase.

—Qué bien hueles siempre —murmuró Finn contra su piel, los labios pegados a su barbilla mientras las manos se encargaban de encenderle los motores—. Y ahora hueles a mí. Me encanta. Me despiertas mucha hambre, Pru.

—Suerte que tenemos una pizza —contestó ella casi sin aliento.

—No tengo hambre de pizza —las manos de Finn se deslizaron sobre sus pechos cubiertos por la toalla, saltándose los pezones que se morían por recibir un poco de atención.

Pru soltó un pequeño gemido de protesta y lo sintió sonreír contra su cuello.

—Me estás provocando —se quejó ella.

—No, si te estuviera provocando haría algo como esto... —Finn dibujó un rastro de ardientes y húmedos besos por su garganta, sin dejar de acariciarla hasta que le arrancó un gemido.

—¡Finn!

—Dímelo.

«No cedas, Pru».

—Te necesito —susurró—. Te necesito muchísimo.

—Me tienes justo detrás de ti —Finn la giró y la sentó sobre la barandilla—. Agárrate fuerte —murmuró contra su garganta.

No teniendo ganas de morir, ella le rodeó el cuello con los brazos, lo cual hizo que la toalla se aflojara. Sin embargo, enfrentada a la elección de sujetarse a la toalla o a Finn, hizo lo que cualquier mujer de sangre caliente y hambrienta de sexo haría... dejó caer la toalla.

—Me dejas sin aliento, Pru —Finn la besó antes de apartarse lo justo para echar un prolongado vistazo y emitir un ronco gemido—. Cada jodida vez. Eres tan hermosa...

Ella abrió la boca para asegurarle que le sucedía lo mismo con él, pero, antes de poder decir nada, la boca de Finn cubrió la suya y las manos iniciaron un completo asalto por todo su cuerpo, desnudo. Solo hicieron falta unos instantes para que Pru se retorciera, pidiendo más.

La ardiente mirada de Finn recorrió todo su cuerpo, caldeándola desde el interior.

—¿Ya no tienes frío?

—Ni un poquito —ella sacudió la cabeza.

Sin dejar de sonreír, Finn deslizó la boca hacia abajo. En cuanto a Pru, seguía agarrada a él como si fuera un mono, la cabeza echada hacia atrás.

—¡Oh, Dios mío! —susurró—. Estamos fuera.

—¿Quieres que pare? —susurró él contra el hombro de Pru.

—Ni te atrevas —ella se apartó ligeramente, quedándose sin respiración cuando él tomó un pezón entre los dientes.

—Por favor, no me sueltes —perdida completamente la razón, Pru se balanceó contra él.

—Eso nunca —Finn siguió chupando el pezón, arrancándole a Pru gemidos de placer.

Con un brazo la sujetaba firmemente por la espalda, mientras que la mano libre se abría paso por el lado interno de los muslos. La barandilla sobre la que estaba sentada no era tan ancha como su trasero, pero la tenía bien sujeta y, a pesar de la broma que había hecho al asegurar que no se fiaba de él ni para elegir una pizza, sí se fiaba.

Lo cierto era que Pru confiaba en Finn al cien por cien, con la pizza, con su cuerpo y, para ser sincera, con su corazón también.

La idea le asustaba, pero Pru no tenía la suficiente fuerza mental para ocuparse de ello en ese momento. Estaba demasiado ocupada siendo despedazada de placer por los dedos de Finn. Sin embargo, en los oscuros rincones de su mente era muy consciente de que si confiaba en él al cien por cien, debía confiarle la verdad sobre quién era.

Y lo haría. El problema era que las cosas se habían calentado tan deprisa, y tan inesperadamente, entre ellos en el poco tiempo que llevaban juntos que todo se había vuelto incomprensiblemente complicado. Pru quería contárselo todo, y pronto. Pero, por otra parte, tampoco llevaban tanto tiempo juntos, solo dos semanas, y necesitaba un poco más de tiempo para aclararse las ideas.

La brisa del atardecer le acarició la piel desnuda, junto con la ardiente mirada de Finn. Cada centímetro de su ser pedía ser acariciado, lo necesitaba más de lo que había necesitado nada en su vida.

—Finn.

—No me sueltes —murmuró él, arrancándole un gemido cuando los dedos pasaron de acariciar a llevarla a la cima, al ritmo de los latidos de su corazón. De repente ya no le importaba si corría el riesgo de precipitarse a la muerte. Estaba demasiado ocupada estallando en mil pedazos.

Cuando al fin consiguió oír más allá del rugido de su

propia sangre en los oídos, rezó silenciosamente para que los vecinos no hubieran oído sus gritos.

—¿Hemos sido muy ruidosos? —preguntó en un susurro.

—¿Hemos? —él sonrió y, cuando ella lo golpeó en el pecho, soltó una carcajada.

Finn le agarró la mano y besó la palma antes de abrir el preservativo. Una vez protegidos, se hundió en su interior mientras los labios volvían a reclamar su boca.

Por Dios bendito. No iba morir de una caída. Iba a morir de placer, allí mismo...

CAPÍTULO 29

#HoustonTenemosUnProblema

La semana transcurrió desdibujada para Pru. Ese mes había dos lunas llenas, y SF Tours celebraba la semana del crucero a la luz de la luna.

Y eso implicaba que Pru, y los demás capitanes de barco, debían trabajar todo el día, descansando unas horas en cualquier superficie horizontal que encontraran en las oficinas antes de regresar al agua por la noche.

Y así durante tres días.

El cuarto día, se arrastró hasta su casa y directamente a la cama tras cenar un puñado de cereales. Sin embargo, poco después despertó en un dormitorio a oscuras y vio a alguien más allí. Alguien más que se quitó la camiseta y los pantalones.

Pru reconocería ese cuerpo atlético en cualquier lugar, y tragó nerviosamente ante el contorno bañado en la luz de la luna. Poco importaba las veces que lo viera desnudo, siempre la dejaba sin aliento. Todavía pestañeaba, esforzándose por ver más en la oscuridad cuando él se deslizó bajo las sábanas.

Desnudo.

—¿Chris Pratt? —preguntó ella—. ¿Eres tú?

—No necesitas a ningún Chris Pratt —contestó Finn mientras la abrazaba con pasión.

—¡Eh! —se quejó Pru ante el cuerpo helado y húmedo.

—Está lloviendo racheado —le explicó él mientras la abrazaba con más fuerza—. Una tormenta muy fea. Tu cama estaba más cerca que la mía. Y a la mía le falta una cosa.

—¿El qué?

—Tú.

Mierda.

—¿Cómo has entrado? —preguntó Pru—. Tienes unas manos prodigiosas, pero no tanto.

—Con la llave secreta —las manos prodigiosas empezaron a acariciarla mientras que él le besaba la nuca—. ¿Te importa?

Ella adoraba la sensación de su abrazo. Adoraba cómo la tocaba, con qué seguridad y saber hacer y, dado que en esos momentos la estaba lamiendo, se sentía incapaz de concentrarse en otra cosa que no fuera su lengua. ¿Si le importaba?

—Solo si dejas de hacerme eso.

Finn tenía unas manos hipnóticas, las palmas algo callosas, los largos dedos describiendo con precisión círculos alrededor de sus pechos, de sus pezones.

Si algo había aprendido de él era que se trataba de una persona muy física. Cada vez que estaban juntos, Finn quería tocarla, saborearla, ver... todo. Nada permanecía oculto, al menos nada que a ella se le ocurriera. Era un amante exigente, pero también infinitamente paciente y creativo. Pru nunca sabía exactamente qué esperar de él, solo que iba a dejarla jadeante y pidiendo más.

—¿No estás cansado? —le preguntó.

—Ya dormiré cuando me muera —Finn hundió los dedos por dentro de las braguitas para masajearle el trasero, antes de deslizarlas hasta los muslos.

Y ella supo que estaba perdida.

—Lo echaba de menos —le murmuró él al oído.

Un rato antes, Pru se moría por dormir, pero, en esos momentos, se moría por que aquello no acabara nunca.

—Tampoco ha sido tanto —consiguió decir—. Unos pocos días.

—Cuatro. Demasiado tiempo.

La camiseta y las braguitas desparecieron antes de que las expertas manos regresaran a la importante labor de volverle loca. En menos de un minuto Pru empujaba contra sus dedos. Y cuando llegó lo hizo tan deprisa que la cabeza le daba vueltas.

—Cómo me gusta verte llegar —susurró él antes de mostrarle de lo que era capaz la fuerza de la naturaleza.

Desde luego, la madre naturaleza no tenía nada contra él.

Más tarde, Pru permanecía en brazos de Finn, la cabeza apoyada sobre su hombro, el rostro apretado contra la garganta, consciente por la respiración de que él dormía profundamente. Pobrecillo, ser un maníaco sexual era agotador.

Había terminado de trabajar para acudir directamente a su casa. En la oscuridad de su dormitorio, Pru sonrió saciada, el corazón tan henchido que casi no sabía qué hacer consigo misma.

¿Alguna vez se había sentido así? Como si deseara meterse dentro del hombre que yacía junto a ella y permanecer allí.

Estar con Jake había sido estupendo, no tenía ninguna queja, pero no era la mujer adecuada para él. Al separarse, él había pasado página con aterradora facilidad.

Y lo cierto era que ella también.

Sin embargo le había generado una sensación de desasosiego y también bastante inseguridad sobre el amor en general.

Pero, cuando Finn O'Riley llegó a su vida, supo que no

debía siquiera sentir algo por él. No obstante, al parecer, algunas cosillas, como su corazón, no solo despertaron en un santiamén, sino que se escaparon de su control.

Solo con pensarlo sentía cómo el corazón se le inflamaba y, sin poder contenerse, pensó las palabras contra su garganta.

—Te amo, Finn.

Y de inmediato se quedó inmóvil, espantada, porque no había pensado las palabras, las había pronunciado.

En voz alta.

Continuó perfectamente congelada un instante más, hasta que se aseguró de que Finn no movía ni un músculo.

Al final, aunque no sin esfuerzo, consiguió relajarse, de nuevo recostada contra él y allí, en la oscuridad se dijo que no pasaba nada. Él no lo sabía.

Había tantas cosas que él no sabía…

El pánico, que nunca se alejaba mucho de ella, volvió a golpearla con fuerza. Se había intentado convencer de que había esperado para contárselo hasta que él la conociera mejor, para que pudiera entenderlo. Pero, en el fondo, no estaba segura de haber hecho lo correcto. Contárselo en esos momentos le iba a resultar más difícil, no más sencillo.

Y las consecuencias parecían más inciertas que nunca.

Como de costumbre, Pru se despertó justo antes de que sonara la alarma del despertador a la indecente y fastidiosa hora habitual de la madrugada. Sin embargo lo que la despertó no fue el día que la aguardaba. Ni el nudo de ansiedad que le comprimía el pecho.

Fue el hecho de estar abrazada a un fornido y cálido cuerpo.

Finn tenía una mano enredada en los cabellos de Pru y la otra firmemente oprimida contra su trasero y, cuando ella se movió para intentar soltarse sin despertarlo, él la apretó con más fuerza y soltó un gruñido.

Dividida entre su deseo de soltar una carcajada o excitarse terriblemente, ¡menudo gruñido!, Pru levantó la cabeza.

Y descubrió que no era la única abrazada a Finn.

Thor estaba al otro lado, la cabeza apoyada sobre el hombro de Finn, mirándola fijamente.

Y ahí sí que soltó Pru una carcajada, porque el gruñido había provenido del perro, no de Finn.

—¿Me estás tomando el pelo? —le susurró a Thor—. Es mío.

«No, no lo es», le recordó una vocecilla en la cabeza. «Él no lo sabe, pero te has cargado esta relación mucho antes de que empezara».

Pru ordenó a la vocecilla que cerrara el pico y devolvió su atención a Thor.

—Yo lo vi primero —susurró.

El perro volvió a gruñir.

El animalillo no parecía impresionado en absoluto. Pru abrió la boca para seguir discutiendo con él, pero entonces Finn habló, la voz grave y ronca.

—Hay bastante para los dos.

Pru se sintió sonrojar y concentró su atención en Finn.

Sí. Estaba completamente despierto, observando la escena y, se le ocurrió de repente, se estaba divirtiendo de lo lindo mientras la veía pelearse con su perro por él.

—¿Es mío? —repitió Finn.

—Es una manera de hablar —Pru hizo una mueca ante lo patético de la situación.

—Me gusta —él sonrió—. Me gusta esto. Pero, sobre todo, me gusta hacia dónde nos dirigimos.

De haber podido pensar con cordura, ella habría secundado esa idea, pero no podía pensar con cordura porque cada instante de cada día era dolorosamente consciente de que había construido una casa de cristal que jamás podría aguantar la tormenta que ya se avecinaba.

—Juraría que durante unos instantes te he perdido —observó Finn con calma, la mirada seria, oscura, cálida e intensa, mientras le acariciaba la barbilla—. ¿Ha sido por lo que he dicho sobre que me gusta hacia dónde nos dirigimos?

—Dado que siempre solemos dirigirnos a la cama —Pru optó por echar mano de su habitual humor despreciativo hacia sí misma—, no me puedo quejar —continuó en un tono de voz humorístico, esperando desesperadamente dirigir la conversación hacia aguas menos profundas, porque algo que no podía hacer era hablar con él mientras estaba desnuda en sus brazos.

Sin embargo debería haberse figurado que Finn no podía ser dirigido. Jamás.

—Es más que eso —susurró él con voz firme, tanto que ella envidió no tener aunque solo fuera un gramo de esa seguridad—. Mucho más.

Él le sostuvo la mirada, desafiándola a contradecirle. Pru tragó nerviosamente.

—Solo llevamos unas semanas —susurró.

—Tres —puntualizó Finn.

—Es que tengo la sensación de que vamos muy deprisa.

—¿Demasiado deprisa?

Pru se mordisqueó el labio, sin saber muy bien cómo contestar a eso. Lo cierto era que ya había reconocido ante sí misma lo que sentía por él. Y también era verdad que no le importaría continuar más deprisa todavía. Tenía ganas de saltar en su regazo, apretar el rostro contra su cuello, respirar hondo y reclamarlo como suyo.

Para siempre.

Pero lo había hecho todo mal, y por culpa de ello no tenía ningún derecho sobre él. Ni siquiera un poquito.

—Nena, no pienses tanto —Finn le acarició las sienes con suavidad.

Ella asintió ante la veracidad de la afirmación.

—Tienes miedo —observó él.

«Más bien estoy aterrorizada, gracias por recordármelo».
Ella volvió a asentir.
—¿De mí?
—¡No, no! —contestó con firmeza mientras tomaba el rostro de Finn entre las manos—. De lo que tengo miedo es de cómo me haces sentir.
Finn no pareció molestarse ni impacientarse ante tantas reticencias.
—Yo no digo que sepa hacia dónde vamos —le aclaró con calma—. Porque no lo sé, pero lo que sí sé es que hemos llegado hasta aquí porque lo que hay entre nosotros es bueno, muy bueno.
—Lo bueno puede volverse malo con mucha rapidez —ella asintió, pero rápidamente sacudió la cabeza—. Muy rápido —nadie mejor que ella para saberlo.
—La vida es una mierda y ambos lo sabemos —continuó él—, mejor que la mayoría. Pero sea lo que sea lo nuestro, no puedo dejar de pensar en ello. No puedo dejar de desear más. Creo que tenemos algo bueno, y eso no sucede todos los días, Pru. Y eso también lo sabemos —hizo una pausa—. Quiero que lo intentemos.
Ella cerró los ojos. Tenía el corazón encogido.
Finn se mantenía en silencio, pero ella lo sentía observarla.
—Pru, mírame.
Pru alzó la vista y la posó sobre la cálida mirada verde, muy fija en ella.
—Dilo —insistió muy serio—. Dime que esto no te va, que no lo sientes, y me marcharé.
Ella abrió la boca.
Y la cerró.
—Eres la autoproclamada hada de la felicidad —Finn le acarició el labio inferior con el pulgar—. Eres tú quien sermonea sobre salir ahí fuera y vivir una vida. ¿Por qué nunca predicas con el ejemplo, Pru? ¿Qué me estoy perdiendo?

Pru ahogó una carcajada ante la firmeza de Finn y dejó caer la cabeza.

—Cuéntame de qué tienes miedo —insistió él.

—Es difícil expresarlo con palabras —balbució ella.

—Lucha —era evidente que Finn no se lo había tragado. Hundió las manos en sus cabellos y le levantó el rostro—. Lucha por mí.

No podía decir otra cosa. Era su modus operandi. ¿Quería algo? Pues lo conseguía. Lo hacía suyo. Iba a por ello, al cien por cien.

Lo cual le hizo tomar conciencia de una cosa, debía adoptar su filosofía y seguir su consejo, luchar por aquello que deseaba. Luchar por él.

La noche anterior había dejado el móvil sobre la encimera de la cocina y lo oyó sonar desde el otro extremo del pasillo. Al principio lo ignoró hasta que dejó de sonar, pero de inmediato empezó otra vez. Aquello no presagiaba nada bueno y Pru saltó de la cama. Consciente de que iba desnuda, muy desnuda, se agachó para recoger algo del montón de ropa tirada en el suelo y oyó una exclamación ahogada proveniente de la cama.

Al volverse se encontró con Finn pendiente de cada uno de sus movimientos, los ojos entornados, aunque no de sueño.

Con un dedo en forma de gancho, le indicó que se acercara.

—De eso nada —ella lo apuntó con el índice—. Ni te atrevas a agitar tu varita mágica y... —mierda—. No me refería a varita mágica en el sentido de... —deslizó la mirada por el atlético torso y la tableta de abdominales, hasta esa parte de su cuerpo que siempre se alegraba visiblemente de verla—. Ya sabes.

—Nena —Finn soltó una carcajada—, si mi «varita», fuera realmente mágica, estarías encima de ella ahora mismo.

Pru se sintió ruborizar hasta la raíz del pelo, lo cual solo pareció divertirlo aún más. Dio un paso hacia él, pero se detuvo cuando el teléfono volvió a sonar por tercera vez. Soltando un suspiro, se puso la camiseta de Finn y salió del dormitorio.

Tenía tres llamadas perdidas, todas de Jake. Pulsó sobre el mensaje de voz que acababa de dejarle, activando el altavoz para poder preparar el muy necesitado café mientras lo escuchaba.

—O estás durmiendo o quizás fuera de casa, jugando al hada madrina antes de incorporarte al trabajo —sonó la voz descontenta de su jefe—. Me ha dicho un pajarito que le conseguiste a Tim un apartamento.

Maldito fuera. No había sido un pajarito. Nick la había delatado. Una vez más.

—No sé cuánto tiempo vas a seguir intentando arreglar problemas que no son tu cometido arreglar —continuaba Jake—. Pero en algún momento vas a tener que parar, y lo sabes, ¿verdad? No puedes seguir vigilando a los implicados en el accidente para solucionar sus vidas. El dinero para esa como se llame...

—Shelby —contestó Pru, como si Jake pudiera oírla.

—Y el apartamento para Tim. El trabajo para Nick. Y qué me dices de lo que hiciste por Fi...

Pru oyó un ruido a sus espaldas y desactivó el altavoz a la velocidad del rayo.

Porque ya sabía cómo terminaba la frase de Jake.

El pitido del borrado del mensaje de Jake resonó en toda la cocina mientras ella se volvía hacia Finn, vestido únicamente con los vaqueros desabrochados.

—¿De qué iba todo eso? —preguntó.

—Eh... —Pru agitó una mano en el aire—. Ya conoces a Jake, siempre metiendo las narices en todas partes.

—Pues da la impresión de pensar que eres tú la que se entromete en todo.

Pru respiró hondo. «Ten cuidado. Ten mucho cuidado, a no ser que estés dispuesta a que este sueño termine ahora mismo». Y sin embargo tenía que hacerlo. Cada vez estaba más claro. Y lo haría esa misma noche, después del trabajo. «Y después de que se te ocurra el modo de hacerle comprender que solo pretendías ayudar».

A pesar de que en el fondo de su corazón sabía que no había modo de hacerle comprender. Era un hombre inteligente y con recursos, y muy agudo, y estaba allí mismo, firme como una roca.

Su roca.

Esperando una respuesta.

—Es verdad que tengo tendencia a meter las narices en los asuntos de otros —asintió en el tono más desenfadado que pudo—. Tengo que irme a trabajar…

—O más bien cambiar de tema.

—O eso —la sonrisa de Pru se esfumó.

—¿Sabes qué…? —Finn se acercó a ella, posó las manos sobre sus caderas y se agachó para mirarla a los ojos—. En una ocasión me dijiste que necesitaba soltar cosas.

—¿Y no sabías que aplicarse el cuento a uno mismo es la cosa más difícil del mundo? —Pru soltó una risa ahogada y se quedó mirando fijamente la nuez de Finn.

—¿Qué está pasando, Pru? —él envolvió la coleta de Pru alrededor de un puño hasta que consiguió que levantara la vista y lo mirara.

—Lo que está pasando es que necesito arreglarme para ir al trabajo y…

—Aquí dentro —él le dio unos golpecitos en la sien.

—Te sorprendería lo poco que pasa ahí dentro —ella consiguió sonreír.

—No lo hagas —contestó él en voz baja—. Si no quieres seguir con esto no tienes más que decirlo.

Pru dudó un instante antes de recular un paso

—¡Vaya! —Finn parecía que hubiera recibido un puñetazo.

—No —intentó explicarle Pru—. Yo...

Pero él ya se había dado media vuelta y se dirigía al dormitorio. Pru empezó a seguirlo, pero Finn no tardó mucho en salir de nuevo, con los zapatos en una mano. Y sin camiseta, dado que ella la llevaba puesta.

—Finn.

Él continuó hacia la puerta.

—Finn.

Por fin se detuvo y se volvió hacia ella. Tenía la mirada turbia.

—¿Podemos hablarlo esta noche?

—Claro. Como quieras.

Finn se dispuso a salir por la puerta, pero, tras murmurar algo para sus adentros se volvió y, tomándola en sus brazos la besó. Al sentir la lengua tomar posesión de la suya, a Pru se le doblaron las rodillas, pero mucho antes de que estuviera preparada, él la soltó.

Tras contemplarla durante un segundo, se volvió y se marchó, cerrando la puerta tras él.

Pru se acercó a la puerta y apoyó las manos sobre ella, como si con ese gesto pudiera hacerle regresar.

Pero ya era demasiado tarde para eso.

CAPÍTULO 30

#AlGranoSeñora

Finn se detuvo ante la puerta de Pru y sacudió la cabeza. Le estaba ocultando algo, noticias frescas. Pero había algo más.

Él también ocultaba un secreto.

Mientras ella no estuviera implicada al cien por cien, él se sentía... seguro. La locura era que quería que se implicara por completo. Y él quería hacer lo mismo.

Pero no iba a suplicarle. Quería que ella acudiera a él por voluntad propia. Y hasta que no lo hiciera, podría conservar ese pedazo de su corazón y alma y mantenerlo a salvo de la completa aniquilación.

Se le daba muy bien.

Dejó caer los zapatos al suelo y metió los pies. Acababa de agacharse para atarse los cordones cuando la señora Winslow abrió la puerta.

—¡Vaya! Me alegra que mis ovarios estén marchitos —exclamó la anciana—. O solo con esa visión que me estás ofreciendo me habrías dejado embarazada.

Finn se irguió y le dedicó una mirada que hizo que la mujer estallara en una carcajada.

—Lo siento, chico —ella rio de nuevo—, pero tú no me asustas.

Con toda la dignidad de que fue capaz, Finn volvió a agacharse para terminar de atarse los zapatos mientras procuraba meter el trasero.

Una vez concluida la misión, se puso de pie y descubrió que la mujer seguía mirándolo.

—No estás mal —observó ella—, pero a mí me gustan más maduritos. Un hombre no sirve para nada hasta que no cumple al menos los cuarenta y cinco.

—Me alegra saberlo —murmuró él mientras arrancaba pasillo abajo.

—Porque hasta entonces —continuó la mujer—. No saben nada de las cosas importantes. Como el perdón. O la comprensión.

—Está intentando decirme algo otra vez —Finn soltó un suspiro y se volvió.

—Eso sí que es pensar, genio —las señora Winslow asintió—. Si tuvieras cuarenta y cinco años, o más, ya lo habrías pillado.

—Tengo un día muy ajetreado, señora Winslow —él apoyó las manos en las caderas—. A lo mejor podría abreviar y explicarme qué quiere que yo sepa.

—Bueno, eso sería demasiado fácil —contestó ella antes de entrar en su casa y cerrar la puerta.

Finn dirigió una mirada a la puerta de la anciana y otra a la de Pru antes de alzar las manos en el aire y decidir que no sabía nada de mujeres.

Finn entró en el bar. El equipo de limpieza de la mañana Marie, Rosa y Felipe, alzaron todos la vista de sus respectivas tareas de fregar y frotar y lo miraron perplejos.

Mierda. Se había olvidado que estaba realizando el matutino paseo de la vergüenza.

Sin camiseta.

—Bonito —fue Felipe quien se recuperó el primero y soltó un silbido de admiración mientras aleteaba las pestañas a gran velocidad y se abanicaba el rostro con una mano.

Finn puso los ojos en blanco para acompañar las carcajadas. Qué más daba. Se dirigió a su despacho y, para mayor irritación, encontró a Sean durmiendo en el maldito sofá.

Vestido con la maldita camiseta de repuesto de Finn.

Le propinó una patada en los pies y, con amarga satisfacción, lo vio despertarse de golpe mientras soltaba un gemido y rodaba por el sofá hasta caerse al suelo con un contundente golpe.

—¿Qué coño, tío? —exclamó Sean bostezando ampliamente.

—Necesito mi camiseta.

—Estoy dentro de ella —contestó su hermano. Lo cual era bastante obvio.

De acuerdo. Daba igual. Finn se golpeó los bolsillos en busca de las llaves. Iría rápidamente a su casa y...

Las llaves no estaban en los bolsillos. Seguramente, y con su suerte, estaban en el suelo del dormitorio de Pru. Salió del despacho y volvió a cruzar el pub.

—La vista es igual de bonita por detrás —le gritó Felipe.

Finn le sacó el dedo, ignorando las carcajadas y, tras subir por las escaleras, llamó a la puerta de Pru.

A sus espaldas oyó un respingo y un silbido. Girando la cabeza, volvió a ver a la señora Winslow, de nuevo en la puerta, con otras dos señoras que lo miraban boquiabiertas.

—Tenías razón —susurró una de ellas a la señora Winslow sin apartar la mirada de Finn.

Llevaba una mascarilla de oxígeno, lo que explicaba esa voz a lo Darth Vader.

—No había visto unas caderas así desde hacía sesenta años —anunció la otra anciana en un susurro parecido al de su amiga.

—Supongo que son conscientes de que las estoy oyendo, ¿verdad? —preguntó Finn.

Las tres ancianas le clavaron al unísono sus miradas.

—¡Oh, Dios mío! —exclamó la de la mascarilla de oxígeno—. ¡Es de carne y hueso!

—Tendrás que disculparlas —la señora Winslow bufó—. Seguramente necesitan que les reajusten la dosis de hormonas.

Finn decidió que no iba a esperar a que Pru abriera la puerta. Se había acostado con ella, saboreado cada centímetro de su cuerpo. Y ella había hecho lo mismo con él. De modo que comprobó el picaporte y, cuando este cedió suavemente en su mano, lo tomó como una señal de que el día solo podía ir a mejor.

Cuando Finn se hubo marchado, Pru permaneció muy agitada en la cocina. Impulsivamente, buscó el teléfono. Necesitaba un consejo. Dado que solo llevaba puesta la camiseta de Finn, apoyó el móvil contra el paquete de cereales sobre la encimera de la cocina para que, cuando se activara la videollamada, Jake solo pudiera verla de hombros para arriba.

No era necesario despertar ningún instinto asesino.

Cuando su jefe contestó la llamada, se limitó a quedárselo mirando.

—Hola —saludó ella.

—Hola tú. ¿Crees que no me sé de memoria tu cara cuando acabas de follar como una loca?

—¡Oye! —Pru hizo un esfuerzo por mantener el contacto visual—. Yo no te pongo en evidencia cuando tienes una noche de suerte.

—Sí lo haces. Entras en mi despacho, sacas la navaja de tu bolsillo y haces una muesca en la esquina de mi escritorio.

—Solo para constatar un hecho —protestó ella.

—¿Cuál?

—Que tienes suerte muy a menudo.

—¿Y cuál es el problema? —él enarcó una ceja.

—Necesito tu consejo —ahí la había pillado.

—¿Y por qué ahora?

—De acuerdo, me lo tengo merecido —Pru soltó un suspiro—. Pero ¿te acuerdas cuando te preocupaba que Finn fuera el único que pudiera resultar herido? —sintió que se le llenaban los ojos de lágrimas—. Te quedaste un poco corto.

—Demonios, Pru —continuó Jake con más suavidad—. Nunca supiste seguir un buen consejo.

—Soy consciente de que todo esto es un lío que he organizado yo solita —ella ahogó una risa y cerró los ojos—. Eso lo sé. Y no hay ninguna excusa para no haber encontrado el momento de hablar con Finn a lo largo de estas semanas.

Bueno, en realidad sí tenía una especie de excusa. Se moría de miedo ante la idea de perderlo cuando acababa de encontrarlo.

Aunque a Finn eso no le iba a suponer ningún consuelo.

—Chica —Jake suspiró—, el error ya se ha cometido. La mierda es un hecho. Díselo y ya está. Dile quién eres y quiénes fueron tus padres. Acaba con esto. Deja de esconderte. Te sentirás mejor.

No, no se sentiría mejor. Porque sabía lo que ocurriría a continuación.

Finn resultaría herido.

Le había desconcertado tanto la velocidad de los acontecimientos entre ellos dos, y cómo había perdido el control sobre ellos, que se sentía asustada. En realidad, aterrorizada. Porque hacerle daño era lo último que hubiera querido hacer jamás. Abrió la boca para decírselo, pero el sonido de unas pisadas que se acercaban a la cocina, ni aceleradas ni furtivas, le hizo volverse de golpe, sabiendo de antemano con quién se iba a encontrar.

Finn, por supuesto. Aún sin camisa, el rostro imperturbable, se acercó a la mesa y recogió las llaves que había olvidado.

Mierda.

A saber cuánto tiempo llevaba allí, o cuánto había oído. Por su expresión era imposible de decir, ya que no dejaba adivinar nada.

Y ahí tenía su respuesta.

Lo había oído todo.

—Finn —saludó Jake mientras enarcaba una ceja ante la falta de camisa.

—Jake —contestó Finn sin darse cuenta de la pregunta silenciosa del otro hombre, o haciendo caso omiso de ella.

Ambos se volvieron hacia Pru, ambos con una mezcla de afecto y preocupación. Y, en cualquier caso, con motivo, pues ella sintió repentinamente ganas de vomitar.

«Qué a punto», pensó.

—Pru —la voz de Finn sonaba tranquila.

No había sido una pregunta, más bien una afirmación. Quería saber lo que estaba pasando allí.

Aquello iba a acabar muy mal. Y lo peor era que todo había comenzado con la mejor de las intenciones. Lo único que había pretendido era arreglar un mal que lamentaba y que había llevado a cuestas hasta encontrar el modo de solucionarlo.

No era la primera vez que lo hacía, y con éxito. Pero había cruzado el límite, y lo sabía.

—Confía en él, chica —le aconsejó Jake—. Se merece la verdad, y tú te mereces ser libre de todo esto de una vez por todas. Si es quien crees que es, todo saldrá bien.

Y el muy bastardo, rata soplona, colgó el teléfono.

—¿Pru? —Finn deslizó los dedos de una mano por la barbilla de Pru, hundiéndolos en sus cabellos.

Su expresión era de preocupación, pero eso no le impidió invadir su espacio como si fueran pareja. Una pareja muy íntima.

Pru sintió que el corazón se le encogía. Era todo lo que ella siempre había deseado.

Unos minutos antes la expresión del rostro de Finn había sido la del gruñón madrugador, y profundamente satisfecho. Pero en esos momentos había algo más en su lenguaje corporal y... ¡por Dios bendito!, tenía una marca de mordisco junto al pezón izquierdo. Pru sintió que el calor inundaba sus mejillas.

—Tengo otra en el culo —le indicó él, aunque no en el habitual tono divertido o tórrido que solía emplear cuando hablaban de sexo—. Luego volveremos a eso. Ahora habla conmigo, Pru.

El corazón de Pru galopaba aceleradamente, la sangre rugiendo en sus venas, el pánico aflojándole las piernas. Miró el teléfono, pero Jake ya se había marchado y en la pantalla solo veía su propio reflejo.

Ella tampoco había salido ilesa de la velada. En su cuello había un arañazo provocado por la barba de Finn, y sabía que tenía otro igual en los pechos.

Y entre los muslos.

Finn le había proporcionado un placer como nunca había conocido. Tanto en la cama como fuera de ella.

Pero todo eso se había terminado.

—Lo siento muchísimo —comenzó—. Te he estado ocultando una cosa.

—¿El qué? —la voz de Finn reflejaba cierto recelo, aunque seguía tranquilo. Dispuesto a escucharla.

Ella sintió que la presión sanguínea le subía hasta la estratosfera.

—Cuéntamelo, Pru.

Si iba a mostrarse tan sosegado y sensato sobre el tema...

—Se trata de mis padres —Pru respiró hondo—. Y su accidente.

La mirada de Finn se dulcificó, algo que ella no se merecía.

—Nunca me contaste gran cosa de cómo fue —observó

él—. Y yo no quería presionarte. Tú no me presionaste con toda la mierda sobre mi padre y te lo agradezco, de manera que...

—Murieron en un accidente de coche —ella se humedeció los resecos labios—. Ellos... causaron más problemas —hizo una pausa—. Problemas que afectaron a la vida de gente.

—¿Y? —la animó él sin perder el contacto visual.

—Y yo me he implicado.

—¿Has estado... ayudándoles?

—Sí, pero, comparado con lo que hicieron mis padres, no ha sido casi nada.

—Eso debe resultarte muy doloroso —Finn la contempló detenidamente.

—No, en realidad, el efecto es sanador.

Él la miró con escepticismo.

—Tuve que hacerlo —susurró Pru—. Finn, mis padres iban en el coche que mató a tu padre.

—¿De qué hablas? —Finn frunció el ceño. El tipo que conducía el coche que lo arrolló se llamaba Steven Dalman, o algo así.

—Era mi padre —asintió ella—. Mi madre nunca adoptó su apellido. Su familia estuvo en contra de su matrimonio desde el comienzo, igual que la de él. Ella fue la que me puso su apellido, no él... —se interrumpió al ver que Finn se apartaba bruscamente de ella.

Se mesó los cabellos y no pronunció una palabra. Pru ni siquiera podría asegurar que respiraba, pero era incapaz de apartar la mirada de él. De las fibrosas y finas marcas de los músculos de la espalda. De la parte más pálida, allí donde los vaqueros se habían resbalado.

De la tensión que reflejaba todo su cuerpo.

—Yo solo quería... —intentó explicarle.

—¿Qué querías? —Finn se volvió bruscamente—. ¿Satisfacer tu curiosidad? ¿Ver si Sean y yo estábamos tan destrozados como tú? ¿Exactamente qué querías, Pru?

—Arreglarlo —contestó ella con un nudo en la garganta—. Es lo único que quise siempre, ayudar. A vosotros dos, a todos a los que mi padre... —se tapó la boca con una mano.

Destruyó.

—Entiendo —asintió él con calma—. De modo que eso he sido para ti, otra mascota en tu programa de acogimiento, como los demás. Para enmendar sus vidas rotas.

—No, yo...

—La verdad, Pru —exigió Finn con rabia—. Me lo debes.

—De acuerdo, sí, necesitaba ayudar a todos como pudiera. Necesitaba enmendar las cosas —repitió, tragándose un sollozo al ver que él sacudía la cabeza. Lo estaba perdiendo—. Hice lo que pude.

—Yo no necesitaba que me salvaran —espetó él—. Sean y yo nos teníamos el uno al otro y estábamos bien —se detuvo y la taladró con una mirada afilada como un cuchillo—. Fuiste tú. Tú nos conseguiste ese dinero supuestamente recolectado por la comunidad. ¡Jesús! ¿Cómo no me di cuenta antes? —entornó los ojos—. ¿De dónde venía ese dinero? ¿Por eso vendiste la casa familiar? ¿Para darnos el dinero?

—No, el dinero de la casa fue a las otras víctimas. Para ti y para Sean utilicé el seguro de vida de mis padres.

—¡Mierda!

Finn le clavó la mirada una última vez antes de darse media vuelta para marcharse.

—Finn, por favor —Pru consiguió colarse entre Finn y la puerta.

—¿Por favor, qué? —preguntó él con frialdad—. ¿Quieres hacerme comprender cómo llegaste a mi vida de manera deliberada y calculada? ¿Cómo te mudaste a este edificio? ¿Cómo entraste en mi pub? ¿Cómo te convertiste en mi amiga y después en mi amante? ¿Y todo fingiendo desearme, cuando lo único que pretendías realmente era aliviar tu sensación de culpa? —se detuvo y cerró los ojos durante un instante—. ¡Por Dios, Pru! Ni siquiera te vi venir.

—No fue así —escuchar en voz alta la acusación por todos sus delitos hizo que Pru se sintiera asqueada hasta el alma.

—¿Ah, no? Me buscaste, decidiste que necesitaba ayuda, te acostaste conmigo, seguramente te reíste al rememorar cómo yo te decía lo mucho que significabas para mí… y todo sin contarme quién eras en realidad, todo para calmar tu maldita conciencia —Finn sacudió la cabeza—. Espero que ya hayas sacado de mí todo lo que querías, porque hemos terminado.

—No, Finn, yo…

—Terminado —repitió con terrorífica fatalidad—. No quiero volver a verte, Pru.

Y sin decir una palabra más se marchó, rompiendo un corazón que Pru ni siquiera había sido consciente de poseer.

CAPÍTULO 31

#PorLosPelos

Hundida por el peso de tantas emociones que no era capaz de nombrar en su totalidad, Pru llamó al trabajo para decir que se encontraba enferma, haciendo creer a Jake que le había bajado la regla y que sufría unos tremendos calambres.

Dado que nunca antes había utilizado una excusa así, en realidad nunca había faltado un día al trabajo, no lo lamentó lo más mínimo.

De algo tenían que servirle los ovarios, ¿no?

Durante horas vio capítulo tras capítulo de *Juego de tronos*, sin abandonar el sofá en ningún instante. Cada vez que sus pensamientos regresaban a Finn, su corazón daba un salto mortal en el pecho, los pulmones se detenían y el estómago le empezaba a doler. De modo que recurrió a lo que haría cualquiera inmersa en la agonía de una desagradable ruptura.

Comer.

A la mañana siguiente despertó bruscamente cuando alguien llamó a su puerta. Parpadeó y miró a su alrededor. Seguía vestida, seguía en el sofá, rodeada de envoltorios vacíos de chocolatinas y otras variedades de comida basura, evidencias de una orgía de piedad. Consultó el móvil, pero no tenía ninguna llamada perdida, mensaje o correo electrónico de Finn.

¿Por qué iba a tenerlo? Finn había sido suficientemente claro.

No quería volver a verla.

La llamada en la puerta se repitió con más insistencia. Pru se levantó del sofá y miró por la mirilla.

Willa, Elle y Haley.

Elle estaba en medio de las otras dos, y miraba directamente a la mirilla.

—No tengo muchas ganas de ver a nadie —se disculpó Pru—. Más bien me siento bastante negativa y tóxica, de modo que...

—De acuerdo, escucha, cielo —se oyó la voz de Elle—. A veces la vida es un asco. El truco consiste en no permitir que los pensamientos negativos y tóxicos se instalen en tu cabeza. Súbeles el alquiler y échalos de ahí. Además, he traído algo para ayudarte.

Sujetó una bolsa en alto.

Los muffins de Tina.

Y Pru abrió la puerta.

Elle le entregó la bolsa.

Haley una enorme taza de café.

Willa sonrió.

—Mi trabajo consiste en mostrar mi apoyo y conseguir que hables.

—Qué sutil —observó Elle.

—De acuerdo, nací sin el gen de la sutileza —Willa abrazó a Pru—. Pero deberías saber que somos espectacularmente buenas como apoyo.

—¿Aunque la haya fastidiado?

—Sí —Willa asintió.

—No pienso hablar de ello —les advirtió Pru, apenas capaz de hablar a través del nudo que tenía en la garganta—. Ahora no. Puede que nunca.

Sin que pareciera preocuparles ese detalle, las tres amigas entraron en el apartamento e hicieron un examen visual de la escena del crimen.

—¿Existen las patatas fritas con sabor a beicon? —Willa tomó la bolsa, ya vacía, y la contempló con tristeza—. Apuesto a que estaban buenísimas.

—¿Cómo supisteis que pasaba algo malo? —preguntó Pru con lo que le pareció una voz tranquila.

—Porque no fuiste al karaoke de los años ochenta, y tampoco contestaste ninguna de nuestras llamadas anoche —le informó Elle—. Dijiste que no te lo perderías, salvo que Chris Evans llamara a tu puerta —contempló detenidamente a Pru, que llevaba la ropa arrugada y el pelo revuelto—. Y creo que puedo afirmar que no se dio ese caso.

—Pero podría haberse dado —murmuró ella mientras dejaba el café a un lado para hundir la mano en la bolsa de muffins.

Empezó por uno de chocolate con pepitas de chocolate.

Haley alargó una mano hacia la bolsa, pero Pru la sujetó contra su pecho con un gruñido que no desmerecería uno de Thor.

—De acuerdo, no vas a compartir —la otra mujer alzó las manos en el aire en gesto de rendición—. Lo he pillado —se volvió hacia Elle y Willa—. Creo que acabamos de verificar el rumor de ruptura.

—¿Hay un rumor de ruptura? —Pru se quedó helada.

—Un poquito —Willa acercó el dedo índice al pulgar, dejando un espacio de unos dos centímetros.

—Ahora me gustaría estar sola —Pru se dejó caer en el sofá, sin soltar la bolsa de muffins.

—Claro —Elle asintió—. Lo entendemos —continuó antes de sentarse en un extremo del sofá y subir el volumen del televisor con el mando—. Es la tercera temporada, ¿verdad? Me encanta este programa.

Embelesada, con la mirada fija en la pantalla, Haley se sentó en el otro extremo del sofá.

Pru abrió la boca para protestar, pero Willa tomó la iniciativa, sentándose también y dejando un hueco en el centro para Pru.

Ella suspiró ruidosamente en un respetuoso silencio, que apreció más de lo que debería admitir. No estaba sola.

Dos días más tarde, Pru se dirigió caminando al trabajo. Bajo la lluvia. Supo que estaba realmente mal cuando Thor ni siquiera protestó. Lo que sí hizo el animal fue mirarla constantemente, preguntándose de qué humor deberían encontrarse.

Devastados. Ese era el estado anímico del día. Sin embargo, no quiso asustarlo.

—Estaremos bien.

Thor ladeó la cabeza, la oreja tiesa temblando ligeramente. No se lo había tragado.

Y por un buen motivo. Pru no había dormido. Había vuelto a llamar al día siguiente para confirmar que estaba enferma y Jake se lo había permitido una vez más.

Hasta esa mañana. Él la había llamado al amanecer.

—Me da igual que el útero se te esté desintegrando, tómate algo y mueve tu culo hasta aquí. Hoy.

A Pru no le sorprendía. Y, para ser sincera, estaba preparada para volver al trabajo después de dos días lamiéndose las heridas y comiendo más helado del que había comido en todos sus veintiséis años. Ya no le quedaba más energía para autocompadecerse. Mantener todo el tiempo ese nivel de desesperación resultó ser muy difícil.

De modo que con un pequeño bramido, se había duchado y dirigido al trabajo.

—Me siento... estúpida —le había confesado a Thor—. Todo esto es culpa mía, ¿sabes?

—Cielo —contestó una mujer con la que se cruzó en la acera—. Jamás admitas que la culpa es tuya —llevaba el vestido rojo más diminuto y ajustado que Pru hubiera visto jamás, y unos impresionantes tacones de más de doce centímetros.

—Pero esta vez es cierto —le contó ella.

—No, me has malinterpretado. Nunca admitas que es culpa tuya, pero sobre todo cuando sí lo es.

La mujer continuó su camino, pero Thor se detuvo y posó las patitas delanteras en la pierna de Pru.

Y ella lo tomó en brazos, recibiendo un lametón en la mejilla.

—Sé que, pase lo que pase, me quieres —Pru sintió un nudo en la garganta. Lo abrazó, al parecer apretando con demasiada fuerza porque el animal solo aguantó un par de segundos antes de gruñir.

Ella soltó una mezcla de risa y sollozo y aflojó el abrazo. Al llegar al trabajo, caminó directamente hacia los despachos, pasó de largo y entró en la zona de vivienda de Jake.

Estaba levantando pesas, con la música tan alta que las ventanas vibraban. Pru apagó el equipo de sonido y se volvió hacia él.

—¿Estás bien? —preguntó él, dejando caer las pesas y girando la silla hasta colocarse frente a su empleada, el rostro crispado de preocupación.

Pru había ensayado lo que iba a contarle. Algo parecido a, «Ya sé que me lo advertiste, y tal y tal y tal, de modo que no hablemos de ello, pasemos página». Pero, cuando abrió la boca, no salió ninguna palabra de ella.

—¿Qué está pasando?

Aunque sí estalló en lágrimas.

—¿Olvidaste tomarte algo? —Jake la miraba afligido—. Tengo un calmante para reglas dolorosas. Está en mi cuarto de baño. Lleva ahí más de un año, pero nunca encontré el momento para dártelo sin que mi cabeza corriera peligro.

—¡No me vino la maldita regla! —ella arrojó el bolso contra él.

—Mierda —Jake palideció—. ¡Joder! De acuerdo, primero lo mato y luego…

—¡No! —Pru soltó una carcajada mezclada con más lágrimas—. No estoy embarazada.

Él soltó un suspiro de alivio.

—Pues la próxima vez empieza por ahí.

Ella sacudió la cabeza y se volvió para marcharse, pero Jake era cada vez más rápido sobre su silla de ruedas. Se colocó delante de ella y le bloqueó el paso.

—Háblame, chica —le pidió.

—¿Ya has terminado de comportarte como un imbécil?

—Lo intentaré —contestó muy serio, la mirada fija en ella—. Entonces se lo contaste.

Pru asintió.

—Y… ¿todo se fue al garete? —adivinó Jake.

—Directo al cubo de la basura —ella volvió a asentir.

—Lo siento.

—No lo sientas —Pru sacudió la cabeza—. He sido una imbécil. Debería habérselo contado desde el primer momento, tal y como me aconsejaste un millón de veces.

—Mira, chica —Jake suspiró—. Cierto que te equivocaste. Pero lo hiciste por un buen motivo, y deberías sentirte bien por ello. Decidiste ayudar a todos los implicados en ese accidente y ahora puedes decir que lo lograste. A lo grande. Mucho más a lo grande de lo que lo hubiera hecho cualquier otra persona que conozco.

—De modo que misión cumplida —contestó ella en un susurro.

Si reflexionaba sobre ello tenía que admitir que se sentía bien al respecto.

—Sí —contestó Jake—, y estoy orgulloso de ti.

El elogio de su jefe actuó como un bálsamo sobre su corazón roto. No obstante, el dolor no se fue, y no estaba segura de que fuera a desaparecer alguna vez.

Había sufrido una gran pérdida y no tener a Finn en su vida era muy difícil de asumir. Pero ya había sobrevivido a cosas peores y siempre había salido a flote.

Y volvería a hacerlo.

Bueno, en la siguiente ocasión quizás le contaría quién era antes de llegar a la parte sexy e involucrar al corazón.

Los dos primeros días transcurrieron para Finn sumidos en una nebulosa. El tercero, mientras se duchaba, consideró la mierda en que se había convertido su vida. Y así permaneció hasta que se terminó el agua caliente. Y así siguió mientras el agua se volvía fría y luego helada, olvidando por completo que había sequía y que lo penalizarían si superaba el límite de agua que tenía autorizado para el mes.

Sentado en el sofá, contemplando la pantalla apagada del televisor, decidió llamar a Sean.

—Me voy a tomar la noche libre —le anunció.

—Y una mierda —contestó su hermano—. ¿Tres noches seguidas? Yo no puedo solo con todo esto, Finn. Esta es una maldita sociedad y tienes que empezar a comportarte en consonancia.

—¿Estás utilizando mis propias palabras contra mí? —Finn cerró los ojos, dejó caer la cabeza y se esforzó por reprimir una carcajada.

—Pues sí —Sean hizo una pausa—. ¿Funciona?

—Creo que me debes mucho más que unas cuantas noches.

—Sí —su hermano emitió un prolongado suspiro—. ¿Qué sucede?

—Nada.

—Mentira —contestó Sean—. Tú nunca te tomas tiempo libre. Déjame adivinar… ¿vas a escaparte de casa? No, mucho peor. Mierda. Dímelo rápido, como si me estuvieras arrancando una tirita. ¿Te estás muriendo?

—No me estoy muriendo. ¡Jesús!, eres la reina del drama.

—De acuerdo, entonces, ¿qué te pasa? —exigió saber Sean—. Me vas a abandonar, ¿es eso?

Finn se pellizcó el puente de la nariz. El peor temor de Sean era que lo abandonaran y, para ser justos, era lógico que sufriera esa sensación de ansiedad dado el comportamiento de sus padres. Dejar los propios problemas de uno a un lado no era fácil, pero Finn lo logró durante unos segundos.

—Yo nunca podría abandonarte —le aseguró—, eres mi hermano.

—La gente abandona a su familia constantemente —insistió Sean—. O simplemente se largan.

—De acuerdo —Finn suspiró—. Supongo que sí podría abandonarte. Y no me malinterpretes, hay días en los que, como mínimo, me apetecería estrangularte lentamente. Pero escúchame con mucha atención, Sean, sinceramente nunca, ni una sola vez, he querido echarte de mi vida.

Tras un prolongado silencio, Sean al fin habló con voz entrecortada.

—¿En serio?

—Sí. Haría cualquier cosa por ti. Y jamás te dejaría.

Y hasta hacía unos pocos días, le habría hecho la misma promesa a Pru.

Y, sin embargo, la había abandonado.

Al recordarlo sintió un primer asomo de duda que, con largos y gélidos dedos, lo agarró, implacable como la niebla de la tarde.

—¿Vas a contarme qué está pasando? —preguntó Sean—. Si no soy yo y el pub está bien, entonces ¿qué es? ¿La has cagado con Pru o algo así?

—¿Por qué dices eso? —exigió saber Finn.

—¡Eh, tío, cálmate! Es por pura eliminación. Aparte del trabajo, no hay nada que te pueda poner en ese estado. Así pues, ¿qué ha pasado?

—No tengo ganas de hablar de ello.

—¿Por lo de Mellie? —preguntó Sean tras reflexionar unos segundos—. Ya te he pedido perdón un millón de veces, pero volveré a hacerlo. Fui un gilipollas y un imbécil. Y estaba completamente borracho aquella noche. Y pasó hace mucho tiempo. Yo jamás...

—Esto no tiene nada que ver con Mellie —le aseguró Finn.

—¿Entonces? Porque Pru es casi perfecta para...

Finn suspiró. Pru no era perfecta, pero sí era perfecta para él.

—¿Y por qué tiene que ser culpa de alguien?

—Así funciona el mundo —su hermano rio con amargura—. Los hombres la cagan. Las mujeres perdonan... o no. Así suele suceder.

—Me fui —Finn soltó un suspiro—. Tenía mis motivos, pero no estoy seguro de haber hecho lo correcto.

Era toda una confesión, dado que él casi nunca se cuestionaba sus propias decisiones.

—Si algo he aprendido de ti —le aseguró Sean— es a aguantar y siempre hacer lo correcto. No lo más fácil. Lo correcto.

—Escúchate —él consiguió reír brevemente—, hablando sensateces y toda esa mierda.

—Lo sé, ¿quién lo hubiera dicho, verdad? ¿Y bien... vas a hacerlo? ¿Vas a hacer lo correcto?

—¿Quién eres y qué has hecho con mi hermano? —Finn suspiró de nuevo.

—Tú date prisa en solucionarlo para que puedas volver al trabajo.
—Ah, ya ha vuelto mi hermanito.

CAPÍTULO 32

#LlevadmeAnteVuestroLíder

Cuando Finn al fin consiguió acercarse al pub aquella noche, se quedó en medio del local, bañado por la música. Sus amigos y clientes estaban todos allí, divirtiéndose, riendo, bailando, bebiendo...

El negocio era todo un éxito, mucho mayor del que podría haber soñado jamás. Nunca se había parado a considerarlo realmente, pero en esos momentos sí se daba cuenta de que el corazón le había sido arrancado del pecho por una hermosa y dinámica mujer con unos ojos que lo succionaban y lo mantenían paralizado, una dulce y traviesa sonrisa que lo había transportado a lugares en los que nunca había estado. Y sin mencionar cómo se había sentido en sus brazos.

Como Superman.

Y la había abandonado. Bruscamente. Cruelmente. ¿Su crimen? Intentar asegurarse de que estuviera bien tras sufrir una tragedia de la que ella no era culpable en absoluto.

Odiándose a sí mismo, se quedó parado en medio del bar. No estaba de humor. Necesitaba pensar, decidir qué hacer para aliviar el dolor en el pecho y la certeza de que había abandonado lo mejor que le hubiera sucedido jamás.

Pero todo el grupo estaba allí, agitando las manos hacia él. Preparándose para la inquisición, se dirigió hacia ellos.

—Hay rumores de que has sido un imbécil —lo saludó Archer.

—¿Cómo demonios has sabido…? —Finn lo fulminó con la mirada.

—Las chicas y yo estuvimos en casa de Pru —le explicó Willa.

—¿Está bien?

—Parece que acabaran de arrancarle el corazón —su amiga lo miró a los ojos—. Es evidente que ha estado llorando.

Mierda.

—Pasara lo que pasara —Elle le apretó la mano—, no fue solo culpa tuya. A fin de cuentas eres un ser humano portador de un pene. Estáis programados para ser gilipollas.

—Siéntate —Spence le acercó una banqueta y le sirvió una cerveza de la jarra.

—Llevas gafas —Finn lo miró detenidamente.

—¿Te gustan? —Haley sonrió orgullosa—. Se las elegí yo.

—No es verdad —intervino Spence—. Lo hice yo.

—Estuviste tan impaciente como siempre —Haley le dio una palmadita como si se tratara de un cachorro—, y elegiste el primer modelo del expositor. Te llevó menos de dos segundos. Esperé hasta que te hubieras marchado y las dejé en su sitio antes de elegirte unas mejores y que te favorecían más.

—A mí me gustaban más las otras —Spence se quitó las gafas y las contempló.

—¿De verdad? —preguntó Haley—. ¿Y de qué color eran?

—Color de gafas —contestó Spence.

—¡Hombres! —su amiga se volvió hacia Willa y Elle que asintieron al unísono.

—Por eso sigues soltero —observó Archer.

—Tú también lo estás —protestó el otro hombre.

—Pero porque quiero.

—Habíamos venido para meternos con Finn no conmigo. Ciñámonos a ese plan.

—Eso es —Archer se volvió hacia Finn—. Cuéntanos cómo la cagaste para que podamos sacarle punta y reírnos.

—Y después solucionarlo —añadió Willa mirando con severidad a los otros mientras daba una palmadita en la banqueta vacía—. Vamos, no seas tímido. Cuéntanoslo todo.

—Sí —Elle asintió—. Quiero saberlo todo, porque esa chica ¿sabes qué, Finn?, no es solo tuya, ya es nuestra también.

—No es mía —puntualizó Finn.

Todos lo miraron boquiabiertos.

—¿Tiene esto algo que ver con el deseo que pidió para ti a esa maldita fuente? —Elle entornó los ojos—. Lo sabías, ¿verdad?

—¿Pidió un deseo para mí? —Finn parpadeó perplejo.

—¿Alguna vez has oído hablar de la discreción? —preguntó Archer a Elle—. ¿Siquiera una vez?

—De acuerdo, él no lo sabía —la aludida se encogió de hombros—. Denúnciame —le dedicó una mirada asesina a Archer—. Lo dices como si tú fueras un experto en discreciones.

—¿Exactamente qué es lo que no sabía? —Finn se negaba a permitirles que se fueran por la tangente—. O alguien empieza a hablar claro, o juro por Dios…

—Le pidió a la fuente un amor verdadero para ti —le interrumpió Willa—. Nunca entendí por qué lo pedía para ti y no para ella. Seguramente porque ella es así, hasta la médula.

—He estado un millón de veces cerca de esa fuente —Spence contuvo la respiración—. Y jamás se me ocurrió pedir un deseo para otra persona. Eso es…

—Generosidad —interrumpió de nuevo Willa—. Pura generosidad. Y, por cierto, a ninguno de nosotros se nos habría ocurrido tampoco. Spence no es el único cerdo insensible.

—Gracias, Willa —contestó Spence secamente.

—¿Y bien? —ella contempló expectante a Finn—. ¿Qué pasó?

Un tremendo nudo se apretó en su pecho. Finn agarró el vaso de cerveza de Spence y lo apuró de un trago, aunque no sirvió de nada.

—Sírvete tú mismo —murmuró su amigo.

Todos aguardaban expectantes.

—No puedo —él sacudió la cabeza—. Es... privado. Lo que pasó entre nosotros quedará entre nosotros.

—Oye, esto no es Las Vegas —protestó Spence, ganándose una palmada de Elle en la espalda.

—¿La quieres? —preguntó Willa.

La pregunta hizo que el nudo se apretara dolorosamente un poco más.

—Ese no es el problema. Ella... me ocultó algo.

—Eso huele mal —opinó Archer que, como bien sabía Finn, conocía el poder de los secretos y la capacidad que tenían para destrozar vidas.

—No —Elle miró furiosa a Archer—. No te pongas tan ciegamente en contra de ella. Puede que tenga sus motivos. Y que sean buenos —añadió con severidad.

Y eso era algo que Elle sabía de sobra. Ella también tenía secretos. Secretos que se guardaba para ella misma.

Archer miró a la joven a los ojos y algo se transmitió entre ambos. La discusión había subido un poco de tono, pero Willa, siempre pacificadora, intervino.

—¿La amas? —repitió con firmeza.

En la mente de Finn se agolparon las imágenes de Pru entrando empapada en el pub, pero sin perder la sonrisa. Pru arrastrándolo a un partido de softball. Pru consolándolo tras la pelea con Sean. Pru abrazada a una foto de sus padres fallecidos y sonriendo ante su recuerdo. Ella había llevado una especie de equilibrio a su vida, un equilibrio que necesitaba desesperadamente. Daba igual que estuviera a los mandos de un enorme barco, a cargo de la seguridad de cientos de personas, o sumergiéndose en una ola para salvar a su perro. Nunca dejaba de hacerle sentirse... vivo.

Bastaba con una de sus sonrisas para alegrarle el día. Y el sonido de su risa le producía el mismo efecto. Por no hablar de la sensación de tenerla bajo su cuerpo, abrazada a él cuando se hundía tan profundamente dentro de ella que no se imaginaba poder disfrutar de semejante intimidad con cualquier otra mujer...

—Sí —contestó casi en un susurro. No le hizo falta alzar la voz porque sus amigos esperaban su respuesta en un tenso silencio—. La amo.

—¿Se lo has dicho? —preguntó Willa.

—No.

—¿Por qué no?

—Porque... —«eso es, genio, ¿por qué no?»—. ¿Y a cuántas personas se lo has dicho tú?

—Muy buen intento poniéndote a la defensiva —intervino Elle sin demasiado entusiasmo.

—Lo entiendo cuando juegas un partido o presumes ante los chicos y necesitas una polla kilométrica —continuó Willa—. Pero se trata de Pru.

—¿Una polla kilométrica? —Spence sonrió.

Willa agitó una mano hacia él y se dirigió de nuevo a Finn.

—Sea lo que sea que te haya ocultado, tú has hecho lo mismo, Finn. Siempre lo haces, incluso con nosotros. Siempre te contienes. ¿Crees que ella no se habrá dado cuenta? Pru es sincera, y dura como una roca, pero perdió a su familia —añadió, sin saber que acababa de tocar el tema que había provocado su ruptura—. Los perdió cuando solo contaba dieciocho años, y se quedó sola en el mundo. Y tú, mejor que nadie, Finn, sabes cómo puede cambiar eso a una persona. Hace que resulte muy difícil salir ahí fuera. Y sin embargo eso es precisamente lo que hace cada día y sin una queja.

«Te amo». Ella le había susurrado las palabras mientras él se adormilaba aquella última noche, y él se había convencido de que había sido un sueño. Pero sabía la verdad. Siempre lo había sabido.

Esa mujer tenía más valor del que él había tenido jamás.

—Supongo que discutisteis —supuso Elle—. ¿Y luego qué? ¿Se marchó?

—¿Y la dejaste irse? —preguntó Willa incrédula—. ¡Oh, Finn!

—Aún puedes arreglarlo —lo animó Haley—. Dile que estabas equivocado.

Archer, los ojos clavados en Finn, cubrió la mano de Haley con la suya para que se callara.

—Tengo la sensación de que lo hemos entendido al revés.

—¡Oh! —exclamó Willa, taladrando a Finn con la mirada—. Fuiste tú el que se marchó.

Finn asintió. Se había marchado él. Y Pru se lo había permitido sin discutir.

Tampoco le había dado muchas oportunidades con su «no quiero volver a verte». Willa tenía razón. Había estado blandiendo su polla kilométrica, que le convertía en el gilipollas kilométrico.

—No lo entiendo —Willa parecía sinceramente defraudada.

—Lo sé —Finn sacudió la cabeza—, pero no os voy a contar nada más —quizás hubiera abandonado a Pru, pero no iba a permitir que sus amigos hicieran lo mismo. Ella se merecía su amistad. Se merecía mucho más que eso, pero seguía muy enfadado y... mierda. Seguía herido. Se apartó de la mesa—. Tengo que irme.

Le hubiera gustado estar solo, pero Sean lo siguió hasta el despacho.

—¿Qué es lo que no me estás contando? —preguntó—. ¿Qué hay que pueda ser tan malo?

Finn sacudió la cabeza.

—Cuéntamelo —insistió su hermano—. Para que pueda decirte que eres un idiota y así puedas ir a hacer lo correcto.

—¿Y qué te hace pensar que esto se pueda arreglar? —Finn lo miró fijamente.

—Tú me enseñaste que el amor y la familia se encuentran donde y con quien tú quieras —Sean se encogió de hombros—. Y, a pesar del poco tiempo transcurrido, Pru se ha convertido en tu familia y en tu amor.

La certeza de que era así se clavó en Finn como un cuchillo.

—Sean, sus padres iban en el coche que mató a papá. Su padre era el conductor borracho.

—¿Estás de coña? —Sean lo miró perplejo.

—No podría haberme inventado algo así aunque lo hubiese intentado.

—¡Qué mierda! —su hermano se dejó caer en el sofá.

—Sí. Pero escucha una cosa. Esto permanecerá entre estas cuatro paredes. ¿De acuerdo?

—La estás protegiendo —Sean levantó la cabeza y taladró a Finn con la mirada.

—Es que no quiero hacerle daño —contestó él. Al menos no más del que ya le había hecho…

—No, la estás protegiendo —insistió su hermano—. Del mismo modo en que, apuesto, ella intentaba protegerte cuando no te dijo quién era.

—¿De qué hablas? —Finn sacudió la cabeza.

—De que tú eres el imbécil, no ella —Sean también sacudió la cabeza—. Escucha, tengo que volver ahí fuera. Uno de los dos tiene que mantener la cabeza sobre los hombros y, créeme, soy el más sorprendido de que ese alguien sea yo —se detuvo ante la puerta y se volvió—. Escucha, entiendo que estés demasiado implicado para verlo con claridad, pero te lo dice alguien que perdió tanto como tú en ese accidente… no perdimos una mierda comparado con lo que perdió ella. Pru no se merece esto, de ti no. Ni de nadie.

Sean salió del despacho, dejando a Finn solo. Se sentó tras el escritorio y revolvió unos cuantos papeles durante media hora, pero no sirvió de nada. Él no servía de nada. Acababa de decidir que lo dejaba cuando Archer entró como una exhalación.

—¿Alguna vez has oído hablar de llamar a la puerta?

Su amigo se acercó al escritorio con las manos apoyadas en las caderas.

—¿Qué pasa? —preguntó Finn.

—Voy a decirte una cosa —le explicó Archer—. Y no quiero que me sacudas un puñetazo. Estoy cabreado y no me importaría pelear, pero no quiero hacerlo contigo.

—¿Qué has hecho? —preguntó él con expresión de agotamiento. «¡Mierda!».

—Algo que en una ocasión te prometí que nunca haría —Archer hizo una mueca.

Finn contempló fijamente a su mejor y más viejo amigo antes de volverse hacia el escritorio y servir un par de tragos de whisky.

Archer alzó su vaso, brindó con Finn y ambos apuraron sus bebidas de un trago.

—La investigué.

Archer manejaba programas que rivalizaban con los sistemas informáticos del gobierno. Cuando él decía que había investigado a alguien significaba que se había metido dentro de ese alguien. Dentro y fuera. Boca arriba y boca abajo. Cuando Archer investigaba a alguien, acababa sabiendo a qué edad tuvieron su primera caries, qué opinaba de ellos la profesora de gimnasia del instituto, cuánto habían ganado sus padres bajo cuerda cuatro décadas antes.

Archer no se tomaba su poder a la ligera. Poseía un elevado código moral que no siempre coincidía con el del resto del mundo, pero nunca, al menos no que Finn supiera, había husmeado en el pasado de sus amigos, ni irrumpido en su intimidad.

Sí había investigado, no obstante, al último novio de Willa, pero por un buen motivo.

—¿Cuándo? —preguntó Finn.

—¿No deberías preguntar «qué»? —Archer lo miró sorprendido—. Por ejemplo, ¿qué descubrí?

—Sabes quién es.

—Sí —su amigo asintió—. ¿Y tú?

—¿Por qué demonios crees que me encuentro aquí, solo?

—Puede que haya algunas cosas que no sepas.

—¿Por ejemplo?

—Por ejemplo que, desde el accidente, ha dedicado su vida a intentar arreglar la vida de todos los afectados. Que, anónimamente y a través de un abogado, entregó hasta el último centavo del seguro a las víctimas de ese accidente, incluyéndoos a Sean y a ti. No solo no se quedó nada, vendió la casa en la que creció y también usó ese dinero para ayudar. No se guardó nada, al contrario, dedicó los años que siguieron a asegurarse de que todos salieran adelante, al precio que fuera. Les ayudó a encontrar empleos, a seguir estudiando, a encontrar una casa, todo lo que pudieran necesitar.

Finn asintió.

—¿Lo sabías? —preguntó Archer incrédulo—. Entonces, ¿qué pasó? Ella se sinceró y...

—Y yo me enfadé porque me había mentido.

—Querrás decir que había omitido cosas. Porque no decirte algo no es mentir.

Finn soltó un juramento, aunque no tenía muy claro si era porque estaba enfadado, o porque Archer tenía razón.

—Fue más que eso. Tuvo muchas oportunidades para contármelo. Si no cuando nos conocimos, desde luego sí después de haber…

—Se me ocurre que tendría sus motivos —sugirió su amigo—. Además, no ha pasado tanto tiempo. ¿Cuánto? ¿Tres semanas? A lo mejor estaba buscando la mejor manera de decirlo.

Finn sacudió la cabeza.

—Escucha, no la estoy disculpando —continuó Archer—. Debería habértelo dicho. Ambos lo sabemos. Pero también sabemos que nunca resulta fácil hacerlo. Pru tenía muchas cosas en contra, Finn. Para empezar está sola. Y es la persona con mayor complejo de culpabilidad que he conocido jamás.

—Pues no debería sentirse culpable —tras soltar otro juramento, Finn se mesó los cabellos—. El accidente no fue culpa suya.

—No —el otro hombre asintió—. No lo fue. De modo que espero sinceramente que no le hicieras pensar que sí lo fue, por mucho que te pisoteara el ego.

—Eso es una estupidez. Esto no tiene nada que ver con mi ego.

—Pues entonces tu estúpido orgullo —insistió Archer—. No olvides que yo estaba contigo el día que tu padre murió. Sé cómo te cambió la vida. Y soy consciente de que estamos hablando de un alma, y no me gusta hablar mal de los muertos, pero tú y yo sabemos la verdad. Tu vida, y la de Sean, cambiaron para mejor en cuanto tu padre estuvo muerto y enterrado.

Finn echó la cabeza hacia atrás y contempló el techo.

—¿Sabes qué creo yo que sucedió?

—No —contestó Finn con evidente agotamiento—, pero apuesto a que me lo vas a explicar.

Archer sonrió y, fiel a su carácter, se sinceró por completo.

—Creo que te enamoraste perdidamente, y después te

asustaste. Necesitabas una vía de escape y ella te la proporcionó. En realidad te la entregó en bandeja de plata. Bueno, pues felicidades, amigo, has conseguido lo que buscabas.

Ante el silencio de Finn, Archer sacudió la cabeza y se dirigió hacia la puerta.

—Espero que lo disfrutes.

Finn permaneció inmóvil, consumiéndose en su propio jugo, frustrado, ahogado por el mal humor y los remordimientos. ¿Disfrutarlo? No se imaginaba capaz de disfrutar de nada el resto de su vida. Miró a su alrededor. En el pasado, ese lugar había sido su hogar fuera del hogar.

Pero esa sensación se había trasladado al apartamento de Pru, dos plantas más arriba.

Y sus emociones también se habían trasladado al mismo lugar. Emociones sobre el softball, los dardos, el senderismo y largas conversaciones sobre lo que esperaban y soñaban, a menudo seguidas por el mejor sexo del que hubiera disfrutado jamás.

No se había dado cuenta de lo lejos que había ido su relación. Ni hasta qué punto se había permitido perderse en Pru.

Pero lo estaba. Completamente perdido en ella, y perdido sin ella.

No lo había visto llegar. Había supuesto que seguirían con esa vida. Juntos. Le había resultado tan sencillo que se le había colado a hurtadillas.

Y se había enamorado. Perdidamente.

Esa parte no le sorprendía. La sorpresa le correspondía al hecho de que, a pesar de lo que Pru le hubiera hecho, seguía enamorado de ella.

Y, sospechaba, siempre lo estaría.

CAPÍTULO 33

#LaVidaEsUnaLocura

Pru estaba sentada en el tejado con Thor, mirando cómo bajaba la niebla, cuando se sintió observada por alguien.
—No voy a saltar, si es eso lo que te preocupa.
—Pues claro que no —Archer se colocó en su campo de visión y se agachó junto a ella—. Eres demasiado fuerte.
—¿Estás seguro? —un amago de sonrisa asomó a los labios de Pru.
—Completamente.
Al mirar a su amigo a los ojos, comprendió que estaba al corriente de todo.
—Para lo que me sirve —ella suspiró—. Debería habérselo contado desde el primer día, pero pensé que si lo sabía no me daría la más mínima oportunidad, y yo quería ayudarle.
—Finn no necesita ayuda.
—No me digas.
—Para Finn el mundo es blanco o negro —Archer sonrió—. Giants o Dodgers. Local o importado. Nosotros o ellos. Para mí, y también para ti, sospecho, no es tan sencillo. Es un tipo muy listo, fuerte, Pru. Se da cuenta de las cosas. Siempre lo hace, a su debido momento.

—Eres muy amable diciéndome esas cosas —Pru sacudió la cabeza, besó la de Thor y se levantó—, pero no lo hará. Y no espero que lo haga. Cometí un error, uno muy grande. Y a veces no se nos concede una segunda oportunidad.

—Pues tú deberías tenerla.

—Tiene razón —las palabras surgieron de la boca de Willa, que asomó la cabeza por la escalera de incendio y se unió a ellos—. Todo el mundo se merece una segunda oportunidad.

—¿Dónde está Elle? —preguntó Archer.

—No podía subir por la escalera de incendios con los tacones y se niega a separarse de ellos. Sube por el ascensor.

El siguiente en aparecer fue Spence. Subió por la escalera de incendios, al igual que Willa, y sostuvo la mirada de Pru durante largo rato antes de asentir y colocarse en un rincón para dejar sitio a la persona que subía tras él.

Finn.

Saltó al tejado con facilidad y agilidad, dirigiéndose directamente a Pru sin echar ni una ojeada a sus mejores amigos.

Pru sintió que el corazón se le paraba. Todo se paró, incluyendo su capacidad para pensar. Dio un paso atrás. Necesitaba salir de allí. No estaba preparada para enfrentarse a él y fingir estar bien con el hecho de que ya no fueran pareja.

—Espera —Finn le tomó una mano—. No te vayas.

¡Por Dios, qué voz! Le había echado tanto de menos. Perdida, miró a los demás, que se habían apartado a un lado del tejado para que pudieran disfrutar de algo de intimidad.

—Tengo que irme —susurró ella.

—¿Me dejas decir algo primero? —preguntó Finn con calma—. Por favor…

Cuando ella asintió, Finn le apretó tiernamente la mano.

—Me dijiste que habías cometido un error y que querías explicármelo. Y yo no te dejé. Ese fue mi error, Pru. Me equivoqué. Todos cometemos errores, no solo tú. Y entiendo que no podemos fingir que los errores no sucedieron, pero a lo mejor podemos utilizarlos para compensar los del otro.

El corazón de Pru le golpeaba las costillas con fuerza, demasiado deprisa para que sus venas pudieran soportar el aumento del flujo sanguíneo.

—¿De qué hablas?

—Hablo de que te perdono, Pru. Y de que, en realidad, nunca hubo nada que perdonar. ¿Podrás perdonarme tú a mí?

El martillo pilón de su corazón se había transformado en una piedra que impedía el paso del aire.

—Es... —Pru sacudió la cabeza e intentó desesperadamente evitar que la esperanza se fugara con su sentido común—. No puede ser tan sencillo —susurró.

—¿Por qué no? —él le tomó la otra mano, aprovechándose de la incapacidad de Pru para moverse, la atrajo hacia sí le tomó el rostro entre las manos—. En nuestra última noche juntos dijiste algo mientras yo me estaba quedando dormido —la mirada de Finn se suavizó—. Lo dijiste, pero yo sentí el pánico que emanaba de ti, de modo que hice como si no lo hubiera oído. Al menos eso fue lo que me dije a mí mismo. Pero lo cierto es que me comporté como un cobarde.

Pru tuvo que cerrar los ojos ante las tiernas caricias que recibía con las callosas manos. Tenía ganas de llorar.

—Te amo, Pru —susurró él con firmeza.

Ella abrió los ojos de golpe, y todo el aire abandonó sus pulmones. No se había dado cuenta de lo mucho que necesitaba oír esas palabras, pero...

—El amor no lo soluciona todo —contestó con voz entrecortada—. En una relación hay normas y expectativas. Y también cosas que no puedes cambiar. Lo que yo hice fue una de esas cosas.

—La vida no se rige por normas o expectativas —Finn sacudió la cabeza—. Es un impredecible lío. Y da la casualidad de que el amor se parece mucho a la vida, no sigue normas ni expectativas.

—Sí, pero...

—¿Lo dijiste en serio? —preguntó él—. ¿Tú me amas, Pru?

Ella lo miró y tragó nerviosamente, pero su corazón siguió en el mismo sitio, atascado en su garganta, con la creciente esperanza de que no hubiera tenido éxito en su intento de echarse atrás.

—Sí —susurró al fin—. Te amo, pero...

—Pero nada —le interrumpió Finn con un destello en la mirada, un destello de alivio, de afecto. De amor—. Nada de eso importa comparado con el hecho de que conseguí que la mujer más increíble que haya conocido jamás se enamorara de mí.

—No estoy segura de que te estés tomando en serio mis preocupaciones —Pru sacudió la cabeza lentamente.

—Al contrario —le explicó él—. Os tomo a ti y a tus preocupaciones muy en serio. Lo que hiciste fue intentar llevar algo bueno a la vida de dos tipos a los que ni siquiera conocías. Aparcaste a un lado tu propia felicidad, por la sensación de culpa que tenías, cuando lo cierto era que no tenías ningún motivo para sentirte culpable. Tú también perdiste aquel día, Pru. Perdiste más que los demás. Y no hubo nadie allí para ayudarte. Nadie para intentar mejorar tu vida.

—No hagas eso —la garganta de Pru se cerró definitivamente. Así, sin más—. No podemos volver.

—Pues entonces no volvamos, sigamos hacia delante —Finn le tomó una mano y la apretó con ternura—. Me equivoqué al marcharme, me equivoqué jodidamente, Pru. Lo que teníamos era estupendo y siento haberte hecho dudar de ello.

Con los ojos aún cerrados, ella sacudió la cabeza, temiendo albergar esperanzas. Temiendo respirar. Finn se llevó las manos entrelazadas de ambos hasta su corazón para que ella pudiera sentir el fuerte y rítmico latido, como si intentara que su confianza se traspasara a ella a través del contacto.

Y ella se lo permitió, y absorbió también su calor, apreciando sus palabras más de lo que era capaz de expresar. No se había dado cuenta de lo mucho que necesitaba oírle decir que no la culpaba, que no tenía motivos para sentirse culpable... como si hubiera barrido todos los pedazos rotos para luego volverlos a pegar, recomponiéndola de nuevo.

—Finn...

—¿Eres capaz de vivir sin mí? —preguntó él.

—¿Qué? —Pru abrió los ojos de golpe.

—Es una pregunta sencilla —contestó Finn—. ¿Eres capaz de vivir sin mí?

Ella contempló al resto del grupo. Elle ya había llegado y, aunque estuvieran al otro lado del tejado, no hacían ningún intento de disimular el hecho de que estaban pendientes de cada palabra que pronunciaban.

—Pru —la animó él con calma.

Pru lo miró a los ojos de nuevo mientras se mordisqueaba el labio.

—¿No vas a decir nada? —insistió Finn—. Me parece justo. Hablaré yo primero. No me siento capaz de vivir sin ti. Demonios, si ni siquiera soy capaz de respirar cuando pienso que no formes parte de mi vida.

—¿No puedes?

—No —él volvió a apretarle la mano con ternura—. Mi vida es bastante sencilla, siempre ha sido así. Tengo a estos idiotas metomentodos —señaló a sus amigos.

—¡Hola! —saludó Spence.

—Tiene razón —apuntó Willa—. Y ahora, calla, creo que llegamos a la mejor parte.

Finn sacudió la cabeza y devolvió su atención a Pru.

—Pensé que eran todo lo que necesitaba, y me sentía

afortunado por tenerlos. Pero entonces llegaste a mi vida y, de repente, tuve algo que no sabía que echaba de menos. ¿Y sabes qué es?

Pru sacudió la cabeza.

—Tú, Pru. Y quiero que vuelvas. Quiero estar contigo. Quiero que seas mía, porque yo soy completamente tuyo. Lo he sido desde el día que llegaste a mi vida y te convertiste en mi hada de la felicidad. Y no puedes decirme que es demasiado pronto para una relación porque la llevamos manteniendo desde el instante en que nos conocimos. Estamos juntos, tenemos que estar juntos. Como la mantequilla de cacahuete y la mermelada. Como las patatas fritas y el kétchup. Como las fresas y la nata.

—Como las tetas y la cerveza —sugirió Spence.

Archer rodeó el cuello de su amigo con un brazo y le tapó la boca con una mano.

—No —sentenció Pru.

—¿Qué? —Finn la miraba fijamente.

—Las tetas y la cerveza no van juntas —le explicó—. Pero también no, yo tampoco puedo vivir sin ti.

Finn seguía mirándola fijamente, los ojos oscuros y serios, y tan cargados de emoción que ella no sabía cómo asimilarlo todo. Y, de repente, le dedicó una de las sonrisas más hermosas que ella hubiera visto jamás. Le tomó una mano, se la llevó a la boca y le besó suavemente los dedos antes de abrazarla con fuerza.

—¿Estás preparada para esto? —la voz ronca le indicaba lo importante que era para él. Lo importante que era ella.

—¿Para ti? —susurró Pru contra su barbilla—. Eso siempre.

EPÍLOGO

#MeGanasteDesdeElPrimerInstante

Dos meses después...

Finn soltó un profundo suspiro mientras aparcaba el coche. Santa Cruz estaba al sur de San Francisco y, por culpa del tráfico, les había llevado una hora llegar hasta allí. Se bajó del coche y lo rodeó para abrirle la puerta a Pru.

—No te quites la venda —le ordenó, por enésima vez.

Pru deslizó los dedos por la venda improvisada a partir de un pañuelo de seda con el que habían estado jugando en la cama la noche anterior, y sonrió.

—Espero que nos dirijamos hacia una enorme tarta.

—Ya te dije que aspiraras a algo más grande para tu cumpleaños.

—De acuerdo —Pru asintió—. Una agradable cena, seguida de una enorme tarta.

—Más grande.

—Cena, tarta —sus cuerpos chocaron y ella frotó la cadera sugerentemente contra él—, y... ¿ese fin de semana que siempre me prometiste? —preguntó esperanzada.

—Caliente, caliente —Finn la agarró de las caderas, sujetándola lo bastante pegada a él para que no hubiera duda del efecto que le provocaba en su cuerpo.

—¿Ya puedo mirar? —ella sonrió con calidez, sensualidad... con todo.

A Finn se le encogió el estómago mientras la hacía girar para colocarla frente a una pequeña cabaña en la playa de Santa Cruz.

—Muy bien —le indicó—. Ahora puedes mirar.

Pru se arrancó la venda y parpadeó varias veces, los ojos como platos mientras contenía el aliento. Miró la cabaña que tenía frente a ella y se volvió para mirar a Finn antes de volver a la cabaña.

—¡Oh, Dios mío! —susurró con una mano apoyada en el pecho—. Esta es... era... la casa de mis padres. Donde me crie.

—Lo sé —contestó él con calma.

Ella siguió contemplando la pequeña casa, encantada, como si fuera el día de Navidad o de Pascua, o todas las fiestas juntas.

—Hace muchísimo tiempo que no he estado aquí —de nuevo Pru miró a Finn—. ¿Podemos pasar aquí el fin de semana?

—Los dueños la habían puesto en un programa de alquiler vacacional —Finn le tomó ambas manos y la giró para poder contemplarla de frente antes de depositar una llave en su mano.

—¿La has alquilado para mí? —susurró ella.

—Sí —él hizo una pausa—. Salvo que no la he alquilado. La he comprado. Está a tu nombre, Pru.

—¿Qué? —Pru lo miró boquiabierta.

—Los dueños viven al otro lado del país. Dieron instrucciones a la agencia para que la vendieran si surgía algún comprador —el corazón de Finn latía alocadamente. Esperaba haber hecho lo correcto y que ella aceptara el regalo con la adecuada disposición—. Y surgió un comprador.

Temblorosa, Pru subió los escasos peldaños y abrió la puerta. A continuación entró en el interior, seguida de Finn, que se mantenía a cierta distancia para darle el tiempo que necesitara.

La cabaña estaba amueblada siguiendo un sencillo estilo playero. Había una diminuta cocina, dos diminutos dormitorios, un cuarto de baño. Él ya la había visto en una visita anterior, pero siguió a Pru, que recorría la estancia en silencio, con los ojos casi cerrados.

El salón, del tamaño de una postal, compensaba su reducido tamaño con unas espectaculares vistas del océano Pacífico, a menos de cien metros de distancia.

Pru se acercó a los ventanales y miró a través de ellos.

Finn seguía aguardando, proporcionándole el tiempo que necesitara. Estaba preparado para que ella se enfadara por sobrepasarse, pero, cuando Pru se volvió hacia él, no había enfado en su mirada.

Había emoción, rebosante, rodando por sus mejillas.

—Pru —él se acercó, pero Pru alzó una mano para detenerlo.

—Finn, no puedo aceptarla. Solo estamos saliendo, no está... bien.

—Ya, en cuanto a ese asunto de solo estar saliendo —Finn la atrajo hacia sí, abrazándola con fuerza, como más le gustaba tenerla. Le tomó el rostro entre las manos ahuecadas y la obligó a levantarlo hacia él—. Ya no quiero salir contigo.

—¿Me has comprado una casa y ahora me abandonas? —ella lo miró perpleja.

—Te he comprado una casa y ahora te pido que demos un paso más.

Pru lo miraba casi en estado de shock y él comprendió de repente algo.

—Estabas segura de que cambiaría de parecer sobre ti.

Ella sacudió la cabeza.

—Más bien temía querer algo más de ti. No quiero ser egoísta.

Finn le mantuvo la barbilla inclinada para obligarla a mirarlo. Necesitaba ver hasta qué punto hablaba en serio.

—Pru, ¿aún no lo entiendes? Soy tuyo hasta el fin de nuestros días.

—De acuerdo, eso está bien —ella se relajó y sonrió tímidamente, algo temblorosa—, dado que quiero de ti todo lo que estés dispuesto a ofrecerme.

—Todo —él soltó una carcajada—. Quiero dártelo todo, Pru.

—Ya lo has hecho —los ojos de Pru brillaban.

Tiró de él para poder besarlo en los labios con todo el amor con el que jamás hubiera podido soñar, y más. Mucho más.

Cuando se apartaron para respirar, los ojos de Pru seguían húmedos, pero también llenos de afecto y calor. Mucho calor.

—¿Has dicho en serio lo de «todo»? —preguntó ella.

—Todo y cualquier cosa —y para demostrarlo, Finn sacó una cajita negra del bolsillo, donde llevaba desde hacía una semana, y la abrió.

—¡Oh, Dios mío! —con manos temblorosas, Pru sacó el anillo de diamantes.

—¿Eso ha sido un «¡Oh, Dios mío, sí, me casaré contigo, Finn O'Riley!»?

—¿Acaso lo dudabas? —ella reía y lloraba a la vez.

—Bueno, aún no he oído ningún «sí, Finn»...

Pru soltó una carcajada y se abrazó a él con fuerza mientras le cubría el rostro de besos.

—¡Sí, Finn!

Sonriendo, él deslizó el anillo en su mano.

—¿Cómo de prepotente resultaría si te pidiera otra cosa ahora mismo?

—Dilo.

—Me gustaría un poco más de lo que me diste anoche —susurró ella contra su oreja—. Aquí mismo, ahora mismo.

—¿En serio? —Finn sonrió al recordar cada uno de los tórridos instantes vividos la noche anterior.

—Sí —Pru se mordió el labio, aunque no consiguió ocultar su sonrisa—. ¿Por favor?

—Nena, lo que tú quieras, siempre, y ni siquiera te hace falta pedirlo por favor.

www.ingramcontent.com/pod-product-compliance
Lightning Source LLC
LaVergne TN
LVHW030336070526
838199LV00067B/6313